Arnaud Delalande

Arnaud Delalande est l'auteur d'une dizaine de romans historiques traduits dans de nombreux pays, et lauréat de plusieurs prix littéraires. Il est également scénariste d'une quarantaine d'albums de BD, chez Glénat, Delcourt, Futuropolis et aux Arènes.
Professeur de scénario et de dramaturgie, il a écrit l'adaptation pour le cinéma de *Drôles de petites bêtes* d'Antoon Krings (Gallimard Jeunesse) et le livret de l'opéra *Little Nemo in Slumberland* de David Chaillou, avec Olivier Balazuc. Il est également l'auteur de *Memory*, paru en 2021 au cherche midi et selectionné par le Prix Nouvelles Voix du Polar 2022.
Il est parrain et membre du conseil d'administration de l'ONG Bibliothèques Sans Frontières.

MEMORY

ARNAUD DELALANDE

MEMORY

cherche
midi

ISBN : 978-2-266-32079-5
Dépôt légal : février 2021

Prologue

Aux délices du souvenir

La mémoire est la sentinelle de l'esprit.
Shakespeare, *Macbeth*,
entre 1599 et 1606.

Plus vite. Plus vite, nom de Dieu.

Il glissa la lourde enveloppe de papier kraft dans la consigne automatique de la gare, referma la porte et pianota le code. Le boîtier électronique émit un *bip*. Regardant vivement autour de lui, Marcus enfila son casque de moto et se dirigea vers la sortie. Il n'était pas tranquille ; la pression n'avait cessé de monter depuis des semaines. Il enchaînait les insomnies. Cela ne faisait aucun doute : sa vie était menacée. Mais bientôt, la vérité éclaterait au grand jour ! En attendant de mettre son plan à exécution, il devait à tout prix trouver un abri sûr. Il avait hésité la nuit durant quant à la conduite à tenir, jusqu'à admettre l'évidence : il n'avait d'autre choix que de fuir au plus vite. Ils n'hésiteraient pas une seconde à l'éliminer. La gare était presque déserte ce matin. Coup d'œil à sa montre : 8 h 29. Le fuyard rabattit la visière de son casque et franchit les portes coulissantes. Elles chuintèrent. Il prendrait le premier vol en partance d'Orly, pour Londres. Heureusement, il voyagerait léger, avec pour seul bagage son petit sac à dos noir. Marcus en ajusta les sangles une nouvelle fois. Au-dehors, un vent froid claqua contre sa combinaison. Loin au-dessus de lui, le ciel déroulait les nuages d'une aube sans âme. Rêche comme une lame de rasoir. Au fond, le liseré enneigé des montagnes. Marcus songea, non sans effroi, que peut-être, en ce moment même, une équipe se faufilait dans son appartement de la rue Grenette dans la Vieille Ville, près de la cathédrale Saint-Pierre, pour le mettre sens dessus dessous. Fébrile, il chassa cette pensée ; il enfourcha sa moto et démarra au kick. Sa Honda rugit… et il fila en trombe sur l'avenue du Rhône.

Direction : l'aéroport d'Annecy Haute-Savoie Mont-Blanc.

Nouveau coup d'œil à sa montre : il y serait en dix minutes.

Oh merde, c'est pas vrai !

Son rétroviseur ne mentait pas. Il ne lui avait fallu qu'une poignée de secondes pour repérer la berline de couleur sombre qui venait de déboîter derrière lui. Dès le boulevard de la Rocade, il modifia son itinéraire pour s'en assurer, bifurquant vers l'avenue la plus proche à la sortie du rond-point. L'instant suivant, il plongeait sans hésiter dans l'une des rues adjacentes. Non seulement la berline le suivait, mais elle accélérait. Il zigzagua entre les voitures et décrocha en épingle dans la rue du Levant.

La moto bondit.

Marcus grimaça sous son casque : une pluie fine se mettait à tomber. Elle allait compliquer encore la poursuite. Le sang battait à ses tempes ; son cœur cognait dans sa poitrine. Il haleta, oppressé. Il se maudit – il aurait dû tourner à gauche plus tôt, vers les promenades longeant le Thiou ; son chasseur n'aurait pu le suivre dans les contre-allées. Tandis qu'ici la berline, rugissant à son tour, gagnait du terrain ! Il accéléra de plus belle, faisant lui aussi gronder le moteur. Sur l'asphalte mouillé, il manqua de glisser. Une fois, deux fois… Dans le centre cerné des vieilles maisons d'Annecy, son équipée se faisait terriblement dangereuse. Il serra les dents… lorsque l'inévitable se produisit. À vingt mètres de lui, une jeune femme, coiffée en chignon, traversait la rue sur un passage piéton. Elle tenait un parapluie noir… et un enfant par la main.

Oh non non non non NON !

Lancé à pleine vitesse, le motard freina brutalement. Ses pneus crissèrent, fumants. Dans un hurlement mécanique, la Honda vacilla puis versa, soulevant une gerbe d'eau. Marcus eut encore le temps de voir la bouche arrondie de la passante, telle une biche pétrifiée, éblouie par les phares… Et les yeux, immenses, de son petit garçon, qui se figeait lui aussi comme une statue de sel. Puis son bolide quitta la route. La moto dérapa en criant, dans une agonie métallique semée d'étincelles. Soudainement éjecté, son propriétaire effectua trois roulades sur le sol avant que sa tête, toujours casquée, n'aille heurter de plein fouet un manteau de béton, à l'angle du bâtiment le plus proche. La moto, elle, acheva sa course, déchaînant un nouveau tonnerre : elle percuta la baie vitrée d'une boutique de souvenirs, qui explosa en un vacarme assourdissant, projetant au hasard des bris de verre tranchants. Déjà, on se précipitait de toutes parts ; deux passants s'élançaient vers l'accidenté ; on se penchait aux fenêtres. Le propriétaire de la boutique *Aux délices du souvenir*, effaré, se rua vers l'extérieur. Un vieil homme s'était arrêté, blême ; non loin, un adolescent eut le réflexe de dégainer son portable. Égarée sur les clous, la mère de famille se tenait toujours au milieu de la route, le cœur battant et les mains moites. Sous le choc, son petit garçon levait vers elle des yeux paniqués.

La berline avait pilé, elle aussi, à quelques mètres de l'accident. Le conducteur en sortit et se dirigea vers le corps inanimé. Sifflant entre ses dents, il plongea la main dans sa poche pour y rencontrer la crosse d'un revolver équipé d'un silencieux. Mais déjà les badauds accouraient ; on appelait une ambulance. Trop de monde ! Il eut un instant d'hésitation… Puis il regarda la scène en jurant, se mordit les lèvres et fit demi-tour. Il retourna dans son véhicule et en claqua la portière. L'un des passants était penché sur l'accidenté.

« Il est vivant ! Ne bougez pas, monsieur ! Les secours sont en route ! »

À l'intérieur de la berline, le conducteur poussa un cri rageur. Puis il laissa échapper une volée d'insultes, ses mains gantées frappant avec violence le cuir de son volant.

I

ENCODAGE

Rien n'est plus capable
que la mémoire de féconder et nourrir l'esprit.
Plutarque, *De l'éducation des enfants*,
Ier s. après J.-C.

Il y a en nous une mémoire latente,
composée de tout ce que nous croyons avoir oublié.
Henri Boucher,
Les Pensées, maximes et réflexions, 1866.

1

Cimetière des Îles

L'Éternel est mon berger. Je ne manquerai de rien.
Grâce à Lui, je me repose
dans des prairies verdoyantes,
et c'est Lui qui me conduit au bord des eaux calmes.

Le ciel était lourd et uniforme au-dessus du cimetière des Îles, le plus récent d'Annecy. Non loin du crématorium, une pleureuse de bronze se lamentait à l'orée rectiligne des stèles et des croix. La voix du prêtre, vaguement éraillée, semblait se perdre dans la brise glacée qui agitait doucement son étole et les cheveux des convives, visages mordus par les assauts du givre. Le tableau était fidèle à ce qu'il était censé être : funéraire, froid comme la mort, teinté d'une austérité pour ainsi dire flamande. Parmi l'assistance, devant les couronnes et les bouquets de chrysanthèmes, se trouvaient de nombreux policiers en uniforme. Au milieu d'eux : une jeune femme, en veste, pull et pantalon noirs. Blonde à la chevelure coupée court, les yeux bleu sombre, le visage pâle malgré des joues rosies par le gel, les lèvres fines, elle devait avoir un peu plus de trente ans. Ses traits étaient harmonieux, quoique durs et tirés par le chagrin. Elle contemplait ce cercueil sombre aux reflets d'opale que l'on descendait lentement en terre. Sa silhouette était empreinte d'une sorte de grâce féline, contrariée par son allure de garçon manqué. Ravalant ses larmes, Jeanne leva le visage, cherchant à contrôler ses émotions.

Si je devais traverser la vallée
où règnent les ténèbres de la mort,
je ne craindrais aucun mal, car Tu es auprès de moi.
Ta houlette me conduit et ton bâton me protège…

À l'instant où Jeanne voyait son père disparaître dans ces profondeurs angoissantes, des souvenirs longtemps refoulés resurgirent à sa mémoire. Ils explosèrent en flashes crépitants, qui la laissèrent vacillante. Pourquoi ces images-ci et pas d'autres ? Elle aurait été bien en peine d'en expliquer la raison – mais c'étaient ces souvenirs soudain voilés, surexposés, issus d'un autre temps, à la façon de Polaroid *vintage*, qui jaillissaient en cascade. Peut-être la chimie obscure de son cerveau, de ses sentiments, lui envoyait-elle un signal confus, qu'elle ne parvenait pas encore à interpréter, aveuglée qu'elle était par la douleur et le souvenir ? En tout cas, ils étaient là. Ils revenaient.

Papa… Oh, papa !

Elle ferma les yeux. Elle revoyait cet appartement d'autrefois, baigné d'une étrange lumière jaune orangé… Ces rideaux crasseux, voletant dans une brise lumineuse… Soudain, une flamme dansait sous les contours d'une cuillère. On y faisait fondre un sucre, dans des lueurs rouges et bleues. À la pointe d'une seringue perlait une goutte transparente ; puis Jeanne croyait entendre le claquement d'un élastique sanglé sur la peau blême. Car avec les images s'imposait également, ouatée, la réminiscence brumeuse de sons disparus. Les cris de ses parents se répercutaient en elle en d'étranges échos. L'image d'un salon étouffant se dessinait alors. La pièce était dans un état immonde, jonchée de canettes vides et de reliefs de repas ; sa maman s'écriait d'une voix fêlée, sans doute à l'adresse de son père : *T'es vraiment un salopard ! Et fous-lui la paix, c'est pas une scène pour elle… Allez, dégage, toi !* Jeanne tremblait. Elle avait trois ans – et ce *dégage* était pour elle. Elle se voyait encore, frappée de sidération, tandis que la main de sa mère la repoussait avec violence et claquait la porte de la petite chambre où elle était reléguée, cette porte haute comme une muraille.

Jeanne, je t'en prie… Pense à autre chose…

Dans un étrange fondu enchaîné, se substituait alors à la porte un singulier dessin… L'un de ces croquis qu'elle avait dû réaliser à peu près à la même époque. Jeanne s'y était représentée, fillette, en ce jour où elle avait été enlevée à son foyer par les services sociaux. À gauche, son papa, les cheveux bouclés, un gribouillis informe en guise de visage, qui tenait la main à sa maman rousse ; elle-même tendait la sienne vers Jeanne, en jupette écossaise. Jeanne, écartelée entre ces deux mondes. De l'autre côté, deux personnages en costume noir l'attendaient devant une porte. Dossiers sous le bras, le couple de corbeaux – *Heckle et Jeckle*, songea-t-elle – se préparait à l'emmener. Jeanne attrapait au vol le visage de maman, derrière cet autre battant qui se fermait devant elle : sa mère biologique, ravagée, en larmes – et de nouveau, au fond, les boucles brunes de son « vrai » père. Puis c'était un couloir interminable, où elle déambulait en jetant des coups d'œil furtifs lorsqu'elle ne regardait pas ses socquettes et ses petites chaussures. Elle tenait la main d'une assistante sociale – une Personne Importante, lui avait-on dit. Un fondu plus loin et elle était assise, considérant ces mêmes chaussures, fredonnant une chansonnette, laissant divaguer ses pensées, pour… Pourquoi ? Pour ne pas être rattrapée par ce gouffre qu'elle sentait déjà, dans la confusion de sa petite enfance, grandir au creux d'elle-même ? Un psychologue – une autre Personne Importante – lui posait des questions ; Jeanne se contentait d'observer ses jambes s'agiter sous sa chaise en fredonnant une comptine. *J'aime la galette, savez-vous comment ? Quand elle est bien faite, avec du beurre dedans*... Le monsieur, la mine grave et préoccupée, lunettes d'écaille sur les yeux, prenait des notes. Jeanne essayait de lui répondre, cherchant surtout à lui dire ce qu'il voulait entendre. Elle espérait qu'il la laisse tranquille, qu'on la rende à ses parents. Pour finir, elle plongeait dans une chambre ensoleillée : dehors, un ciel de crème. Cette fois, « Jeannette » souriait… devant d'autres parents, souriants eux aussi. Alice. Alice, sa nouvelle maman. Et Guy, son nouveau papa. Papa Superflic. Alice et Guy Ricœur. Sous l'œil de l'assistante sociale et du psychologue, mais également d'une bonne sœur, ils lui tendaient les bras. Jeanne hésitait, puis se précipitait. Elle se lovait contre eux – enfin.

Ses nouveaux parents.

Maman ET *papa.*

Jeanne rouvrit les yeux dans le cimetière, revenant à elle. Les parfums, la lumière, les sons environnants lui semblaient aplatis, avalés par son chagrin. Au même moment, le cercueil acheva de disparaître, dans l'éclat d'un rayon bref et solitaire. Jeanne s'avança et regarda pour la dernière fois dans la fosse, en contrebas, la photo de Guy, son père adoptif, cernée d'une couronne funèbre et surmontée d'une croix. Sur la vignette, fragment de papier glacé volé au temps, Guy avait l'air heureux. Fringant, éclatant de santé, dans son uniforme de police galonné. Il rejoignait là la dépouille d'Alice, décédée quatre ans plus tôt elle aussi, des suites d'un cancer.

Jeanne sentit ses lèvres trembler.

Oh mon Dieu.

Elle serra les dents, saisie de vertige, tandis qu'après les dernières prières, les dernières gouttes d'huile versées sur le cercueil, on se préparait à enfouir le corps pour de bon. Prêtre et officiants des pompes funèbres l'invitèrent à s'écarter. Commença le défilé des condoléances. L'assistance l'entoura, nuée noire autour d'elle. Tous les flics. Davy, Davy Maurice, son partenaire, colosse antillais à dreadlocks, d'ordinaire si enjoué. Frank, le commissaire Frank Ruffier, quinquagénaire à la trogne américaine et aux épaules larges, à demi chauve, un pli perpétuellement accroché au coin des lèvres, qui semblait dire : *Je sais, je sais, petite, la vie est dure... Mais elle vaut quand même le coup, tu crois pas ?* Frank, un ami de la famille, et de Guy, depuis toujours. Jeanne entrevoyait à peine tous ses collègues de la police ; elle répondait de façon mécanique, la main molle, l'air égaré.

Elle était là, au cimetière des Îles, toute vacillante.

Oh mon Dieu, papa !

Et c'était fini.

2

Maison de famille

Des flocons de neige tombaient devant ses yeux. Jeanne se tenait devant la baie vitrée du salon qui donnait sur le lac d'Annecy, la forêt et la splendeur des montagnes. Le paysage se couvrait d'un manteau immaculé. De nouveau, elle eut le sentiment que l'atmosphère était ouatée, hallucinée, les sons et les images étouffés dans du coton. Elle-même, insomniaque, avait l'impression que ses mouvements étaient empesés, comme échappés d'un rêve. Tout semblait se dérouler au ralenti, dans une dimension parallèle où elle n'évoluait qu'en spectatrice de cet étrange film noir. Les épaules lasses, elle comptait les flocons qui se reflétaient dans la baie vitrée. Là-bas, le lac luisant, impavide, d'un froid éclat d'argent, une lueur de couteau sous le ciel plombé. Les saillies déchirées de conifères sombres. Ces montagnes, éternelles, muettes, énigmatiques, où la vue allait se perdre en vain. Jeanne semblait une poupée de porcelaine, éteinte dans l'écrin blanc. Derrière elle, la volée de convives revenus de l'enterrement discutait à voix basse auprès du buffet, préparé pour l'occasion par un traiteur sans âme. Voir ces flics qui d'ordinaire hantaient les couloirs et les bureaux de la préfecture et des commissariats des environs déambuler ici, dans sa maison de famille, comme d'étranges pantins costumés rôdant autour d'un buffet froid, avait quelque chose de surréaliste. Jeanne ne sortit de son engourdissement que lorsque Frank Ruffier s'approcha d'elle, décidé, sans trop savoir de quelle façon s'y prendre, à rompre sa solitude.

« Tu tiens le coup ? » hasarda-t-il de sa voix de fumeur, rude et profonde mais chaleureuse.

Jeanne acquiesça sans conviction. Frank posa sur son épaule une main paternelle. Elle leva les yeux vers lui. Sa stature imposante la rassurait.

« Je dors plus. À part ça, ça va. »

Il se pencha vers elle, touché.

« Ah, Jeanne… Je me souviens comme il était heureux, le jour où il m'a dit qu'il venait de t'adopter, avec Alice. On était de service tous les deux, il m'a montré le papier, avec ta photo. Pour la première fois. Et vingt ans plus tard, quand tu nous as rejoints, alors lààà… ! »

Un sourire éclaira son visage.

« Il faisait le paon ! »

Jeanne sourit à son tour, émue elle aussi.

« Le pauvre. Je lui en ai fait baver, ça, c'est sûr. »

Elle baissa les yeux, amère.

Ruffier se mordit la lèvre, puis tenta un nouveau sourire.

« En tout cas, il paradait, hein. Si fier de toi. »

Elle marqua un temps, prenant une profonde inspiration.

« Sur la fin, c'était quand même…

— Je sais. Ce truc est une vraie saloperie. »

Elle opina du chef. De nouveau ses lèvres tremblaient. Elle tentait de se contenir. Elle souffla sur une boucle de cheveux blonds qui agaçait son front, s'efforçant de retenir ses larmes.

« Je te jure, le voir errer sans but, s'enfoncer de cette façon, me poser cent fois la même question, ne plus reconnaître personne… Je savais qu'il finirait par se casser la figure. Et j'ai pas pu l'empêcher ! »

Elle revoyait Guy, échevelé, prématurément vieilli, les yeux vifs, paraissant chercher quelque chose. Puis avançant d'un pas traînant, en vagabond de sa propre vie, sans savoir où aller, devisant tout seul, hochant la tête aux ombres. Et pire encore. À chier parfois n'importe où, tellement il ne savait plus où il était. Frank inspira à son tour et lui parla doucement.

« Écoute, tu pouvais pas faire mieux. Personne n'aurait pu. »

Jeanne semblait se débattre avec d'autres fantômes.

« La maison, j'avais pas les moyens, tu comprends ? Et ça l'aurait tué, il était costaud, il aurait fallu l'attacher, le sédater, l'abrutir encore plus… mais j'aurais pas dû le laisser si seul… »

Une mauvaise chute et une fracture du col du fémur avaient fait le reste. Ce qui, en vérité, avait peut-être été une libération.

« Il… Il me prenait pour maman parfois, comme si elle était encore là. Souvent, je me dis que c'est ça qui l'a fait basculer. Elle aurait pu être avec lui… L'aider mieux que moi ! Et maintenant… Y a plus personne, Frank. *Personne.* »

Jeanne essayait toujours de ne pas craquer. Frank prit sa tête contre son épaule.

« Je suis là. Alice est partie trop tôt elle aussi, mais elle était forte, comme l'était ton père. Et comme tu l'es, toi aussi. »

Jeanne tenta un sourire. Elle resta ainsi quelques instants. Le visage logé au creux de l'épaule de Frank, elle fixa de nouveau le rideau de neige qui tombait au-dehors, au-delà du jardin couvert de givre et de cristal.

« Va falloir que je vende la maison. »

Les convives partirent, triste armada, lorsque le jour commença à décliner. Chacun regagna sa voiture. Frank prit congé de Jeanne en dernier, sur le perron. L'air embarrassé, il se tourna vers elle une dernière fois.

« Tu m'appelles si ça va pas, d'accord ? Si tu veux des congés supplémentaires… »

Jeanne éluda.

« Je sais. On verra… Merci, Frank. »

Il chercha quelque chose à dire, sans rien trouver, se contenta de rajuster son chapeau, lui fit un signe et s'en retourna. Avec son pardessus, il avait toujours ce petit air *old school* qui amusait ses collègues. Jeanne eut un vague sourire, qui s'effaça. Plus loin, Davy, le colosse antillais, lui faisait signe avant de rentrer dans sa voiture. Jeanne le lui rendit.

Puis elle referma lentement la porte.

Elle avait craint ce moment. Elle se retrouva seule dans la maison.

3

Enfance

Elle erra un moment dans le salon molletonné de silence, près du buffet déserté, triste nature morte. Elle caressa le cuir du canapé, jetant sur la pièce un regard absent. Elle s'arrêta près de la vieille commode, s'attardant sur une photo d'elle à sept ans, rieuse, dans les bras de Guy et Alice, avec deux dents en moins… Un vieil album se trouvait là. Elle le prit et s'installa dans le canapé. Au-dehors, la neige avait cessé de tomber. Un rai de lumière, jailli du jour à l'agonie, trouait le ciel et s'échouait dans le jardin, jusqu'à venir lécher l'intérieur du salon. D'un coup d'œil, Jeanne aperçut la télécommande de la chaîne hi-fi. Elle l'alluma et lança le disque qui s'y trouvait, au hasard. Ce fut Bach qui envahit la pièce – *Erbarme dich*, se souvint-elle. Un extrait de la *Passion selon saint Matthieu*, qu'Alice écoutait souvent. Petite fille, Jeanne avait appris les titres des morceaux en allemand sans rien y comprendre.

Erbarme dich, mein Gott. Prends pitié de moi, Seigneur.

Elle esquissa un sourire en compulsant l'album. Elle se vit à six ans, qui pédalait sur un kart rouge, hurlant de rire. Ouvrant ses cadeaux de Noël sous les yeux d'Alice, aux longs cheveux châtain clair. Posant avec Mickey et papa à EuroDisney, peu de temps après l'inauguration du parc. Mais soudain, elle se sentit de nouveau oppressée. Une sourde apathie menaçait de l'étouffer, de même que cette pénombre qui gagnait autour d'elle. Elle referma l'album et, laissant courir la musique, continua de vaquer, en somnambule. Les marches de l'escalier grincèrent tandis qu'elle montait à l'étage. Au bout d'un long couloir, elle poussa une porte qui émit un grincement.

D'aussi loin que je me souvienne...

Jeanne embrassa du regard sa chambre d'enfant, puis d'adolescente. Elle était dépouillée de tout maintenant, hormis ce lit avec des draps bleus, une chaise, un bureau, des étagères presque vides. Mais dans sa mémoire, rien n'avait changé, ou presque. Guy et Alice l'avaient gardée telle quelle longtemps, avant que Jeanne n'emménage toute seule dans son petit F2 au bord du lac. Elle l'occupait depuis son départ de la maison, départ d'autant plus tardif qu'après la disparition de sa mère adoptive, elle avait dû s'occuper de son père comme elle l'avait pu. Ici se mêlaient ses souvenirs post-DASS, de fillette puis de jeune rebelle un peu rock'n'roll. Tandis qu'elle s'y aventurait, elle repeuplait la pièce de ses images d'autrefois. Une grosse peluche et deux poupées, sagement posées sur le lit – aux draps roses alors. Sur les murs, des posters plus tardifs, un groupe de heavy metal aux musiciens travestis en zombies jouait de la guitare électrique dans un cimetière saturé de couleurs criardes. Sur une étagère, elle se remémora, dans un sourire figé, d'autres vieilles images… Et tant de bricoles de cette époque. À présent, elles lui sautaient à la gorge. Les paroles aussi douces que déchirantes de la chanson de Barbara, *Mon enfance*[1], glissèrent dans son esprit. Barbara : Alice adorait écouter ses chansons comme elle adorait écouter Bach, même si cela la rendait triste de temps en temps. Jeanne revoyait sa mère, parfois, levant le visage à contre-jour, méditative, dans le salon ou la cuisine. Elle se mettait à fredonner elle-même, sirène absente, d'une voix veloutée et terrible…

J'ai eu tort, je suis revenue
Dans cette ville, au loin, perdue,
Où j'avais passé mon enfance…
J'ai eu tort, j'ai voulu revoir
Le coteau où glisse le soir
Bleu et gris, ombre de silence…

Jeanne fit une grimace, de tristesse et de joie mêlées. Elle se souvint de ce croquis, pour la fête des Pères, d'un Superman aux couleurs hachées : *POUR LE MAILLEURE PAPA DU MONDES*, cerné de petits cœurs naïfs qui s'envolaient. Et cette photo de classe, avec Mme Pinguet, sa maîtresse, et les copains-copines. Tous, enfuis avec le temps, à dérouler leurs vies aveugles, quelque part. Un dessous-de-bouteille en rotin, l'une de ces créations

---

1. Barbara, « Mon enfance », *Le Soleil noir*, 1968, paroles de Barbara © éditions SOC Marouani.

d'enfants réalisées avec les pieds mais qui, se dit-elle, était comme un concentré d'amour. Une vieille figurine découpée, MAMAN QUE J'AIME. Un livre, offert par sa mère cette fois : *De l'autre côté du miroir*, avec une dédicace d'Alice, fatalement : *À ma fille, mon vrai pays des merveilles ! Pour ton anniversaire.* Puis, entre deux classeurs scolaires déchiquetés, un autre dessin froissé.

Mais celui-là était bel et bien présent, sous ses yeux : il était resté abandonné sur l'étagère du haut, retourné et couvert d'une fine pellicule de poussière.

Jeanne se figea.

J'ai marché, les tempes brûlantes
Croyant étouffer sous mes pas
Les voix du passé qui nous hantent
Et reviennent sonner le glas
Et je me suis couchée sous l'arbre
Et c'était les mêmes odeurs
Et j'ai laissé couler mes pleurs
Mes pleurs…

Elle avait la gorge sèche. C'était lui. Ce fameux dessin maladroit mais si expressif, toujours conservé, où elle s'était représentée elle-même tandis qu'on la séparait de ses parents biologiques, jugés inaptes à s'occuper d'elle. À gauche, papa et maman. À droite, Heckle et Jeckle en costume noir, dossiers sous le bras. Au centre, Jeanne en jupette écossaise.

Elle s'assit sur le lit, prenant une profonde inspiration.

Se relevant au bout de quelques minutes, elle passa dans la salle de bains voisine. Elle y pénétra avec émotion. La tablette au-dessus du lavabo était encore marquée de la trace du verre à dents, et… et le sablier ! Le petit sablier jaune et vert, lui aussi était toujours là ! De nouveau, elle ferma les yeux. Sa main, une main d'enfant, se tendait. Au-dessus d'elle, immense, Guy, jeune papa, beau flic, les yeux souriants. Il lui donnait sa brosse à dents maculée de dentifrice à la fraise tout en désignant le fameux sablier. Sa voix retentit comme s'il était encore là en chair et en os.

Tu dois attendre un sablier et demi pour bien faire. Ça veut dire que tu le retournes une fois, et qu'après, tu t'arrêtes au milieu. Et tu brosses bien derrière aussi, hein ! Pas que tes dents de lapin ! Je veux que ça mousse !

Elle se brossait les dents avec lui et, profitant d'un instant d'inattention, elle tentait de le retourner subrepticement pour gagner du temps. Elle grugeait ! Son père s'en apercevait et rigolait. Regard complice.

Jeanne ouvrit les paupières, Guy flotta dans le lointain puis s'évanouit, elle sentit ses yeux se mouiller de larmes.

Avant que le soir ne se pose
J'ai voulu voir
La maison fleurie sous les roses
J'ai voulu voir
Le jardin où nos cris d'enfants
Jaillissaient comme sources claires…

Elle redescendit, vacillante, attrapant la rambarde de l'escalier. Elle fit un effort pour recouvrer ses esprits et s'aventura dans le bureau de son père. Il était encombré de factures impayées, de piles de livres, de déclarations fiscales en pagaille… Reflet de l'égarement de Guy pour qui ces papiers ne signifiaient plus rien, Guy qui errait entre ces monceaux de boîtes et de classeurs, essayant de se souvenir. *Se souvenir...* Elle caressa d'un doigt le sous-main de cuir craquelé où, quand son père était encore lucide, il avait l'habitude de travailler ses dossiers, tard le soir, pour « régler ses Problèmes Administratifs », comme il disait. Au-dessous, un tiroir avec une clé. Ce tiroir aux allures de cache secrète avait longtemps fasciné Jeanne quand elle était petite. Elle se revoyait, effleurant la froideur de la clé dorée sans oser profaner le sanctuaire. Son visage fut soudain attrapé par un grand miroir qui trônait sur le mur en face d'elle. Il lui renvoya son image déboussolée.

Elle fit jouer la clé dans la serrure.

Elle se retrouva bientôt de nouveau dans le salon, avec le contenu du tiroir ainsi que d'autres documents. Elle ne savait pourquoi, mais elle avait besoin d'opérer un premier tri. Sans doute était-ce aussi son esprit qu'il fallait « nettoyer » – elle n'était pas dupe. Bach et Barbara continuaient dans sa tête une danse étrange, comme un vieux couple qui se retrouve et a des choses à se dire. Aux côtés de Jeanne, une poubelle et un grand carton. Elle dut s'avouer qu'en vérité il s'agissait pour elle de se préparer, déjà, à cette autre séparation. Celle d'avec cette maison, *sa* maison, leur maison qu'elle ne pouvait garder. Un deuil supplémentaire. *Les lieux sont habités*, songeait-elle. Il faudrait tout liquider. Sa vie d'avant, à l'encan. Maintenant, elle ne voulait que la paix. Et dans ce tumulte intérieur, celle-ci était introuvable.

La paix, par pitié... La paix !

Oh les noix fraîches de septembre
Et l'odeur des mûres écrasées
C'est fou, tout, j'ai tout retrouvé
Hélas.

Jeanne était gagnée par une terrible mélancolie. Il faudrait lutter contre *ça* – cette dépression qui la guettait. Comment aurait-il pu en être autrement ? Parmi les dossiers du tiroir, elle tomba bien vite sur celui qu'elle avait peut-être cherché sans le savoir… et se pétrifia de nouveau.

DOSSIER D'ADOPTION
JEANNE RICŒUR, NÉE SAUVEUR, 4 ANS

Sauveur, son ancien nom. Celui de ses parents biologiques, ces *junkies* inaptes et oubliés ; le nom béni et maudit. Sa main tremblait lorsqu'elle ouvrit le dossier. Jeanne y compulsa les notes, observa les tampons. Avait-elle été rangée, à un moment, au rang des « Problèmes Administratifs » ? Non… Cela avait débouché, en tout cas, sur une enfance heureuse. Oui, heureuse finalement, après ces débuts terribles. Avant une adolescence elle aussi très tourmentée.

Jeanne s'arrêta sur une autre photo. On y voyait un établissement blanc, de verre et de bois, assez imposant ; il ressemblait vaguement à un chalet perdu dans la neige. Au loin, les crêtes vigilantes des montagnes. Elle le contempla quelques secondes, puis remit la photo dans le dossier, qu'elle soupesa. Qu'en ferait-elle ? Poubelle, carton ?

Finalement, elle prit le dossier sous le bras.

Il ne faut jamais revenir
Aux temps cachés des souvenirs
Du temps béni de son enfance
Car parmi tous les souvenirs
Ceux de l'enfance sont les pires
Ceux de l'enfance nous déchirent...

La nuit était tombée. Dans l'entrée muette, deux cartons sous le bras, Jeanne regarda pour la dernière fois sa maison.

Pourquoi suis-je donc revenue
Et seule, au détour de ces rues
J'ai froid, j'ai peur, le soir se penche
Pourquoi suis-je venue ici, où mon passé me crucifie
Elle ne dort jamais mon enfance ?

Elle éteignit la lumière et referma doucement la porte.

4

Au bord du lac

Il était curieux, ce F2 posé au bord de l'eau, avec son allée de dalles découpées et son petit ponton de bois, assis sur le reflet des montagnes. Assez *design*, mais sans étage, des montants blancs agrémentés de grandes baies vitrées. Un peu isolé, il avait pourtant aussitôt plu à Jeanne : elle avait bondi dessus sept ans plus tôt. Son « appartement d'eau », comme elle se plaisait à le désigner, donnait non seulement sur la surface irisée du lac, mais aussi sur ce rideau de conifères profonds qui lui renvoyait toujours une impression de mystère et de conte de fées. À ce titre, la ressemblance de la vue avec celle de « l'autre maison », celle de ses parents, avait sans doute participé à son coup de cœur. Il régnait ici un calme absolu. Une sérénité que certains pouvaient juger un peu froide, mais Jeanne s'y sentait bien, dans cet état de semi-liberté et de semi-réclusion qui, sans doute, s'accordait souvent à ses humeurs et ses dispositions, et offrait un contrepoint heureux à la frénésie parfois violente de son métier. L'intérieur, avec sa cuisine américaine, son canapé et ses fauteuils blancs, ses coussins souriants, sa cheminée au milieu du salon, le tout presque d'un seul tenant, renforçait cette sensation de modernité tranquille et silencieuse. Une chambre unique, avec toilettes et salle de bains. Jeanne adorait, le matin, déguster son café chaud devant la vue sur les montagnes, au-delà de ces baies qui lui donnaient l'impression d'être comme au cinéma.

Dans sa chambre, assise en sous-vêtements sur son lit, elle caressait pensivement Minus, son chat. Un bâtard gris qu'elle avait trouvé miaulant au bord du lac. Il grelottait et ne dépassait pas les quinze centimètres, d'où son nom. Minus – qui avait grandi et s'était bien rembourré depuis – ronronna un instant, puis se tut et se pelotonna à ses pieds. Jeanne attrapa la bouteille de scotch à côté d'elle, un Jack Daniel's basique, dont elle se servit une rasade sans glace et sans grâce. Des doigts, elle chercha son paquet de Lucky et alluma une cigarette. Elle liquida rapidement le whisky, les yeux chavirants, et écrasa tout aussi vite la cigarette dans le cendrier sur la table de nuit, sans l'éteindre. Sa tête lui faisait mal. Elle regardait fixement devant elle, puis, sans crier gare, une envie de vomir la saisit. Elle attendit que l'amertume passe et, démolie, s'abîma enfin dans un sommeil profond, en ronflant.

Elle eut une nuit agitée, tournant et se retournant dans son lit. Une lumière pâle filtrait à travers le store de ses fenêtres lorsqu'elle se réveilla en sursaut. Elle avait oublié de descendre le rideau roulant. Elle se dressa d'un coup, haletante. Sa gorge était de sable. Son crâne frappait du tambour. Avait-elle rêvé ? Elle était incapable de s'en souvenir. Elle se leva, chancelante, et mit une ou deux secondes à assurer sa position. Elle lorgna la bouteille de scotch, pour s'apercevoir qu'elle l'avait terminée – une bouteille en deux jours. *Good job.*

Elle se glissa sous la douche, la barre au milieu du front, Notre-Dame carillonnant toujours dans sa tête. Elle émergea lentement sous la chaleur de l'eau. Elle prit son petit déjeuner en peignoir, le dos tourné aux montagnes, comme absente à elle-même. Elle se prépara un bol de céréales, poussant d'un pied las la gamelle de Minus, qui se précipita sur ses croquettes avec souplesse et avidité. Au-dehors, une brume matinale rampait sur le lac. Jeanne se perdit en contemplation devant la brume et l'eau, en silence, le café brûlant entre ses doigts.

Peu après, elle avala trois cachets avec un jus d'orange et retourna dans sa chambre. Elle s'habilla enfin, enfila sa chemise, puis son blouson de cuir, son jean, vérifiant dans le grand miroir qui faisait face à son lit qu'elle était présentable. Elle ne se maquillait pas, ou très peu, surtout histoire de se réchauffer le teint et de masquer les cernes dus à son chagrin, ses angoisses et ses nuits compliquées. Jolie, oui, pourtant… Jolie et cassée. Enfin, elle attrapa son badge et son arme de service – le Sig-Sauer 9 mm parabellum conventionnel des forces de police – en jetant un coup d'œil à son diplôme, accroché au mur. Ce diplôme de l'école de flics dont papa avait été si fier, et qu'elle avait obtenu de haute lutte, après son adolescence erratique et musclée – un retour du refoulé, sans doute. Mais, grâce à

Guy, elle était finalement rentrée dans le droit chemin. N'est-ce pas ?

Le droit chemin, lieutenant.

Lieutenant Jeanne Ricœur.

Elle eut un vague sourire, qui fuit lentement ses lèvres lorsqu'elle aperçut, à côté de la bouteille de Jack vide, le butin qu'elle avait rapporté chez elle. Ce premier carton de la maison. Les photos de Guy et Alice, le dessin… et son petit sablier.

Elle croisa de nouveau son visage dans la glace, avec l'impression que toute la fatigue du monde fondait sur elle.

Elle était épuisée.

Mais il fallait y retourner.

5

Lieutenant Ricœur

Les détonations lui parvenaient de manière étouffée sous le casque.

Jeanne sentait l'odeur caractéristique de la poudre et la chaleur de la crosse du Sig-Sauer contre sa paume. Le recul de l'arme. Le commissariat disposait d'un stand de tir en sous-sol. Superviser des dossiers de contredanses, de faits divers ou de chats perchés avec Davy lui était impossible ; elle avait besoin de se défouler. Lunettes sur le visage, casque sur les oreilles, elle vida deux chargeurs sous l'œil un peu interloqué de deux collègues. Lorsqu'elle fit avancer la cible, ce fut pour observer un résultat des plus moyens, qui l'irrita. *Eh ben, c'est pas terrible, ma fille.*

Elle ôta son chargeur, en glissa un autre, rageuse. Colère ou désespoir, son oscillation, le tout sans dormir. *Les portes de la dépression*, se dit-elle encore. Elle tendit le bras, les deux mains sur l'arme, bien campée, le regard haut, plissant un œil. Nouvelles détonations. Un peu mieux, mais… Mais…

Eh merde.

Elle s'arrêta de nouveau, ôta ses lunettes, lasse, une main sur les sinus. Il lui semblait que les battements de son cœur s'accéléraient. Elle haletait comme si elle venait de piquer un cent mètres.

Bouffée d'angoisse.

La cascade reprit. Le marteau d'un juge tombait avec fracas dans le silence d'un tribunal. Jeanne était là, sagement, mains dans le dos, dans une petite robe bleue à volants. Le couperet désignant ses parents comme incapables de s'occuper d'elle venait d'être prononcé dans des termes ésotériques. Papa et maman sortaient de la salle : à leur mine, à celle du juge, Jeanne avait compris. Elle regardait désespérément dans leur direction, guettant un geste, un signe. Sa mère, cheveux roux et sales dans les yeux, puis son père, honteux, glissaient devant elle. Pas un regard. Même pas un : *Salut, Jeannette.* Puis, sans transition, de nouveau ce couloir avec l'assistante sociale, sa main dans la sienne. Mais cette fois, elle identifiait d'autres gosses, soustraits comme elle à leurs parents. Alcool, drogue, coups et blessures, toutes ces douceurs du monde. Une vraie Cour des Miracles. Un enfant sanglotait seul sur un banc. Un autre tapait du pied frénétiquement, la jambe tremblante. Un troisième, bandage sur l'œil, en pirate égaré, lorgnait ses camarades d'un air absent. Un autre encore hurlait devant un adulte nerveux qui, dépassé par les événements, l'entraînait dans un bureau voisin…

Et puis le visage de la bonne sœur.

FOYER SAINTE-CÉCILE.

Jeanne rouvrit les yeux.

Elle rangea son arme de service en réprimant un tremblement. Malgré le casque, elle venait d'entendre frapper contre la vitre qui donnait sur le pas de tir.
Elle se tourna vers Frank.
Il l'observait et lui fit signe de le rejoindre.
Dans son bureau, tout de suite.

Ruffier referma la porte et se retourna.
Jeanne se retrouva debout en face de lui, au cœur du grand bâtiment blanc de l'hôtel de police, rue des Marquisats. À côté régnait l'effervescence coutumière. Quelques flics en civil déambulaient entre les *desks* où d'autres, en uniforme, achevaient leurs rapports, rivés à leurs ordinateurs devant une carte de la région, sous une lumière d'hiver. Un prévenu menotté s'acheminait vers une salle de dégrisement tandis qu'une sexagénaire aux yeux de chouette demandait à *parler à quelqu'un, enfin-mais-tout-de-même*. Plus loin, un adolescent à la mine fatiguée, assisté de sa maman, égrenait une déposition. Deux agents attrapaient un café à la machine avant de prendre leur service.
Les lieux étaient vieillissants, et les forces de l'ordre s'y trouvaient de longue date à l'étroit. La municipalité avait heureusement annoncé la construction d'un commissariat plus spacieux destiné à favoriser la centralisation des opérations de police. La commune nouvelle d'Annecy regroupait six agglomérations, ce qui obligeait à une recomposition du paysage et de la segmentation urbaine. On leur avait fièrement expliqué que, si la ville fournissait le terrain, le coût à charge de l'État pour l'édification du nouveau commissariat serait de vingt et un millions d'euros, soit l'un des budgets les

plus importants du parc immobilier à la fois de la police et de la gendarmerie au niveau national. Il serait édifié en plein centre d'Annecy, sur une ancienne emprise SNCF. Pour l'heure, on en restait aux bureaux habituels.

Jeanne eut juste le temps de saisir au vol dans la pièce voisine l'air interrogatif de Davy Maurice, son coéquipier, avant que Frank ne ferme les stores dans une grimace.

« Bon… Comment tu te sens ? »

La jeune femme eut un sourire figé et un peu las.

« Oh… Ça va mieux. »

Le manque de conviction n'échappa guère à son supérieur, qui lissa sa chemise et sa cravate fatiguées sur ses pectoraux encore athlétiques. Il marqua un temps, puis hasarda de sa voix chaleureuse et profonde :

« Jeanne… Je m'inquiète pour toi. M'en veux pas, ma chérie, mais t'as une sale gueule. T'es sûre de vouloir reprendre le service si vite ? Pourquoi tu ne prends pas des vacances, comme je t'ai proposé ? »

Jeanne eut un soupir puis le regarda dans les yeux.

« Frank, je viens d'être promue lieutenant et mon père n'a… n'a même pas eu le temps de s'en rendre compte. »

Elle se tut à son tour. Ce qui aurait dû être une fête et une grande fierté partagée avait une nouvelle fois tourné au n'importe quoi, selon l'ironie coutumière de la vie. Enfin promue, Jeanne l'avait annoncé à Guy, qui l'avait oublié dans la seconde : en « l'absence » de son père, la cérémonie, le badge, les ribambelles, tout cela avait semblé à la jeune femme une pantomime désolante. Le carnaval était gâché. Elle avait dû donner le change, mais ses rares proches n'étaient pas dupes.

Surtout pas Frank Ruffier. Elle finit par continuer d'une voix amère :

« Il faut encore que je fasse mes preuves, tu le sais bien. C'est ce que Guy aurait voulu. Et puis, franchement… je pense qu'un peu d'action ne me fera pas de mal. Mais si tu peux m'épargner les chats écrasés… »

Le commissaire la considéra un instant, visiblement peiné, mais résolu.

« Ouais. Tu contrôles, je sais, mais… Bon, écoute… toi et Davy, vous allez reprendre le terrain. Et si j'ai un truc un peu bandant, je te préviens. En attendant, mollo, d'accord ? Concentre-toi sur la paperasserie. »

Jeanne se contenta d'acquiescer.

« J'en rêvais. »

Elle se retrouva à son poste, courbée sur son ordinateur avec une pile de fiches administratives à côté d'elle, au milieu du brouhaha continu et des allées et venues de commissariat. Sa tête la lançait toujours. Elle remplissait des cases, griffonnait les dossiers en cours d'annotations mortellement ennuyeuses. Au moins, le caractère routinier de la tâche l'apaisait un peu… Autour d'elle, quelques flics la regardaient à la dérobée.

Soudain, une nouvelle pile de fiches atterrit sur le coin de son bureau. Elle leva des yeux un peu torves et découvrit Davy, dreadlocks, chemise et cravate vertes du plus mauvais goût. L'Antillais lui décocha un sourire éclatant. Ils faisaient équipe depuis leur promotion récente et quasi concomitante, mais se connaissaient depuis l'école, quand, ensemble, ils se livraient à leurs exercices et ruminaient leurs cours – toujours en tout bien tout honneur. La formation des élèves officiers comprenait des modules généraux : commandement, droit et procédure pénale, libertés publiques, informatique, et d'autres spécialisés en police de la circulation, violences urbaines, renseignement, maintien de l'ordre, sécurité routière, sans compter la police particulière concernant les débits de boissons, les forains ou les ressortissants étrangers… S'y ajoutaient les techniques radio, la connaissance de l'arsenal de la police scientifique, et bien sûr l'armement, le tir et les gestes professionnels en intervention. Jeanne et Davy avaient effectué leur stage d'un an en même temps. Sous ses airs goguenards, Davy était un bon flic. Il avait grandi en Martinique où demeurait sa famille ; il était venu en métropole pour ses études et l'amour d'une blonde décoiffante, enfuie depuis. La trentaine passée et sans enfant, il était, comme Ruffier, le confident désigné de Jeanne.

Il rejeta sa crinière en arrière et posa une fesse sur le coin du bureau.

« Ben, t'es déjà là ?

— On voit que t'as fait la criminelle, toi. Le sens de l'observation et tout. »

Il rit en en rajoutant sans doute pour souligner plus ou moins consciemment son soulagement : elle était encore capable de plaisanter. Puis il marqua un temps.

« Tu sais… On le connaissait tous. Il va nous manquer. Mais faut que tu te changes les idées. Y a une fête au *Ouis'* samedi. Tu viendras ? »

Jeanne fit la moue, gênée.

« Écoute, j'en sais rien. Faudrait déjà que je récupère. Je suis pas tellement d'humeur à batifoler, là. »

Il fit une grimace à son tour.

« T'as raison, les fiches de police, ça détend ! Comme tu veux. Enfin, penses-y. »

Il tourna les talons, puis lui décocha un clin d'œil.

« Tu sais quoi ? J'ai hâte de retourner au front avec toi. En attendant, reprends ton souffle. »

Jeanne ne répondit pas, et replongea le nez dans ses fiches.

L'image d'un poisson hors de l'eau, les ouïes palpitantes, la bouche ouverte cherchant désespérément de l'air, lui traversa l'esprit.

6

Au *Ouistiti à roulettes*

Achevant son jogging le long du canal, elle écoutait sa respiration et les battements de son cœur. Ce n'était pas pour rien qu'Annecy était surnommée la Venise ou la Perle des Alpes. Non loin, la vue du lac le plus pur d'Europe et cet air vivifiant qui entrait dans ses poumons libéraient un peu Jeanne de ce sentiment d'oppression qui ne cessait de lui serrer la poitrine. Les jolies façades du centre historique s'égrenaient devant le canal où les cafés déroulaient leurs terrasses confortables. Les tourelles aux tuiles roses, les rues étroites et sinueuses de la vieille ville, les anciennes prisons, les arches élégantes du pont des Amours… Jeanne les dépassa en courant, à un rythme à peu près correct. Annecy comptait environ cent trente mille habitants, ce qui en faisait un carrefour de la Haute-Savoie. Jeanne aimait quitter le centre pour s'aventurer seule en pleine nature, le long du lac, et revenir chez elle en le longeant, ses écouteurs dans les oreilles. De temps en temps, elle s'arrêtait, reprenait son souffle, et faisait quelques assouplissements en embrassant du regard le décor grandiose qui l'entourait.

Pourtant, elle ne pouvait se défaire de sa sensation d'étouffement. Elle dormait toujours aussi mal, embourbée dans des rêves frénétiques où son corps se ruait en avant pour fuir une menace invisible, atteindre un havre indéterminé, sans parvenir à avancer. Névrosée, comme tout le monde. Mais du contenu de ses rêves, souvent abrutie par l'alcool, elle ne se souvenait pas. Toujours cette impression de se regarder faire, d'être spectatrice de soi, presque atone – une distanciation qui, se disait-elle, était sans doute le moyen que trouvait sa conscience pour dominer son deuil. Et au-delà, ce vertige sur lequel elle n'osait s'attarder – *Ne lorgne pas en bas !*

Alors elle errait en s'imaginant comme dans ces albums de *Martine* qu'elle lisait quand elle était petite. *Jeanne fait du sport. Jeanne en voiture. Jeanne au supermarché*, poussant devant elle un caddie couinant. Puis elle se réveillait, attrapant des croquettes pour Minus. Hésitait. En prenait d'autres. Les jetait dans le caddie. S'emparait d'un scotch avec résolution. *Jeanne à la maison. En cuisine. Dans son canapé. Jeanne prend sa cuite. Jeanne sous une couette*, attrapant des chips d'une main distraite, faisant tomber des miettes salées qu'elle évacuait de la main, agacée. Elle lisait un magazine déjà daté et en charpie, près d'un cendrier plein de mégots. Une publicité pour un médicament lui arracha un haussement de sourcil. On y voyait une jeune maman épanouie, en body noir, levant dans le soleil son enfant.

Avec LABIAMAX, *dormez comme un bébé,*
et retrouvez la vie au max !

Elle délaissa le magazine et alluma soudain la télévision, comme elle aurait dégainé son arme de service. *Le monde comme il ne va pas.* Elle zappa. Météo.

Elle regarda au-dehors, inspirée. Le lac… Le ciel… Un présentateur endimanché forçait son ton enjoué en annonçant :

« … L'arrivée d'un front froid qui promet d'être inhabituel et très vigoureux, alors sortez les moufles ! Soyez prudents jeudi et vendredi, en particulier. La tempête traversera le pays et battra son plein… »

Jeanne éteignit le poste.

Errance.

Jeanne la paumée, se dit-elle.

Elle replongea la main dans le paquet de chips « Cracky préparées à l'ancienne ».

Soudain, son portable se mit à vibrer. Elle le regarda presque en louchant, son mobile lui semblait une bête curieuse prête à lui sauter à la gorge. Un SMS de Davy. *Alors Jeanne, tu viens ? Allez ! On va se marrer.* Elle hésita, soupira, commença à pianoter une réponse… Lorsque, cette fois, on sonna à la porte. Elle s'arracha à son canapé en maugréant. Derrière le battant, elle découvrit Davy lui-même, portable à la main, avec son grand sourire.

« Trop tard. Allez, amène-toi, t'as pas le choix. Prends ta caisse et suis-moi. Tu vas voir, c'est sympa… C'est déguisé ! »

Jeanne soupira encore.

Il neigeait.

Bien emmitouflée dans son blouson de cuir, Jeanne rangea ses gants et se dirigea à contrecœur à la suite de Davy vers l'enseigne illuminée du *Ouistiti à roulettes*. Elle lorgna le casque de viking avec ses cornes en plastique que Davy venait de lui donner : hors de question de se mettre ça sur le crâne. L'enseigne scintillait parmi les guirlandes multicolores. Ça sentait l'approche des fêtes. Jeanne jeta sa cigarette d'une pichenette, cracha sa fumée dans l'air tranchant puis entra derrière Davy tandis que celui-ci saluait à la cantonade.

Bon... Allez, après tout, halte à la déprime.

L'ambiance la réchauffa aussitôt ; c'était un bon bar à vins et bières artisanales, où les flics avaient leurs habitudes. Une affiche claironnait fièrement *SOIRÉE EXCEPTIONNELLE : animation heroic fantasy*. L'endroit n'était pas immense mais agréable, stylé et décontracté, déjà envahi de monde – sans doute ce dont elle avait besoin. Elle attrapa au passage une carte des vins, et la bible des bières, clamant qu'elle couvrait plus de deux cents variétés. Jeanne se dirigea vers le comptoir. Ce soir en effet, l'atmosphère était assez originale, très rock'n'roll. La bière coulait à flots et des verres de vin circulaient au milieu d'exclamations et de conversations bruyantes. Jeanne esquissa un sourire tandis que l'Antillais, déjà au comptoir, commandait un verre. Jeanne semblait toujours menue à côté de lui – Davy, en blouson marine et ample chemise blanche ce soir, était plus costaud encore que Frank Ruffier et la dépassait de deux bonnes têtes. Frank était là aussi ;

il la salua aussitôt au milieu des autres flics, sa petite moue naturelle vissée sur ses lèvres.

« Ah, v'là la plus belle ! Une petite place ! Et une Chimay bleue pour la mademoiselle, c'est ça ? Une Tripel ? Ou un verre de vin, un blanc ? Riesling ? »

Jeanne s'essaya à une grimace ironique.

« Jamais en dehors du service », hasarda-t-elle.

Il y eut des bises, de petites claques amicales, puis elle se retrouva au comptoir, lorgnant les robinets à pression, Davy à ses côtés.

À en croire la pendule qui surmontait la tête du patron lavant ses verres en hâte, il était 22 h 30 lorsqu'elle commença à sentir les effets de l'alcool, au bout de sa troisième pinte. Elle regardait fixement devant elle, le casque de viking de travers sur la tête. Davy avait réussi à le lui coller. D'autres flics arboraient des casques du même genre, ou des épées et divers accessoires. Vaillant, les cadenettes tombant en pluie autour de son visage, Davy se tenait toujours auprès d'elle – il venait de se saisir d'un haut tabouret pour s'y affaler – mais semblait moins éméché. Jeanne était passée par plusieurs phases, donnant le change comme elle le pouvait ; maintenant, elle se perdait dans le vide. Son regard dériva vers la veste de son coéquipier… Elle ouvrit de grands yeux et esquissa un sourire en attrapant le livre de poche qui en dépassait. Elle en relut le titre pour s'assurer qu'elle ne s'était pas trompée… et pouffa.

L'Éthique de Spinoza.

« *Pfff*… C'est nouveau ça ! C'est quoi ? »

Davy se tourna vers elle, sans même se vexer.

« Ben quoi ? J'ai décidé de me cultiver. »

Derrière eux, on chantait. Certains étaient même montés sur des tables, dans le fond. Jeanne papillonna des yeux en voyant soudain s'approcher un soldat en armure cliquetante. Le heaume rabattu, armé d'un fléau de pacotille, il se glissait dans les rangs pour servir des Kriek. Elle se souvint alors de la thématique de la « soirée exceptionnelle » et, comme si elle revenait à elle, prit conscience qu'une sono reprenait en boucle le générique de *Game of Thrones*. Sur une estrade improvisée, un nain en costume d'heroic fantasy, entouré de guerriers costumés, accordait une guitare électrique. Vaguement ironique, Jeanne fit un signe de tête en direction du groupe, puis se pencha vers Davy.

« Tiens, en voilà d'autres, des philosophes ! »

Mais de nouveau, face au comptoir, la lassitude fondit sur elle. Davy, pas dupe, la considéra un instant, puis lui enlaça les épaules. Ils restèrent ainsi un moment, tandis que la guitare électro-médiévale se mettait à hurler crescendo, puis…

« Tu rames, hein ? » s'époumona Davy.

Jeanne chercha ses mots, l'alcool ne l'aidait pas. Le cri de la guitare se calma un peu après un coup de Larsen suivi de rires tonitruants. Elle bafouilla :

« C'est la merde, tu veux dire. »

Elle avala une gorgée.

« Tu sais qu'ils ont un nom pour ça ?! Je veux dire, pour les adultes qui n'arrivent pas à s'occuper de leurs enfants. Y a une dénomination juridique. Ils sont déclarés *inconsistants* ! T'imagines ça ? *Inconsistants !*

— Tu parles de tes, euh, vrais parents, là ? Ben, vas-y… Balance. »

Jeanne taquina nerveusement sa chope de la main.

« Ouais. Mon “vrai” père, comme tu dis… je crois qu’il a aussi une tombe, quelque part. Overdose ! Je sais même pas où, et je veux pas le savoir. Quant à ma “vraie” mère…, elle doit cuver dans un coin sordide. »

La moue de Jeanne s’accentua. Elle finit sa pinte et en commanda une autre. Davy fronça les sourcils, regardant la mousse danser dans son propre verre.

« Et tu sais pas où elle est ? »

Jeanne haussa les épaules, serrant les dents.

« M’en fous. J’ai réglé la question depuis longtemps. Je la méprise cordialement. Mais bon… il y a des choses qui reviennent, forcément… et pas que des bonnes. »

Jeanne ne finit pas sa phrase : dans son esprit venait de nouveau d’apparaître le visage de Guy, souriant, dans la salle de bains. Avec le petit sablier jaune et vert. Puis la seringue et les boucles brunes de son autre père – l’absent, le sans visage.

Jeanne se tourna vers son équipier, la bouche pâteuse.

« Enfin, crois-moi, tout ça ne fait que m’encombrer. Je préférerais tout oublier. D’un coup. Comme ça. *Ciao*, et on n’en parle plus. »

Elle claqua des doigts.

Puis elle prit une profonde inspiration.

Bon, ma fille ! T’arrêtes un peu de gémir et d’emmerder le monde ?

« Mais t’as raison ! Faut que je décompresse, là… »

Elle s’ébroua, comme pour retrouver ses esprits.

Elle regarda autour d’elle, glissant sur les visages des uns et des autres, un peu chavirante… Soudain, elle s’arrêta sur un beau brun, barbe de trois jours, qui lui faisait un sourire, à l’autre bout du comptoir. Elle lui décocha un clin d'œil décomplexé. Le gars sourit de plus belle.

Le manège n'échappa pas à Davy, qui se pencha vers elle.

« Je vois. Excellente idée. T'as vu, il ressemble un peu à Superman. C'est pas un flic apparemment… Ça te changera. Et puis il n'est pas en armure, celui-là !

— Alors j'ai l'autorisation parentale ? » ironisa Jeanne.

Davy se fendit d'un rire.

« T'es une grande fille, *partner*. Moi, je suis toujours sur le coup de ma coiffeuse, tu sais bien. »

Il désigna sa chevelure et lui fit un clin d'œil.

« Les dreadlocks, c'est pour ça : ça fait durer. »

Jeanne revint au beau brun accoudé plus loin. *Minet, un peu gringalet*, se dit-elle, *mais mignon*. Il avait l'air un peu trop propre sur lui à son goût, avec sa petite veste, mais ne manquait pas de charme. Davy avait raison : il avait un faux air de Christopher Reeve dans les premiers *Superman* – l'acteur au regard bleu hissé sur le toit d'Hollywood, avant qu'une chute de cheval ne le transforme en paraplégique. Adolescente, Jeanne n'aimait que les *bad boys*, fatalement – au grand dam de Guy, son autre super-héros. Mais à l'époque, tout était bon pour irriter son père adoptif. Peu avant vingt ans, elle avait connu le grand amour, et failli épouser un garçon qui voulait devenir rugbyman. Elle était restée avec lui quatre ans. Lorsqu'il avait commencé à devenir violent, elle avait détalé. Stéphane n'était devenu ni rugbyman ni boxeur – il s'était contenté de quitter la région. S'étaient enchaînées des histoires sans suite, poussées à des degrés divers. Et depuis un an et demi, le calme plat. *No sex, no drugs* et pas beaucoup de rock'n'roll. Avec son air de garçonne sexy, Jeanne savait jouer d'un chic et d'un charme un peu félins, un peu panthère, aussi s'étonnait-on qu'elle ne soit pas en couple. Certains, avec une imagination toute masculine, murmuraient qu'elle était lesbienne refoulée. En vérité, elle se qualifiait elle-même d'emmerdeuse. Et elle aimait la solitude. Ou peut-être… peut-être attendait-elle de nouveau le grand amour, un vrai, cette fois ? Celui de l'impossible, celui des grands livres comme *L'Éthique* de Spinoza, dans sa version romanesque, bien sûr ? Celui de Juliette, Guenièvre et Iseult ? Oui, peut-être, après tout. Quant à Davy, ils s'adoraient, mais sans attirance réciproque au-delà d'une franche amitié, ce qui était sans doute plus sain au quotidien.

Davy s'effaça dans un hochement de tête en direction du beau brun.

« Allez ! Au boulot, ma fille ! »

Jeanne, un peu vacillante sur son tabouret haut perché, fit signe au garçon.

« Putain… C'est vrai que t'es philosophe. »

On les vit discuter, de loin. Frank sourit. Superman n'était pas sans humour apparemment, puisqu'il parvenait à arracher à Jeanne des sourires. Le ballet de toujours était lancé. Il lui effleurait la main, la baratinait. Jeanne se défendait, puis se détendait, se laissait faire, plus affable.

« Si elle pouvait être réconfortée un peu, enfin… » murmura Davy à Frank.

Ruffier se contenta d'acquiescer, avant que l'image de Guy ne passe à son tour tristement dans son esprit.

Ils sortirent du bar vers minuit. Il neigeait encore, les flocons crissaient sous leurs pas. Jeanne avait enfilé des bottes noires ; lui portait des mocassins lustrés, totalement hors de saison, cela les fit rire. Jeanne avait salué rapidement ses collègues. Sitôt dehors, le jeune homme tenta de la prendre gentiment par les épaules. Elle leva brièvement les yeux vers lui, esquissa un sourire, hésita, puis l'emmena vers sa voiture. Elle chercha ses clés, un peu nerveuse, les fit tomber en étouffant un juron.

« Tu es sûre que tu es en état ? demanda Superman.

— T'inquiète, ça va. »

Elle eut un petit rire, ramassa ses clés.

« Et puis j'suis de la police. »

Lorsque la voiture quitta le centre d'Annecy, Jeanne regardait fixement devant elle. Les essuie-glaces chassaient la neige sur le pare-brise. Superman, lui, observait la garçonne, lorgnant les seins sous le cuir, les jambes gainées dans le jean et les bottes. À un moment, s'enhardissant, il posa une main sur sa cuisse. Jeanne tressaillit, sans qu'il sût si c'était du fait de la soudaine intrusion, de la simple nervosité ou d'un désir un peu anxieux. Il fut vite fixé. D'un coup, le visage de la jeune femme se décomposa. Le vague sourire ivre et idiot qu'elle arborait depuis leur sortie du bar se figea. Ses mains se firent moites, tapotèrent le volant.

Non.

De nouveau, elle fit la moue.

Puis, sans crier gare, elle rangea sa Peugeot sur le bas-côté. Elle dit quelque chose à son passager, embarrassée.

Elle ne se souviendrait guère de la conversation, seulement de l'ivresse fondant sur elle, de la fatigue revenant l'accabler, de cette douleur d'animal blessé qui se réveillait. Lui, ne comprenant pas, bien sûr, s'élevant en protestations – comment aurait-il pu comprendre, comprendre et savoir, ce petit con de la planète Krypton ? Mais il était gentil, allons, c'était de sa faute à elle, qui ne savait jamais ce qu'elle voulait. Elle s'irrita. Lui aussi. Il ouvrit la porte, sortit. Elle redémarra. Depuis le bord de la route, sous la neige, Superman lui envoya une volée d'insultes moins héroïques. Ils étaient au bord du lac, et là-bas, au loin, on devinait à peine les montagnes, plongées dans la nuit.

Les essuie-glaces battaient en cadence devant le visage de Jeanne. Les phares balayaient la route, trouant l'asphalte boueux devant elle, entre les conifères dont la cime enneigée semblait se perdre dans la nuit. Pour un peu, elle aurait laissé le volant la conduire, acceptant d'aller s'emplafonner dans un arbre, et rideau.

Au bout d'un moment, n'y tenant plus, elle s'arrêta à son tour.

Elle s'extirpa du véhicule, plongea les mains dans ses poches puis pesta en s'apercevant qu'elle avait perdu ses gants. Ils avaient dû tomber quelque part. Elle jura. Elle se trouvait à un ourlet du lac. Elle en contempla la surface lisse, calme, silencieuse. Il semblait luire étrangement en son centre. Pourtant, la lune était absente. Face à ces montagnes, immensités muettes abîmées dans l'obscurité, un vent froid se levait, qui vint lui fouetter le visage.

Elle poussa un cri, un hurlement presque primal.

L’écho lui revint comme une gifle.

Elle baissa la tête.

Ce soir-là, dans son F2, elle affronta une nouvelle insomnie. Des images de Superman dansaient dans des assauts de sexe inachevé et des envies de vomir. Un regain de désir perturbé au creux de ses reins l’encouragea à se libérer. Elle voulut se masturber, sans parvenir à jouir. Sa dernière bouteille de scotch vide traînait non loin et le cendrier à côté d’elle n’avait pas désempli. Elle tournait et se retournait dans une ambiance ouatée et trop chaude, en sueur, elle avait trop poussé le thermostat des radiateurs. Elle se releva, ouvrit en grand les fenêtres pour être saisie par le froid et la neige.

Elle toussa.

Alors revint glisser dans son esprit cet établissement blanc, de verre et de bois mêlés, aux allures de chalet perdu dans la montagne, comme dans une boule de Noël. Au loin, le liseré des massifs. Cet établissement dont elle avait retrouvé la photo, dans son dossier d’adoption.

FOYER SAINTE-CÉCILE

Une boule. Une boule à neige. Oui, c’est ça.

Elle avait quatre ou cinq ans. La boule se trouvait sur le rebord de la fenêtre, dans sa chambre de Sainte-Cécile. Elle abritait des flocons artificiels, un sapin, un bonhomme de neige à skis, un chalet miniature. Lovée au cœur de ses draps, Jeanne pleurait, dans son lit étroit et grinçant. Soudain, une porte s’ouvrait. Une femme se découpait à contre-jour. La bonne sœur

– *Eva ? Irma ?* – arrivait. Jeanne se coulait dans ses bras. Sœur Eva-Irma prenait la boule près de la fenêtre, la retournait, la lui donnait. Jeanne la regardait, les yeux brillants.

La neige tombait dans la boule.

La jeune femme se redressa à l'aube, de nouveau tel un cadavre revenant à la vie, plus lasse encore si c'était possible.

Les cloches dans sa tête, une fois de plus. Elle voyait toujours un peu flou.

La douche. Les céréales. Les croquettes. *Dégage, Minus !* Le café brûlant. Le lac, par la fenêtre. *Jeanne prend son petit déjeuner.*

La neige. La brume. Les montagnes encore endormies et toujours muettes. Mais que voulaient-elles lui dire, ces montagnes trop grandes pour elle ?

Quelque part, un sablier égrenait le temps, et un mystérieux puzzle au paysage encore indistinct, fait de vert sombre, de blanc immaculé et de brun profond, se mettait en place.

7

Jeanne au marché

Pistolet à la ceinture, Jeanne sortit du véhicule de police en compagnie de Davy, place Sainte-Claire. C'était jour de marché dans la Vieille Ville. De nombreux stands de produits régionaux doublés de textiles manufacturés étaient montés. L'ensemble était riant, coloré, orné de décorations de Noël. Les deux équipiers exhalaient des soupirs de givre. Il ne neigeait pas en ce vendredi après-midi, mais la place était envahie de traînées boueuses. Un ciel de lavis. Jeanne avait encore passé la matinée à renseigner des fiches et examiner des rapports : au moins, elle et son coéquipier étaient dehors à présent, et la jeune femme n'était pas mécontente de se remettre en action. Elle tenait en main la photo d'un adolescent et jetait des coups d'œil autour d'elle, circulant à présent entre les étals. Ses doigts étaient déjà rosis de froid, et elle glissa une main dans la poche de son jean, contre sa fesse. Elle avait revêtu son blouson de cuir et un col roulé en cachemire.

Davy avait en main la même photo et marchait non loin d'elle.

« Et Superman ? » demanda-t-il.

Jeanne se contenta d'une grimace.

« Passé mon tour. »

Le ton suffisait à faire comprendre qu'elle n'avait pas envie d'épiloguer.

Tout à coup, elle se figea tel un chien d'arrêt, et fit signe à Davy.

Elle rangea la photo dans son blouson. Elle l'avait repéré : un ado aux allures de toxico, la glotte proéminente, des yeux globuleux, les joues creuses et boutonneuses, rachitique ; des membres comme des baguettes. Mal rasé, le cheveu en brosse, tout de jean vêtu. À l'angle de la rue donnant sur la place, il rangeait quelques billets d'un air coupable après une livraison furtive, tandis qu'un autre spécimen s'enfuyait déjà de l'autre côté entre les étals bigarrés.

« Il est là, notre revendeur, lança Jeanne à l'adresse de son coéquipier. Bon, Spinoza, tu le prends par la gauche ? »

Davy acquiesça.

Ils se séparèrent.

Jeanne avançait entre les stands, Davy de l'autre côté… Soudain, le jeune homme leva les yeux dans la direction de l'un, puis de l'autre. Il comprit – *Excellente, l'approche furtive*, murmura Jeanne entre ses dents, *bravo la police !* – et, rejetant d'un coup son sac à dos par-dessus son épaule, il détala.

Jeanne s'élança à sa suite.

Depuis une autre allée du marché, Davy fit de même.

La poursuite s'engageait. Davy s'engouffra sous les arcades, déjà sur les talons de l'adolescent. Mais celui-ci, jugeant sans doute que les stands du marché seraient plus propices à sa fuite, pivota brutalement pour replonger au cœur de la place. Il renversa un stand, provoquant une volée d'exclamations, et vira de nouveau à l'angle des arcades. Davy le perdit de vue et jura. L'adolescent, haletant, se crut un instant tiré d'affaire. Il s'apprêtait à quitter la place, lâchant crânement un rire vainqueur, lorsque, surgissant de nulle part, Jeanne glissa sur le sol boueux pour le tacler en plein élan. Le garçon s'étala de tout son long, poussant un cri. Aussitôt sur pieds, Jeanne se jeta sur son dos et lui attrapa le bras au milieu de la boue. En un éclair, elle le menotta. Comprenant ce qui lui arrivait, l'adolescent fit mine de se défendre, mais l'arrivée de Davy, alerté par les badauds stupéfaits, le dissuada de résister davantage. Davy vint prêter main-forte à Jeanne, qui se relevait avec leur prise.

Visiblement énervée, la jeune femme cria sèchement à l'adresse du revendeur :

« Toi, mon coco, tu vas aller réfléchir un peu à ton avenir ! »

Les traits de Jeanne étaient tout à coup déformés par la colère. Ils le ramenèrent aussitôt vers leur voiture en expliquant aux passants que tout était terminé, *circulez-y-a-rien-à-voir*. Jeanne sentit un liquide chaud couler de son nez.

« Tu saignes ? demanda Davy.

— Ah merde ! »

Elle chercha maladroitement un vieux kleenex au fond de son blouson. Elle avait dû se blesser lors de son tacle homérique, ou en se prenant le coude du garçon qui s'était débattu pendant qu'elle le menottait. Rien de grave mais, soudain hors d'elle, elle fit avancer l'adolescent avec une violence renouvelée.

Elle le poussa, une fois, puis deux, puis trois – toujours plus fort.

« Allez, MAGNE-TOI, petit con ! Les gars comme toi, qui gâchent leur vie avec tant d'obstination, ça me donne envie de cogner ! Allez ! »

Davy, surpris, la retint. Autour d'eux, on ne souriait plus.

« Jeanne, qu'est-ce qui te prend ? Calme-toi. Comme tu dis, il va aller réfléchir. Pas vrai, petit ? » jeta-t-il à l'adresse de l'ado, qui envoyait maintenant à droite et à gauche des regards vifs, tel un oiseau tombé du nid.

Libérant Jeanne, Davy prit le gamin en charge et le poussa dans la voiture.

« Allez, rentre là-dedans. Et baisse la tête, fais gaffe à pas te cogner. »

Jeanne inspira profondément en s'affalant sur le haut du véhicule, coudes au-dessus de la portière. Elle tenta de décolérer. Elle soigna son nez, fermant les yeux. Un bâillement irrépressible lui décrocha sa mâchoire...

Puis elle entra dans le véhicule et claqua violemment la portière.

Davy, silencieux, regardait devant lui en conduisant, jetant de temps en temps un coup d'œil dans le rétroviseur. À l'arrière, le petit jeune avait perdu ce qui pouvait lui rester de morgue, et n'osait plus bouger. Jeanne, crispée, lorgnait par la fenêtre... lorsqu'elle sentit son portable vibrer dans sa poche.

« Merde. »

Elle le chercha et lut : *Frank RUFFIER dit LE CHEF/le BOSS/le PATRON.*

Elle entendit la voix chaude et rocailleuse de son supérieur au bout de la ligne.

« Jeanne ? Je t'avais promis de te prévenir si j'avais un truc intéressant pour toi… Ben justement, j'ai un truc intéressant pour toi. »

Sceptique, Jeanne jeta à son tour un œil dans le rétroviseur pour considérer avec une irritation intacte l'ado et sa coupe en brosse, ses yeux globuleux et sa glotte, l'air perdu. Il lui sembla soudain avoir sanglé un petit vautour.

« Un autre maître du crime ? Vous êtes trop bon, Excellence.

— Pas vraiment, ironisa Ruffier. Mais un cas… intéressant. »

Elle attrapa un carnet.

« Bon… Vas-y, envoie. »

Ruffier égrena quelques informations au téléphone. À côté, Davy tentait de suivre la conversation.

« Une adresse ? demanda Jeanne. Mmh… Et tu veux pas m'en dire plus ? C'est quoi le truc ? Parce que Martine a pêche aujourd'hui. Non, rien, oublie. Alors c'est une surprise de Noël ? OK. Merci. »

Elle raccrocha et regarda de nouveau vers l'extérieur en soupirant. Davy se tourna vers elle.

« Alors ? C'est quoi ? Jeanne… T'es sûre que t'es en état, là ? »

Elle répondit sèchement.

« Parfaitement. Bon, écoute, tu déposes notre Al Capone, là, tu fais les papiers, j'y vais et tu me rejoins. Entendu ? »

Le ton n'appelait pas de réponse. Davy attendit des excuses, qui ne vinrent pas. Il choisit de laisser passer l'orage… Elle redescendrait sur terre.

La nuit était déjà tombée lorsque la voiture de Jeanne s'aventura au cœur de la forêt. Elle cheminait en lacets dans un silence subitement étouffant, au milieu des conifères dressés dans le noir. De nouveau, la neige chutait, cette fois plus drue. Jeanne ne pouvait même pas voir les montagnes alors que, lancée dans les environs de la « Perle des Alpes », elle gagnait en altitude. Elle ne sut pourquoi mais l'atmosphère lui rappela subitement celle de *Shining* et de son inquiétant hôtel Overlook, perdu dans les contreforts rocheux… Les essuie-glaces criaient maintenant, chassant avec une ardeur fatiguée les flocons qui s'amoncelaient sans répit. Les phares peinaient à trouer l'obscurité. Seule dans le véhicule, l'air toujours à côté de la plaque, Jeanne progressait avec difficulté. Elle avait mis le GPS, qui grésillait. Elle pesta en tapotant dessus, puis siffla entre ses dents :

« Mais où est-ce qu'il m'envoie ?! Ici, c'est limite pour nous, merde ! »

Sa guimbarde toussait. Machinalement, elle chercha un tube d'aspirine, qu'elle ouvrit d'une main. Elle avala deux cachets, sans eau, et claqua sa boîte à gants en jurant encore. Elle se perdit à un embranchement que la neige commençait à rendre moins distinct. Recula. Retrouva le bon chemin.

« Merde de merde. »

Elle alluma la radio, pour tomber avec surprise sur… l'*Erbarme dich* de *La Passion selon saint Matthieu*.

Le visage d'Alice à contre-jour dans le salon glissa devant elle.

Un signe, sans doute.

Pfff...

Elle reprit sa route.

Enfin, derrière les essuie-glaces, un bâtiment luxueux émergea du néant. Il était battu par la neige, au milieu d'un parc immaculé, couché sous l'ombre inquiétante d'une montagne fouettée par le vent. De grands sapins noirs lui faisaient comme une haie d'honneur. L'étrange édifice devait compter quatre ou cinq étages, de verre et de bois, animé de nombreuses fenêtres sagement alignées à l'identique ; le tout de style écolo-design, comme se plaisaient à dire les architectes contemporains. Mais le mariage entre l'ancien et l'ultramoderne était assez réussi. Davy Crockett rencontrant *La Clinique de la Forêt-Noire*. Jeanne ouvrit des yeux étonnés. Une pancarte glissa devant elle :

HARMONIA

Elle considéra le bâtiment, perplexe, puis le GPS, et vérifia de nouveau l'adresse que le Chef, le Boss, le Patron, le Grand Manitou, lui avait donnée.

Elle grimaça.

Harmonia. Bon Dieu, Frank, c'est quoi, ce truc ?!

Elle s'aventura sur le parking et s'aperçut vite qu'elle n'était pas seule : deux gyrophares y tournoyaient déjà – des véhicules de police. Une ambulance l'avait également précédée. Jeanne se gara non loin, marqua un temps après avoir coupé le contact, puis se décida. Elle sortit de la voiture, emportant son carnet, son portable, son dictaphone et un stylo. Elle claqua la portière : la bourrasque la saisit aussitôt.

Elle vacilla. Son blouson se gonfla légèrement.

« La vache. »

Elle marchait vers le bâtiment, puis ralentit soudain un instant – et cilla en le regardant de nouveau.

Les deux édifices se superposaient. Certes, Sainte-Cécile et Harmonia étaient différents – et le Foyer, s'il existait encore, se trouvait exactement de l'autre côté d'Annecy – mais elle ne put que constater l'équivalence qui, à sa mémoire, sembla manifeste. Elle en conçut une émotion étrange, qu'elle chassa immédiatement avec force. Troublée et frigorifiée, elle se dirigea vers l'accueil. Jeanne s'ébroua, rejetant la pellicule de neige sur son col et ses épaules.

Les portes coulissèrent…

Et elle entra.

8

Bienvenue en Harmonia

Jeanne pénétra dans un hall blanc, avec peintures abstraites et plantes vertes, une tête de cerf incongrue au mur – pour « faire chalet », sans doute – et un ours polaire empaillé. Elle fut accueillie par deux flics de sa juridiction, qui la saluèrent d'un signe de tête, et une femme rousse de quarante-cinq ans, aux faux airs d'Isabelle Huppert, apparemment très affectée. Sèche, un peu martiale, les joues creuses, le front barré de rides prématurées, elle paraissait vouloir rester maîtresse d'elle-même. *Control freak*, pensa Jeanne instantanément. *Un iceberg qui cache le feu ?* Elle lui tendit sa main froide.

« Lieutenant Jeanne Ricœur.

— Bonjour. Nathalie Hauteville. Je suis la directrice », dit-elle, lèvres pincées.

Hauteville se détourna sans attendre et invita Jeanne à la suivre dans le couloir. Un peu surprise par la rugosité de l'entrée en matière, Jeanne lui emboîta le pas.

« Qu'est-il arrivé exactement ? »

Ce fut au tour de son interlocutrice d'afficher sa surprise.

« On ne vous a encore rien dit ? Vous allez vite comprendre. Quelque chose de… de terrible s'est produit dans notre foyer. Suivez-moi. »

Tandis qu'elle marchait, Jeanne nota la présence, à la fois au sol et sur les murs, d'énormes flèches bleues qui pointaient dans différentes directions. Elles étaient assorties de mentions insistantes et de photos : *BUREAU DIRECTRICE : NATHALIE. POSTE INFIRMIER : HERVÉ. DEUXIÈME ÉTAGE : FOYER.* Jeanne fronça un sourcil en passant devant une salle qui retint son attention. À l'intérieur, sept personnes se trouvaient assises en rang d'oignons, comme ahuries et prostrées. Debout devant elles, une infirmière quinquagénaire, à lunettes et chignon gris, donnait à chacun une pilule bleue et un verre d'eau. Un adolescent au cheveu ras, visage anguleux, se tenait debout lui aussi. Apercevant Jeanne, il la mitrailla soudain de son iPhone, avant de refluer dans la pièce avec un sourire étrange. Tout au fond, une jeune et jolie femme jouait du violon de manière totalement décalée. Le morceau : *Erbarme dich.* Jeanne glissa devant la porte et poursuivit dans le couloir, hallucinée. Ce fut pour tomber sur une affiche : *BIENVENUE EN HARMONIA. Pour votre bien-être : l'autonomie contre l'oubli.*

Elle se tourna vers Hauteville.

« Mais, euh… on est où, ici ? »

Lorsqu'elle entra au foyer, ce fut pour y découvrir… un pendu.

Jeanne écarquilla les yeux.

Il avait les traits livides, ourlés de bleu. Les pupilles révulsées. De sa bouche sortait une langue violacée. Un zombie. En d'autres circonstances, il aurait paru grotesque, ballant ainsi au bout de sa guirlande électrique aux allures de boa. Jeanne, Hauteville et les deux policiers venaient de passer un panneau *FOYER* à flèche bleue, après deux portes coupe-feu. L'endroit ressemblait à l'intérieur d'un grand chalet et donnait sur une petite pièce attenante, ainsi que, semblait-il, des toilettes. Le légiste et deux autres flics étaient déjà au travail. Blême, raide, impressionnant, le macchabée oscillait imperceptiblement au bout de sa guirlande, face à trois rangées de chaises apprêtées pour une étrange fête. L'ensemble était dominé par une boule à facettes et une banderole multicolore préparée pour l'occasion, ornée de capitales un peu maladroites écrites à la main : *JOYEUX ANNIVERSAIRE*. Un lecteur de CD reposait de travers sur un radiateur. Tout autour de Jeanne, les flashes crépitaient. Plus loin, on photographiait une table renversée et un plateau de Scrabble, dont les lettres s'étaient éparpillées sur le sol. Un infirmier mince et pâle dans sa blouse, cheveux dégarnis sur un crâne ovale, assistait d'un air désemparé à ce spectacle. Jeanne, stupéfaite, salua en silence. Elle embrassa la salle du regard, puis s'éclaircit la gorge et, rassemblant ses esprits, s'approcha du cadavre en extirpant de sa poche carnet et dictaphone. L'un des flics, grand moustachu qui ressemblait au facteur du *Jour de fête* de Jacques Tati, y vit un signal : il commença à lui lire ses notes, désignant le pendu de la tête.

« 'jour, lieutenant. Marcus Kempf, quarante-cinq ans. Ex-comptable d'une PME spécialisée dans la vente de divers produits en ligne, style Viagra. Il semblerait qu'il se soit suicidé. »

Jeanne s'avança sans quitter le pendu des yeux.

« Il semblerait. Vous n'avez touché à rien ? »

À deux pas, le légiste, petit bonhomme à lunettes, intervint.

« On vous attendait pour, hem... le décrocher, lieutenant.

— Des témoins ?

— Huit. Huit patients. Ils fêtaient un anniversaire. »

Jeanne prit le temps d'enregistrer l'information puis, comme sortant de sa torpeur, enfila à son tour des gants stérilisés.

« Un... Un suicide devant huit témoins ? *Huit témoins oculaires ?* »

Elle s'arrêta net. Puis elle écarta les bras et regarda les autres autour d'elle, sans comprendre.

« Mais... s'il s'est suicidé devant témoins, cette affaire est déjà pliée ! Il n'y a pas d'affaire ! Quelqu'un peut-il me dire ce que je fais ici ? Et ils sont où, ces témoins ? »

Nathalie Hauteville dodelina de la tête et, bras croisés, s'approcha à son tour.

« Ah. Lieutenant... En effet, je crois... Je crois que vous n'avez pas très bien saisi *où* vous vous trouvez exactement. »

Jeanne examina le pendu tandis qu'Hauteville poursuivait.

« Harmonia est un établissement mutualiste créé il y a trois ans. Nous sommes spécialisés dans les amnésies antérogrades. »

Jeanne haussa un sourcil.

« Les amnésies antéquoi ?

— *Antérogrades*. Nous abritons une soixantaine de malades, mais ceux qui sont traités ici, dans l'unité pilote, ont la particularité d'avoir *perdu leur mémoire immédiate.* »

Jeanne fit une nouvelle grimace, rôdant autour du cadavre. Non loin, on photographiait les toilettes.

« Quoi, vous voulez dire… Alzheimer ? »

Hauteville, toujours avec la même raideur, répondit :

« Pas du tout. Tous ces patients ont subi un trauma sévère. Accident, AVC, rupture d'anévrisme… Des lésions cérébrales irréversibles. »

La directrice leva le visage vers Marcus, et ses sourcils s'arquèrent. Une émotion filtrait-elle à travers son blindage ? Du chagrin, et de la compassion.

« Marcus, lui, a eu un accident de moto. Il y a six mois. »

Jeanne s'agenouilla, considérant le tabouret renversé sous le pendu, plissant un œil.

« Et donc ? » demanda-t-elle.

Hauteville reprit.

« Ils se souviennent parfaitement de leur vie jusqu'à leur accident, du nom de leur maîtresse en maternelle, de la couleur de leurs chaussures à sept ans… Mais après, c'est la page blanche. Au bout de trois, cinq, six minutes, jamais plus, leur mémoire s'efface. Elle coule comme du sable. Et c'est implacable. Ici, nous leur offrons un accompagnement personnalisé. Le personnel appelle ce service *Memory*, et les patients… nos Dory. »

Jeanne se releva, perplexe.

« Des *Dory* ? »

Le flic de Jacques Tati intervint, goguenard.

« Oui. Comme le poisson, là, dans le film de Disney, *Le Monde de Dory*. »

Ce fut avec un sérieux imperturbable que la directrice renchérit.

« Voilà. N'y voyez rien de discriminant. Mais un peu d'humour. Il en faut, ici. »

Rien de discriminant, tu parles, pensa Jeanne en se tournant vers elle.

« Et ça s'est passé quand ?

— Il y a une heure trente. »

Soudain, l'attention de Jeanne fut attirée par une fenêtre ouverte, qui donnait sur la forêt voisine et le flanc des montagnes. Des bouffées glacées entraient encore dans le foyer pourtant surchauffé. À l'extérieur, il neigeait toujours.

« Elle était ouverte ? » demanda-t-elle en s'approchant des battants.

Jeanne s'avança jusqu'à la fenêtre et se pencha. En contrebas, auprès des parterres immaculés, elle avisa deux traces très profondes, en passe d'être enneigées, qui allaient se perdre dans le parc. Comme si…

Elle fut interrompue lorsque les portes de l'entrée claquèrent. Ce fut le moment que choisit un flic au visage rougeaud pour faire une entrée théâtrale. La main à la ceinture au-dessous d'un embonpoint affirmé, il affichait un air de triomphe. Il n'était pas seul. L'infirmière à lunettes et à chignon grisonnant que Jeanne avait déjà entrevue l'accompagnait, ainsi qu'un grand Noir, en jogging blanc et Nike aux pieds. D'une carrure impressionnante, un front volontaire, la musculature saillante, il promenait autour de lui des yeux égarés.

Jeanne remarqua aussitôt la trace de sang séché sur sa tempe. Visiblement, quelques gouttes avaient maculé son sweat… et il marchait avec des béquilles.

« M. Babakar Bakou-Bokassa, dit “l’Enclume”, tonitrua le flic. Le personnel l’a retrouvé dans le jardin, juste après les faits. On l’a soigné à l’infirmerie. Impossible de vérifier que ce sont bien ses empreintes dans cette poudreuse, mais… au vu de ses mollets, ça pourrait bien correspondre !

— P… Pourquoi j’ai des béquilles ? » demanda Babakar.

Jeanne lança à Hauteville un regard interrogatif. La directrice, gênée, s’expliqua.

« Euh… J’allais vous en parler. »

Jeanne se tourna vers Babakar, qui semblait toujours hébété. Elle-même n’était pas sûre de comprendre.

« Vous… Vous avez sauté par la fenêtre ? »

L’autre bafouilla quelque chose, mais le flic couvrit sa voix.

« Il dit qu’il se souvient pas. Et attendez le pompon : en furetant autour, on a trouvé un peu plus loin… *ceci*. Ça allait disparaître pour de bon ! »

Avec des allures de prestidigitateur, le policer exhiba alors… un revolver, dans un grand sachet translucide !

« Un Beretta 86 semi-automatique 8 mm, standard. Ça lui dit rien non plus. »

Le flic alpagua Babakar, qui lui jeta un regard terrifié, sans rien comprendre.

« Et ton entorse ? Et le sang sur ton jogging, c’est quoi ? Tu t’es coupé avec du fil dentaire ? »

Nathalie intervint aussitôt.

« Ça suffit ! S'il vous plaît ! Monsieur est un patient ici. Il ne ferait pas de mal à une mouche. »

Il y eut un silence gêné. Jeanne se contenta de regarder la directrice.

« En attendant, c'est notre principal suspect. »

Hauteville écarta les bras et s'anima pour la première fois.

« Il a pu se blesser en tombant ! La porte étant fermée, il… »

Jeanne cilla.

« Comment ça, fermée ? Quelle porte ? La porte du foyer ? Mais…

— Ah oui, je ne vous l'ai pas dit ? répondit Hauteville. Oui, alors il a voulu prévenir…

— Ou fuir ! corrigea le flic.

— Il a sauté par la fenêtre, continua Hauteville, et, le temps de faire le tour du bâtiment… *il a oublié pourquoi* ! »

Nouveau silence. Jeanne posa une main sur ses sinus.

« Vous vous fichez de moi ? »

Elle marqua une pause.

« Attendez. Un mort, un suspect, huit témoins, une porte fermée… *Et vous me dites que personne ne se souvient de rien ?* »

9

Souviens-toi ou meurs

« Quoi ? »

Davy Maurice venait de parquer sa voiture de service à l'extérieur et de rejoindre Jeanne qui l'attendait dans le hall, regard vissé sur le sol de lino blanc, poings sur les hanches, tournant en rond telle une panthère. Le hall d'Harmonia était parcouru d'une agitation inhabituelle. Davy considéra la tête de cerf et l'ours polaire empaillé avec le même air dubitatif que Jeanne à son arrivée. Derrière eux, les policiers emmenaient le pendu sur un brancard et prenaient des dépositions. La frénésie inquiète était palpable.

« Et ils étaient sans surveillance ? » demanda Davy incrédule.

Jeanne désigna l'infirmier, pâle, un peu plus loin : il contemplait avec horreur le cadavre que l'on emballait sous ses yeux…

« Il y avait un infirmier, M. Hanekke… Hervé Hanekke. »

Elle compulsa ses propres notes.

« … Mais il a dû sortir quelques minutes passer un coup de fil, et ils se sont enfermés à l'intérieur de la pièce. Apparemment, Marcus lui avait piqué son passe. On l'a retrouvé dans sa poche. »

Davy fronça les sourcils.

« Et la… "victime" se serait pendue sous les yeux des autres, qui sont restés sans réaction ? Mais enfin, Jeanne… ça n'a aucun sens !

— Aucun. C'est bien le problème. Sans compter que la directrice a aussi retrouvé *ça.* »

Elle sortit alors un papier froissé, également mis sous plastique, et le lui tendit en poursuivant :

« Elle l'a découvert dans la chambre de la victime juste après le drame, sur son bureau. »

Davy regarda le sachet et découvrit… un billet anonyme. Il retint sa surprise. Le billet était fait de lettres découpées dans un journal, façon « Corbeau ». Il lut :

SOUVIENS-TOI OU MEURS.

Interloqué, il le rendit à Jeanne.

« Il l'aurait écrit lui-même ?

— Ou on lui a adressé, répondit Jeanne. Mais tout ça, ça cadre pas, en effet. Si c'était un suicide, pourquoi une porte fermée de l'intérieur ? Pourquoi se suicider ici, à ce moment, et devant des… des "témoins" qui ne peuvent se souvenir de rien ? Et ce billet… »

Davy secoua la tête. Jeanne lui prit le bras et l'entraîna un peu plus loin.

« Davy, si j'ai bien compris, ces patients oublient tout, toutes les cinq minutes. Comme les poissons rouges ! Alors dis-moi : quelqu'un dont la mémoire s'effrite chaque seconde peut-il vraiment *préméditer* – ou "postméditer" – quoi que ce soit ? »

À son tour, Davy prenait la mesure de la situation.

« Tu veux dire... un mobile est-il seulement possible, dans ce cas ? »

Jeanne écarta les mains en signe d'acquiescement.

« Ou bien quelqu'un d'extérieur ? »

Ils se tournèrent ensemble vers Hauteville qui, mains raides dans sa blouse, les rejoignait. Jeanne l'apostropha.

« Vous avez parlé de la chambre de la victime. On pourrait la voir ? »

Quelques instants plus tard, précédée de Nathalie Hauteville et de l'infirmière – Irène, si l'on en croyait le badge qu'elle arborait sur sa blouse –, Jeanne, toujours gantée, pénétra avec son équipier dans une chambre gentiment décorée. Deux ficus encadraient une fenêtre donnant sur les montagnes. Un canapé confortable faisait face à une kitchenette individuelle assortie d'une table dépliante, et au fond un lit flanqué d'un grand placard de bois clair et d'étagères, avec un petit poste de télévision encastré. Un bureau complétait le tout, d'un seul tenant, avec en plus une salle de bains avec des toilettes. Un imposant tableau présentant des figures géométriques, comme un miroir brisé, dominait l'un des murs, au-dessus d'un paravent chargé de motifs floraux vaguement japonisants. Mais ce qui frappa aussitôt les deux inspecteurs était d'une tout autre nature. La chambre était envahie de Post-it, de carnets, mémos, photos épinglées sur les murs et la porte d'entrée, sur le bureau, la table de chevet, la kitchenette.

Un feu d'artifice de pense-bêtes.

Jeanne ouvrit de grands yeux, puis se concentra et, avançant dans la pièce, demanda à Nathalie :

« Madame Hauteville, pourquoi êtes-vous allée dans la chambre de la victime juste après le drame ? »

Hauteville se raidit et prit un air presque offusqué.

« Eh bien pour… pour voir si je ne trouvais pas, justement, quelque chose qui pouvait… l'expliquer !

— Mmmh… » se contenta de répliquer Jeanne.

Elle ouvrit quelques carnets, en compulsa plusieurs, puis s'arrêta sur l'un d'eux dont les pages quadrillées étaient griffonnées d'une écriture saccadée. Des bribes… – d'un poème apparemment, intitulé « Pour Alice ».

Mon amour, mon océan, mon soleil,
depuis toi tout me fuit
Le phare s'endort, à chaque heure l'oubli, la nuit
Est-ce une seconde mort ?
Si comme Alice un soir tu es perdu, pense à eux
Fais comme Alice encore
Suis à la mare les lapins bleus.

On y voyait aussi des petits dessins – des vases, des canards près d'une mare, des lapins bleus… Pour le reste, des *centaines* de pages manuscrites à l'écriture étroite. Nathalie et Irène se tenaient près de la porte. Jeanne tendit une pile de carnets à Davy.

« Il était marié ? demanda-t-elle à l'adresse de la directrice.

— Oui, répondit Hauteville. Sa femme était enceinte quelque temps avant qu'il n'arrive ici. Mais elle était fragile, il a dû la conduire aux urgences pour une crise d'hypertension. Elle est décédée avec le bébé quelques heures plus tard. Comme vous l'imaginez, Marcus en était très affecté. Et il n'avait pas d'autre famille en France. Des cousins aux États-Unis, je crois… »

Jeanne leva le visage, méditative.

« Tout ça pourrait justifier un suicide, mais… Et ce poème, il est de lui ? »

Ce fut Irène qui, soudain, intervint. Ses yeux étaient encore rougis de larmes.

« Oh oui, il adorait écrire ! Ou bien il a pu le recopier quelque part. Comme exercice ! »

Hauteville la calma d'un geste et revint à Jeanne.

« Comprenez : nos patients ont la plus grande difficulté à lire. Le temps d'arriver au bas d'une page… ils ont souvent oublié le début ! De même, ils peuvent écrire de la poésie, tenir un journal intime… Mais toujours dans l'instant, rien de suivi. C'est très particulier. Je le répète, ils ne sont pas fous, ni Alzheimer. Leur mémoire est comme… un Polaroid inversé. Ou un film qui s'efface à mesure qu'il se tourne. Nos patients sont figés dans un éternel présent. »

Elle prit une inspiration, puis :

« Comme ils oublient tout, ils ont non seulement des rituels, qu'ils mettent en place avec nous, mais aussi des carnets, des notes, un agenda sur lequel ils consignent tout ce qu'ils veulent se rappeler. Évidemment, *leur* agenda a une tout autre signification et une tout autre importance que les nôtres. Pour eux, ces petits carnets sont aussi précieux que la prunelle de leurs yeux.

Ils sont leur mémoire. Une succession de mille petits mémos, au fil de leur vie. Les dates anniversaires de leurs proches, leur emploi du temps hebdomadaire, un manuel pour faire fonctionner une machine… Un peu de tout. »

Elle désigna la série de Post-it éparpillés, ainsi qu'un tableau blanc effaçable dans la kitchenette voisine, et un calendrier où les dates étaient barrées jusqu'à celle du jour. Puis elle continua :

« Par exemple, quand ils le peuvent – et la plupart le peuvent –, ils font la cuisine eux-mêmes, dans leur chambre, au moins pour les déjeuners. Plus ils peuvent avoir d'autonomie, plus on leur en laisse. C'est bien ce qu'on cherche à développer. Alors ils notent ce dont ils ont besoin de se souvenir en cuisine. Ça fait aussi travailler ce qu'il leur reste de mémoire immédiate – tout est bon pour cela, vous savez. »

Jeanne s'approcha et lut les Post-it au vol.

Menu du lundi : steak-pommes noisettes ou haricots, yaourt.

Mardi : raviolis ou lasagnes bolognaise, petite salade.

Attention pour le micro-ondes : appuyer une fois pour arrêter la cuisson et une autre pour remettre l'heure courante.

L'heure courante... se dit Jeanne au passage, mais *cette heure courante* avait-elle elle-même un sens pour eux ? Dans quel espace-temps évoluaient-ils vraiment ? Dans quel… monde ?

Et au milieu de tout cela :

Attention : partie Jean-Claude 15 h mardi ; anniv JB mercredi.

Jeanne, fascinée, revint vers les strophes insolites.

« Et Marcus n'écrivait que ça : des poèmes et des menus ?

— Non, pas seulement, reprit Irène. Des choses plus secrètes aussi. Il est arrivé très amoché, mais dès qu'il a pu s'y remettre, il s'est fait livrer un ordinateur. Il avait également une clé USB. Il compilait des documents. Une fois, j'ai voulu regarder, mais je n'ai rien compris ! Il a tout de suite caché le dossier, et ça l'a mis en pétard. Ça m'a secouée. »

Jeanne cilla et se tourna vers l'infirmière.

« Des documents ? »

Davy désigna l'ordinateur qui se trouvait, en effet, sur le petit bureau. Jeanne s'avança.

« Bon, Davy, tu veux bien prendre l'ordi ? Et la clé USB, où est-elle ? »

Irène fit une mine désolée.

« Alors là… aucune idée. »

Tandis qu'elle poursuivait, Jeanne s'approcha du grand tableau accroché au mur, derrière le paravent. Elle plissa de nouveau les yeux. Elle venait de repérer un signe infime. Comme un coup de crayon dépassant du tableau. Perplexe, elle commença à en soulever le coin, puis demanda à Davy de venir l'aider. Celui-ci vint en renfort, et ils parvinrent à ôter le tableau.

Ce fut pour mettre au jour… un pan entier couvert de chiffres !

1162 786 5678 99,990 1235 84859 7688890 3,14
1678,4 1742 – 3748 905647 8835 467 284,96578
940087 54466,38834 57434749924352 2546

79 6400 54,603 4568 7 1224, 25 345 67,6538
90234 119,85 415 6178 9 045 1 5 678, 450 96,32
18916 17456,906 5085 7 32771 8 45 920 3 45
2,814 1,906 057832 719 55,6738 9530156389 22
457037

Un instant, les deux flics reculèrent de quelques pas, puis échangèrent un regard.

« Et ça, demanda Jeanne en se tournant vers Hauteville et Irène… c'est de la poésie aussi ? »

Irène s'approcha, éberluée.

« C'était un ex-comptable. Il aimait les chiffres, mais…

— Alors quoi ? Un délire pour tuer le temps ? »

Hauteville s'approcha à son tour.

« Ou une autre façon d'essayer de combattre l'amnésie, en faisant travailler sa mémoire. Je ne suis pas sûre qu'il faille y voir la moindre signification. »

Jeanne fit une moue perplexe.

« Pourquoi les avoir cachés alors ? Et comment pouvait-il se souvenir qu'ils étaient là ? »

Hauteville écarta les bras pour mieux désigner Post-it, mémos et autres pense-bêtes qui composaient la jungle de la chambre. *Une jungle de mémoire*, se dit Jeanne.

« Ils notent et photographient tout, vous savez. »

Jeanne cligna des yeux, réfléchit quelques secondes.

« Bon. N'entrez plus, ne touchez à rien. Davy, il faut des photos de la chambre sous toutes les coutures. Trouvez-moi son téléphone ! »

Davy renchérit.

« On a besoin de tous les mémos, Post-it, agendas et carnets disponibles. Eh oui, on va vérifier les portables aussi. »

Jeanne se planta devant la directrice.

« Je voudrais avoir accès aux chambres, si vous le permettez. Personne ne quitte les lieux. Je vais interroger vos témoins un à un. »

Hauteville hasarda un sourire dans lequel Jeanne crut discerner une pointe d'arrogance et de défi.

« C'est que… Ils ont tout oublié. Nous avons dû leur donner un calmant, après le choc. Ils doivent déjà dormir profondément !

— Et il est tard. Mais je voudrais tous leurs dossiers, je vous prie. »

Hauteville se raidit encore, mais Jeanne n'était pas d'humeur. Seule une sourde lassitude semblait soudain les rapprocher, ainsi que la même détermination.

« Secret médical, dit Hauteville, lèvres pincées.

— Avec votre accord ?

— Je ne vois pas en quoi leur pathologie pourrait vous aider… Je dois les protéger.

— De quoi ? »

Jeanne laissa planer un silence, puis déclara :

« Madame Hauteville, la loi vous autorise à refuser, mais je peux aussi demander au juge de commettre un médecin expert pour les obtenir quand même… Tout ce que nous aurons fait, c'est perdre du temps. Alors que préférez-vous ? »

Elle soutint le regard de Nathalie, qui finit par capituler.

« Dans ce cas… Entendu. Mais demain matin. »

Jeanne acquiesça et fit signe à Davy.

Elle claqua la langue.

« Demain matin. Première heure. »

10

Memory

La police quittait Harmonia. Deux voitures s'étaient déjà enfuies en jouant des phares, laissant des traces de pneus sur le parking. Jeanne marchait vers son véhicule sous la neige qui tombait en continu, une main dans la poche à la recherche de ses clés. À ses côtés, Davy s'avançait vers sa propre voiture. La nuit était profonde à présent, et les conifères, lugubres, semblaient hululer dans le vent. Le contour déchiqueté des montagnes, masses muettes et penchées sur cet écrin sombre, renforçait ce sentiment d'étrangeté, que Jeanne éprouvait parfois devant le paysage silencieux et grandiose depuis son « appartement d'eau ». L'atmosphère presque sinistre évoquait soudain à la jeune femme celle de certains contes pour enfants, comme *Hansel et Gretel*, qui l'effrayait quand elle était petite. Dans cette nature sauvage, seules les rares lumières d'Harmonia étaient sources de chaleur et de réconfort – quoique bien trompeuses. En dehors du vagissement du vent revenant en rafales régulières, les sons leur parvenaient de nouveau comme étouffés par le manteau de neige, sans cesse plus épais. Jeanne et Davy s'arrêtèrent un instant de part et d'autre de leurs véhicules. Jeanne frémit sous la bourrasque, mais Davy comprit que son soupir n'était pas seulement dû au froid. Il grimaça en la regardant. Le vacarme rendit leur échange presque incongru. L'un comme l'autre avaient soudain le sentiment d'avoir basculé dans un monde à part.

« T'imagines, cria Davy, si vraiment ils oublient tout, tout le temps, la vie que ça doit être ?

— Ils se souviennent de tout jusqu'à leur accident… Après, ils sont bloqués, condamnés à tout répéter, encore et encore. T'as raison, c'est horrible !

— Mais… Et nous ? On va faire comment ? On va les interroger sur la mort d'un mec dont ils savent pas qu'il est mort ? Et on va leur répéter ça, en boucle, toutes les cinq minutes ? »

Jeanne porta une main à sa tête, rejetant une boucle de cheveux semés de cristaux de neige.

« On va voir les dossiers. Et les téléphones, les mémos, tout le tremblement… Ils sont huit, sans compter le personnel. »

Elle conclut, pour elle-même :

« Oh, le budget Doliprane… »

Jeanne attrapa deux cachets et les avala avec une gorgée de whisky. Son teint s'était réveillé avec le froid, hâlant ses joues d'un rose vif, mais cela ne suffisait pas à masquer ces satanés cernes. Elle se contenta d'attraper sa brosse à dents et son dentifrice, lorgnant encore le sablier et la photo de Guy et d'Alice. Une fois au lit, elle s'installa en tailleur avec son ordinateur et, sourcils froncés, elle commença par taper *Mémoire.*

Non loin d'elle, elle venait de poser une brochure d'*Harmonia, l'autonomie contre l'oubli*, récupérée dans le hall, qui vantait les mérites de l'établissement *Pour vos proches en situation de handicap.* La brochure indiquait notamment que, dans « l'écrin des montagnes de la Perle des Alpes », se situait un havre de paix dirigé par le Dr Hauteville – neurologue spécialisée dans les amnésies, les rêves et les mystères du cerveau. Un psychologue, un neurologue et un psychiatre s'occupaient essentiellement des « troubles de la mémoire autobiographique » et des « effets secondaires psychiques émotionnels en réaction à la pathologie ». Un orthophoniste stimulait l'apprentissage « à partir de la mémoire épisodique et sémantique, pratiquant les jeux de langage et de lien ». Un ergothérapeute avait pour tâche de « trouver des solutions d'appareillages et des stratégies de substitution aux déficits physiques induits par la pathologie », tandis qu'une psychomotricienne développait avec les patients des « solutions de soutien corps-comportement ». Tous étaient secondés par des infirmiers, aide-soignants et animateurs pour accompagner diverses activités. Une quinzaine de personnes pour l'unité-pilote, en dehors de laquelle séjournaient d'autres traumatisés non concernés par les amnésies antérogrades, soit une soixantaine de patients en tout. Un joli puzzle cadeau, réalisé à l'occasion de l'inauguration du centre, représentait le site cerné de conifères et ses montagnes.

Jeanne hocha la tête, incrédule.

Et ces huit patients… Huit témoins d'un drame, dont ils étaient incapables de se souvenir. *Vraiment ?* Mais comment était-ce possible ?

Caressant machinalement Minus, elle se mit à lire.

La mémoire est présente chez tous les organismes vivants. Notre cerveau peut enregistrer un million de milliards de bits, plus que n'importe quel ordinateur : pour autant, notre mémoire est un outil sélectif qui ne stocke que ce qui est utile. Seule une petite partie des informations est sélectionnée comme pertinente et engrammée dans notre système cérébral, de façon à être utilisée plus tard. Ainsi, la mémoire sert à PRÉVOIR L'AVENIR, pour orienter nos choix en fonction de nos expériences passées. C'est un *outil de prédictibilité* dont la fonction première est d'améliorer nos chances de survie, par l'adaptabilité aux situations que nous traversons et, de manière générale, en permettant notre évolution, à la fois dans notre vie propre et d'une génération à l'autre. *Sans mémoire, pas d'apprentissage.*

Il existe plusieurs mémoires, et plusieurs zones cérébrales destinées à l'encodage et au stockage des informations. L'hippocampe est une région du cerveau primitif dit limbique, carrefour doté de voies de signalisation entre les aires cérébrales, jouant un rôle fondamental dans la formation et la distribution des souvenirs. La mémoire se répartit sur les différents lobes en usant, pour se construire, des spécificités de chacun. Le lobe frontal permet le raisonnement, la planification et le langage, la conscience de soi. Le lobe pariétal est celui de la parole et de la perception sensorielle. L'occipital permet le décodage visuel :

formes, couleurs, mouvements et profondeur de champ – c'est notre « caméra ». Le lobe temporal, enfin, offre de mémoriser les informations sonores, mais aussi le sens des mots. Il permet, surtout, la remémoration des souvenirs.

Tout cela relevait encore un peu du chinois pour Jeanne, qui avait, en outre, la tête comme une pastèque, mais elle se remobilisa et fit un effort de concentration. Elle revint à l'établissement en poursuivant ses recherches sur Internet. La construction d'Harmonia avait bénéficié de financements croisés de l'Union européenne et de différentes fondations privées. L'institut accueillait des patients de tous âges ou presque et de tous les profils sociologiques, pour des tarifs aménagés. À la pointe du progrès dans le domaine des fameuses amnésies antérogrades, il se faisait le porte-étendard de quelques autres établissements spécialisés, qui tendaient à se développer en France et en Europe. Elle continua de lire sur son PC.

Le processus mémoriel s'accomplit en 3 temps : 1/ L'*encodage* traite la réception des informations issues des 5 sens. 2/ Le *stockage* permet de les retenir dans la mémoire vive, ou mémoire immédiate, et de les faire durer en les retravaillant par des liens, associations, opérations, classements séquencés dans le temps. 3/ Le *rappel* offre de chercher et d'extraire l'information en la récupérant dans les aires de stockage, puis en la recomposant. Il existe deux types de mémoires principales imbriquées : la mémoire à court terme et la mémoire à long terme. La mémoire à long terme comporte elle-même deux sortes de mémoires.

La première est la *mémoire déclarative ou explicite* : celle des informations stockées par le langage.

1/ Elle contient la mémoire épisodique ou autobiographique : les souvenirs, liens, images qui ont marqué notre vie. Elle stocke les événements vécus et leur contexte, nous permettant ainsi de « voyager dans le temps ». Elle a une énorme capacité de stockage, et peut durer toute une vie.

2/ Elle contient aussi la mémoire sémantique : celle des informations conceptuelles, méthodologiques et de connaissances – la mémoire de ce qui fait sens. *Il n'y a pas d'oubli de la mémoire sémantique.* Le temps pour retrouver l'information dépend de la distance existant entre le nœud « objet de la question » et le nœud où se trouve stockée « l'information-réponse ». Les oublis sont, en réalité, des défauts d'accessibilité !

La mémoire non déclarative ou implicite est la mémoire inconsciente du corps et des sens : mémoire procédurale, de l'acquisition des compétences motrices, des méthodes, savoir-faire et automatismes ; elle est la mémoire des compétences physiques, sportives, ainsi que de l'équilibre. Elle est très résistante parce que inconsciente : le corps *sait* et *se souvient*, alors que l'esprit ne sait pas, ou croit avoir oublié.

« Nous ne sommes rien que des super-ordinateurs, quoi », commenta Jeanne.

Elle se tourna vers son chat, qui levait vers elle de grands yeux interrogatifs.

« Tout ça, c'est encore une histoire de connexions et de liens hypertextes. T'en penses quoi, Minus ? Tu as de la mémoire aussi, toi ? Ben oui… Tu as neuf vies, au moins, n'est-ce pas ? »

Minus se contenta d'un *miaou* très allusif.

Ces renseignements étaient fascinants, mais ne lui disaient rien de bon quant à ce qui l'attendait. Minus lui-même semblait un peu inquiet. Il choisit d'en revenir à sa vie de chat et plissa les yeux avant de ronronner en se pelotonnant contre elle. Jeanne se replongea dans son document. *Ah. Nous y voilà.*

LA MÉMOIRE À COURT TERME

C'est la *mémoire immédiate ou mémoire de travail.* Elle peut contenir certaines informations utiles temporairement, d'environ 45 s à une dizaine de min. Elle nous permet de manipuler les informations provisoires, par exemple pour faire deux choses en même temps, comme écouter *et* prendre des notes, d'accomplir les tâches de résolution et d'anticipation ; elle est spécifiquement humaine, et nous offre de retenir simultanément en moyenne 5 à 7 éléments différents pendant 0,5 s à 10 min. C'est la première étape de la *mémorisation à long terme,* la répétition des éléments contenus dans la mémoire à court terme permettant son stockage sur la durée.

L'AMNÉSIE ANTÉROGRADE EST LA PERTE DE LA MÉMOIRE À COURT TERME

Quand les zones du cortex préfrontal, occipital, pariétal ou de l'hippocampe sont lésées, l'altération des réseaux neuronaux impliqués dans la mémoire vive et la mémoire de travail empêchent tout apprentissage, toute projection ou anticipation.

C'EST L'ÉTERNEL PRÉSENT !

C'était exactement ce que lui avait dit Hauteville.

Ils sont figés dans un éternel présent.

Les Dory. Mon Dieu.

« Nous voilà bien, Minus. »

Mais Minus dormait.

Jeanne releva la tête, songeuse. *Quelque chose me chiffonne, pourtant*... Hauteville disait que ses patients notaient, photographiaient tout, revenaient sans cesse à leur portable : d'accord. Mais dans leur situation, comment *savaient*-ils seulement qu'ils devaient avoir recours à leurs téléphones, leurs mémos, etc., pour suivre ou reconstituer le puzzle de leur propre vie ? Après quelques recherches, l'article qu'elle dénicha sur le Net, visiblement signé d'un spécialiste du sujet, un certain Dr Stachetti, lui apporta la réponse. Les patients, apparemment, ne savaient pas qu'ils « devaient » se raccrocher à leurs mémos : ils en éprouvaient un besoin automatique, immédiat – comme une personne handicapée pouvait chercher spontanément ses béquilles, ou un aveugle sa canne. La charge mémorielle d'une image était bien plus forte que celle d'un mot ou d'un concept expliqué, et sa dimension émotionnelle était essentielle à la mémorisation, en fonctionnement étroit avec le principe d'association. Le portable faisait partie intégrante de la vie des patients dès avant leur accident :

chacun d'eux, même sans troubles particuliers, s'en servait quotidiennement, à la fois pour stocker tout ce dont il avait besoin, numéros, adresses, photos, listes, anniversaires, rendez-vous..., et en réaction à son environnement – en le filmant, le photographiant, ou bien pour répondre presque instantanément à des questions. Un coup de Net, et la réponse s'affichait. Autrement dit, le portable était déjà le réceptacle d'une énorme charge affective, intégré en tant que véhicule de stimuli émotionnels, et mémoire de substitution. Le téléphone, que chacun emportait partout, n'était-il pas un compagnon de vie ? Presque une extension de la personnalité... *Prodige de la conception et du marketing des ingénieurs en télécoms !* songea Jeanne. *Ils ont vraiment mis dans le mille !* L'usage du portable était déjà ritualisé. On le dégainait mille fois par jour. Sa perte ou son vol était vécu comme une dépossession de soi, sa disparition comme un vide, et l'absence de réseau comme une réduction de notre possibilité d'être ! En résumé, ces réflexes inconscients étaient déjà acquis en profondeur par les patients *avant* leur accident. Après celui-ci, le téléphone devenait comme un chien d'aveugle, chien de mémoire et « doudou » à la fois, le lien avec ce qu'ils devaient se rappeler, leur cordon ombilical avec les personnes qui les aimaient. La vie du dehors, le quotidien au-dedans. Et le Dr Stachetti de conclure :

> Les malades n'oublient jamais de mettre leur téléphone en charge le soir, et de le garder à portée de main toute la journée, comme vous le faites sûrement vous-même depuis plusieurs

années… et comme vous-même êtes habitué à le consulter dès que vous cherchez à vous souvenir de quelque chose.

Eh bien… ! Mais dans quoi ai-je mis les pieds ?!

Jeanne bâilla en regardant de nouveau Minus et cligna des yeux, se disant qu'il était temps pour elle d'aller dormir à son tour. Pour s'achever, elle cliqua sur un lien renvoyant à un texte de Bergson, *Matière et mémoire*. Elle en lut quelques lignes, puis eut un sourire et envoya par SMS le lien à Davy.

Tiens. Une mise en bouche. C'est pour les philosophes, ça.

Et elle se renversa en arrière.

Elle ne trouva pas le sommeil pour autant. Quelque chose la travaillait. Était-ce la formule de Davy lorsqu'ils s'étaient quittés sur le parking, justement ? *Si vraiment ils oublient tout, tout le temps… la vie que ça doit être ?* Comment ces patients pouvaient-ils savoir qui ils étaient, s'ils se voyaient condamnés à répéter la même boucle, bloqués sur une mémoire de trois ou cinq minutes inlassablement brisée ? Qui pouvait-on être lorsque l'on était impuissant à se souvenir de pans entiers de soi-même ? Quand ils disaient « moi », de *qui* parlaient-ils ? Que voulaient-ils dire exactement ? Toute pensée construite vola bientôt en éclats, tel le puzzle d'Harmonia, avant de se fondre dans un brouillard où Jeanne cherchait la route de son sommeil, le long de laquelle jaillissaient de grandes flèches bleues. *SOMMEIL. PAR ICI. PAR LÀ.* Elle ne sut pas à quel moment elle sombra, si elle avait vraiment sombré, mais le marteau du juge frappa contre le bureau de bois.

Et elle se redressa, en larmes, sans explication, au moment où le soleil se levait.

Titubante, elle se hasarda alors vers le salon, au cœur de cette aube brumeuse qui rampait sur le lac, le regard flou. Il lui sembla que les langues cotonneuses cherchaient à s'immiscer dans la maison, sous les grandes baies vitrées, comme si elles-mêmes voulaient se rappeler à elle, prendre possession des lieux avec l'eau du lac. Sa migraine ne passait pas. Elle prit deux nouveaux cachets et un grand verre d'eau.

À l'ouest de la baie, elle pouvait voir l'amorce de la route qui disparaissait en lacets en direction de la forêt touffue des conifères. Rêvait-elle, ou y avait-il là une voiture en stationnement ? Surprise, Jeanne tenta d'effectuer une mise au point de ses yeux encore lourds. Ce point rouge, à l'intérieur de l'habitacle… était-ce quelqu'un qui fumait ?

Jeanne cilla… Puis la voiture fit tourner le moteur, et s'en alla lentement.

Elle fronça les sourcils, se massa les paupières…

L'instant d'après, le véhicule avait disparu.

Perplexe, elle posa son verre vide sur la table et regarda sa montre.

En piste, se dit-elle d'un air las.

II

STOCKAGE

Il ne faut jamais devenir
le prisonnier de sa mémoire.
Victor Cherbuliez,
Les Études de littérature et d'art, 1873.

La mémoire, c'est l'identité,
c'est quasiment l'âme, et les hommes espèrent que,
s'ils emportent avec eux quelque chose de ce monde
après leur mort, ce sera cela.
Jean Dutourd,
Le Vieil Homme et la France, 1994.

11

Briefing

Le vent vagissait dans les arbres. La nature semblait plus sauvage et engourdie que jamais. Les chutes de neige tournaient à un étrange blizzard intermittent et le ciel uniforme se décomposait en d'immenses nuages compacts qui paraissaient se regrouper pour préparer de nouvelles rafales. L'aube n'avait plus rien d'une aube et se noyait à l'approche de la tempête. Les essuie-glaces chassaient énergiquement la neige sur le pare-brise de Jeanne. Elle bâilla à s'en décrocher la mâchoire, clignant des yeux. Voir par-delà ces flocons lui demandait un effort incommensurable. *Enfin, c'est pas possible, c'est Insomnia... Moi aussi, je me sens tout engourdie... J'ai été stupide, j'aurais d...*

Soudain, deux phares surgirent devant elle. Elle pila tout en braquant et se mit à glisser – *hep hep HEP !*

Et elle se retrouva, le cœur battant, en travers de la chaussée.

C'était un chasse-neige de la voirie. Jeanne aperçut le chauffeur à casque rouge ouvrir sa portière et l'apostropher. Elle ouvrit sa vitre à son tour.

« Ben, attention, ma p'tite dame ! Pas bien réveillée ? ironisa le chauffeur. Z'avez pas mis des pneus neige ? Vous devriez, parce que si ça continue, la route va devenir impraticable ! »

Jeanne força son sourire tout en attrapant une cigarette d'une main tremblante. Elle l'alluma et répondit en criant :

« OK, merci ! Et désolée, je m'en occuperai. Dites bonjour aux pingouins de ma part ! »

Le chauffeur lui fit un sourire goguenard. Il attendit patiemment que Jeanne fasse sa manœuvre, ses pneus pédalant dans la poudreuse sur le bas-côté de la route, le véhicule couinant piteusement sous la tentative. Enfin, elle parvint à se dégager et à repartir. Elle salua enfin le chauffeur d'un air figé, sa cigarette au bec. Puis elle se trouva ridicule, pesta, se débarrassa de sa Lucky et referma sa vitre.

Les sapins parurent s'ouvrir sur l'écrin d'Harmonia, au pied de la forêt et des montagnes. De jour, et malgré la brume qui commençait à s'installer, l'endroit paraissait plus envoûtant encore. Roulant avec précaution jusque sur le parking, Jeanne se rendit compte que la voiture de Davy était déjà là. Chacun avait pris son véhicule personnel plutôt que de passer par le commissariat pour emprunter une Batmobile de service. Enfin, Jeanne se parqua et sortit, saisie de nouveau par le froid et la bourrasque. En passant devant la voiture de Davy, elle s'aperçut que ce petit malin, lui, avait pensé à se doter de pneus adéquats. Elle extirpa son carnet, son dictaphone et se dirigea vers les grandes portes coulissantes d'Harmonia.

Jeanne retrouva Davy dans le bureau du Dr Hauteville, qui les attendait avec les dossiers prévus. La pièce blanche, d'une propreté pour ainsi dire hygiéniste, était pourvue d'une baie vitrée légèrement concave, assez stylisée, et donnant sur une serre : un jardin d'hiver, dont les plantes exotiques étaient du plus bel effet. Sur le bureau de la neurologue, un bouquet de fleurs artificielles. Derrière, quelques casiers immaculés, un petit réfrigérateur et une armoire à pharmacie suspendue, à côté de l'un de ces tableaux déstructurés dont on semblait raffoler à Harmonia. Hauteville les salua sans afféterie avant de leur fourrer dans les bras sa pile de chemises cartonnées, ainsi qu'une petite surprise : elle leur montra sur sa blouse son propre badge, *NATHALIE DIRECTRICE*, puis leur fit signe de la suivre dans le couloir en leur glissant deux autres étiquettes.

Jeanne y lut avec étonnement : *JEANNE POLICIÈRE* et *MAURICE POLICIER*.

« Tenez. Badges.

— Euh, c'est Davy, marmonna ce dernier. Maurice, c'est mon nom.

— Ah pardon, dit Hauteville. Ce n'est pas grave. Venez. »

Ils avancèrent dans le couloir et tandis qu'ils accrochaient leurs badges, Nathalie commenta, désignant les flèches bleues au sol, les murs avec les photos.

« Ils se souviennent de nos fonctions grâce à ces badges, et aux photos sur leurs téléphones. En outre, vous l'avez compris, tous les parcours sont fléchés. Si vous restez longtemps, il faudra aussi mettre vos photos sur le mur… »

Jeanne et Davy échangèrent un regard.

Nathalie avançait toujours de son pas martial. Jeanne la rattrapa.

« Mais dites-moi, vos patients… ils, euh, ils sont en séjour ici combien de temps ? Quand même pas toute leur vie ? »

Nathalie demeura impassible.

« Malheureusement, plus ou moins, mais cela dépend surtout de la capacité financière de leur famille, quand ils en ont, et de la reconduction des subventions. Après la rupture, je veux dire leur accident, ils se souviennent de rituels, de règles… Ils jouent au Solitaire, au Scrabble, au Memory, des jeux dont ils connaissent les règles… *Idem* pour le sport. Ici, nous tentons de favoriser les activités extérieures, et de leur donner une formation à des métiers accessibles : jardinage, artisanat, travail à la chaîne… Mais vous savez, ils ne peuvent s'engager dans rien, ni carrière ni relations de longue haleine. Ils s'accrochent, mais se sentent souvent très seuls. »

Ils négligèrent l'ascenseur pour emprunter un grand escalier à rampe de métal qui montait aux étages.

« Les souvenirs du long terme sont conservés, comme je vous l'ai dit, mais ils ne peuvent en acquérir de nouveaux. L'essence de leur personnalité est conservée, mais leurs émotions sont en partie modifiées. Ils sont sujets à l'anxiété, et souvent à une sensation d'irréalité, de flottement. Leur identité se fige. Les anciens liens affectifs demeurent, mais ils ne peuvent plus s'actualiser, vieillir… Par exemple, ils peuvent avoir des difficultés à reconnaître un enfant devenu adulte, même si c'est le leur, ou un parent qui a pris de l'âge. Aucun lien nouveau ne peut se construire. Et il y a presque toujours d'autres lésions associées au trauma et ayant un impact sur le physique, l'équilibre, le langage, la vision… »

Ils arrivèrent au sommet des marches et continuèrent de suivre la flèche bleue *FOYER*.

« Mais ils n'ont aucun espoir d'amélioration ? insista Davy.

— Très peu. Lutter contre l'amnésie rétrograde demande une combinaison de thérapies qui permettent de compenser en partie l'absence de mémoire immédiate. Mais la plastie cérébrale nous empêche de savoir si une lésion sera définitive, ni comment et à quelle vitesse des améliorations peuvent se produire. Tant que la mémoire immédiate est lésée, le patient reste coincé dans l'instant présent. »

Comme des enfants de chœur, ils saluèrent Irène qui les rejoignit à l'angle d'un couloir.

« Ici, continua Hauteville, tout le personnel et l'organisation du service contribuent à développer leur autonomie. La mémorisation est facilitée par l'amusement, la concentration, la motivation, l'émotion, la capacité à tisser des liens entre les souvenirs acquis et les notions à acquérir, les analogies, les ancrages physiques… Nous pratiquons des stimulations intensives par toutes sortes d'ateliers, individuels et collectifs. Et chaque patient prend des notes, photographie, affiche des plannings, des emplois du temps… La mémoire vive s'extériorise sur tous les supports possibles. Comme je vous l'ai dit, les téléphones portables sont de précieux suppléants, avec les agendas, les alarmes, les notes, les photos… »

Jeanne se souvint de ses lectures de la veille et chercha auprès du Dr Hauteville comme une confirmation.

« Mais vos patients ont-ils seulement, comment dire… la mémoire qu'ils n'ont pas de mémoire ? Comprennent-ils qu'ils sont ici, par exemple ?

— Bonne question, répondit Hauteville avec un sourire un peu froid. Ils savent en partie qu'ils ont un problème de mémoire, mais pas forcément jusqu'à quel point. Cela varie beaucoup selon les individus, mais aussi au long de la journée, de la semaine, en fonction de leur fatigue, de leur moral, de leurs progrès ou non… Les exercices dont je vous parlais ont justement pour but d'entraîner sans cesse leurs réflexes et capacités mémorielles. Tant qu'ils sont dans la répétition physique et ritualisée d'un acte, d'une situation qui ont été encodés *avant* le trauma, ils oublient momentanément leur problème de mémoire. C'est comme si ces informations étaient fichées sur leur "carte d'identité", leur puce si vous préférez, leur carte mémoire. Il s'agit de celle, inchangée, de la mémoire épisodique profonde. Cette partie de la mémoire qui a accumulé tout ce qui constitue *qui ils sont*. Mais dès qu'ils traversent un événement nécessitant de réactiver un fait, ou un élément, qui relève du bloc effacé, ils se "ressouviennent" brutalement de leur condition. C'est assez terrible. »

Jeanne essayait de comprendre.

« Un peu comme… quelqu'un qui aurait perdu sa jambe ou sa main ? »

Hauteville acquiesça.

« Exactement. Lorsque le patient est dans une situation qui ne fait pas appel à ce membre, il peut se figurer qu'il l'a encore. Il demeure dans le ressenti de son identité intégrale d'avant son accident. Il le *sent* toujours. Mais dès qu'il en aura besoin, qu'il tentera de le solliciter, l'image qu'il a de lui-même sera remodelée par ce rappel : son membre a disparu. Plus les moments qu'elle rencontre stimulent la visibilité de ce "manque", plus la personne est connectée avec sa "nouvelle" identité, celle de "malade de la mémoire". Vous savez, notre cerveau est parfaitement capable de ressentir que quelque chose ne va pas… même s'il ne l'éprouve pas ou ne le "conscientise" pas à chaque seconde qui passe ! »

Jeanne était de plus en plus sidérée.

« Donc, il y a toujours un moment où le patient "percute" qu'il y a un avant et un après… Et que la césure provient du fait de ne pas pouvoir retenir ni se constituer de souvenirs. C'est bien cela ?

— Vous voyez que vous suivez, lieutenant, dit Hauteville d'un ton dont on ne savait s'il était d'une ironie aimable ou franchement sarcastique. Alors pour répondre à votre question, ils ne se souviennent pas *toujours* qu'ils sont malades ou dans un établissement spécialisé, mais ils le sentent, le voient. Cela aussi se rappelle à eux sans cesse. Même si leur trauma les a fait basculer en quelques secondes et constitue la rupture fondamentale, leur admission ici ne s'est pas faite *ex abrupto* par rapport à leur ancienne vie.

— L'accident, la réanimation, la rééducation…

— … et le centre de réadaptation. Des semaines, parfois des mois les ont séparés de leur confinement actuel ! Ils ont été longuement coupés de leur vie antérieure. Ils ont dû intégrer le fait qu'ils n'étaient plus les mêmes personnes. En répétant inlassablement les mêmes gestes dans le même ordre, attachés au même lieu, nous stimulons la mémoire procédurale, l'enregistrement mémoriel dans le corps et par le corps. Comme lorsque l'on apprend le vélo, un trajet en voiture, à faire le café… Tout cela engramme en eux qu'ils sont en soins, dans un centre de thérapie. Et la mémoire perceptive, l'enregistrement automatique des sens, des couleurs, des odeurs, des sons, de la géographie, renforce ce rappel. Ils ont gardé les souvenirs de leur ancienne vie, de "celle du dehors", la voient qui continue à la télévision… Ils savent donc bien qu'ils sont dans une enclave à part, presque entre parenthèses. Leur but étant justement *l'après*. Pourrai-je jamais sortir ? Retourner dans la vraie vie ? »

Ils arrivèrent devant la porte du foyer.

Hauteville s'arrêta et se tourna vers Jeanne, qui se figea à son tour. La directrice planta son regard dans celui des inspecteurs.

« Lieutenants, malgré tout, leur mémoire est un labyrinthe. Une idée chasse l'autre, comme chez les petits enfants, où tout est première fois, encore et encore. Vous entrez dans un monde dont vous n'avez pas idée. Alors je vous en prie… ne les brusquez pas. »

Elle haussa les sourcils.

« Vous êtes prêts ? »

12

Coup de massue

Elle ouvrit la porte.

Ils furent aussitôt happés par le brouhaha ambiant. Au centre de la pièce se trouvaient les huit témoins que Jeanne avait déjà entrevus en arrivant au rez-de-chaussée, juste après les faits. Tous attendaient maintenant au foyer, assis sagement et docilement sur des chaises, sous le contrôle de l'infirmier Hervé Hanekke. Mais à peine Jeanne, Davy et la directrice étaient-ils entrés que des questions fusèrent en pagaille, sans qu'ils purent toujours en déterminer la provenance.

« C'est vrai ce que j'apprends ? Marcus est… *mort* ?

— Hein ? *Marcus est mort ?*

— C'est qui, Marcus ? »

Jeanne papillonna des yeux. Elle se sentit pâlir à l'idée de ce qui l'attendait. Elle embrassa la troupe du regard. Quelques instants, son cœur battit plus fort. Puis elle reprit le contrôle d'elle-même. Elle était « Jeanne policière », tout de même.

Elle se tourna vers la directrice.

« Bon. On va les interroger un par un. Vous pouvez les amener chacun leur tour ? Babakar en premier. »

Ils s'étaient installés derrière une grande table claire. Jeanne, avec carnet, stylo et dictaphone, dossiers sous les yeux, s'était assise non loin de Nathalie, Davy debout derrière elles. Hormis le lecteur de CD qui avait été déplacé de son radiateur, les signes de fête avaient disparu du foyer – plus de banderoles, de guirlandes électriques et bien sûr de buffet. Curieusement, seule la boule à facettes disco était restée suspendue au plafond. On avait rangé le Scrabble et tous les autres jeux. Un mur était latté de bois, et son vis-à-vis, dix mètres plus loin, peint d'un blanc immaculé. Le premier était flanqué de grandes armoires à casiers où se trouvaient remisées toutes sortes de matériels destinés aux ateliers – trousses, peintures, toiles et cadres, ciseaux, colle, papier crépon, feuilles Canson et mille autres bricoles fourrées dans des boîtes de diverses tailles. Sur le flanc ouest, les grandes fenêtres, fermées cette fois, donnaient sur les montagnes, ou plutôt sur le rideau de neige brumeuse qui, à présent, interdisait à la vue de porter jusque sur les cimes. Non loin, une porte ouvrait sur la salle attenante, qui servait elle aussi de remise, tandis qu'une autre permettait d'accéder aux toilettes. Le plafond droit s'inclinait soudain sous la soupente façon chalet, et le bois s'y substituait au placo. L'estrade, elle, était toujours en place, dominée par la grande poutre à laquelle Marcus s'était pendu.

Jeanne baissa les yeux sur le dossier de Babakar tandis que celui-ci entrait. Il était toujours vêtu de son sweat blanc à capuche, de son jogging et de ses Nike, et claudiquait avec ses béquilles.

> Babakar Bakou-Bokassa. Trouble équilibre léger, trouble massif mémoire immédiate, trouble de la déglutition, perte partielle champ de vision externe.

Jeanne releva les yeux.

« Monsieur, euh… Bakou-Bokassa ? Asseyez-vous, je vous prie.

— Pourquoi j'ai des béquilles ? » demanda-t-il, l'air toujours égaré.

Jeanne se saisit des documents le concernant et les compulsa tout en lui parlant. Il s'assit lourdement devant elle, sur une chaise dans laquelle il semblait un peu à l'étroit.

« Babakar Bakou-Bokassa… “L'Enclume”, c'est votre surnom, c'est cela ? »

Elle découvrait les informations en temps réel. Aussi parcourut-elle rapidement le reste de la fiche qui résumait le passé de chacun des patients. Presque aussitôt, elle cilla et se mordit les lèvres.

« Vingt-sept ans. Français d'origine sénégalaise. Un titre de champion régional de boxe catégorie poids lourd. Je vois aussi… que vous avez fait de la prison ? Coups et blessures ? »

Babakar joua des épaules comme un ours, mal à l'aise sur sa chaise, visiblement très gêné. Ce fut seulement lorsqu'il prit la parole, d'une voix traînante et qui cherchait ses mots, que Jeanne comprit à quel point il avait des difficultés à articuler.

« J'étais jeune. Pas longtemps… Et… il l'avait cherché. Et puis j'ai découvert la boxe, c'était ma chance. Ça m'a canalisé. »

De *cela*, oui, il se souvenait – du jour fatal. Il se souvenait de chaque seconde, chaque mouvement.

Dans la salle de Cergy, Babakar « l'Enclume » Bakou-Bokassa, dit aussi « le Tonton flingueur », quatre-vingt-douze kilos à la pesée, entama sa troisième reprise en sachant que ce serait là sans doute le plus dur combat de sa vie. Il avança vers le centre du ring, ramassé sur lui-même, les poings prêts à partir comme des boulets de canon, son jeu de jambes encore vif. En face de lui, « le Bourreau » de Gif-sur-Yvette se frappa le torse, hurla, puis se mit en garde à son tour. Babakar renifla et, d'un geste bref, balaya du gros pouce la goutte qui perlait à son nez.

Les coups claquèrent à toute vitesse. Bruit des gants dans des envolées de sueur. Le Bourreau se mit en couverture puis riposta. Babakar absorba une volée qui lui déchira les côtes, avant de tenter un crochet du droit, qui se perdit dans le vide. Son adversaire sembla ricaner derrière son protège-dents. Comme il allait vite ! L'Enclume voulut alors dégainer son arme secrète, ce fameux direct du gauche, punch assommant qui avait fait sa réputation. Mais de nouveau il rata son objet, et fut cueilli par un uppercut d'une violence inouïe. Il décolla du sol, puis recula en papillonnant des yeux, plus sonné que jamais. Pourtant, il devait vaincre ! Pour la suite de sa carrière bien sûr, pour l'honneur, pour ces heures infinies passées à s'entraîner. Mais aussi pour ses frères et sœurs, sa mère, son père malade. Pour Mia, qu'il espérait bien épouser. Enfin, pour l'argent qu'il devait à quelques-unes de ses anciennes – et mauvaises – relations. La boxe, sa rédemption. Il devait s'en sortir ! Toute sa famille était venue aujourd'hui l'encourager.

Coincé dans les cordes, il tenta de riposter, mais un liquide chaud coulait de sa paupière tuméfiée. Il voyait flou… Et le Bourreau se déchaîna. Nouvelle volée dans les côtes. Un coup près du sternum enflamma ses abdominaux et lui coupa la respiration ; les yeux exorbités, Babakar happa l'air comme un poisson sur le point de crever. Il baissa sa garde ; erreur fatale. Le crochet du droit asséné par le Bourreau retentit dans la salle en même temps que la clameur de la foule. Babakar resta debout un bref instant… Puis s'effondra au milieu du ring, dans le sang et la sueur. La dernière chose qu'il vit, avant de fermer les yeux, fut le coach et le soigneur qui criaient dans le coin, le public derrière eux – sa mère, son père dans son fauteuil roulant, deux de ses frères et sœurs… et Mia, les mains sur la bouche, se levant d'un coup. Il entendit le comptage lointain de l'arbitre, sentit le contact de ce plancher toilé, sur lequel il s'était entraîné tant de fois… Et il sombra.

« Et après, plus rien ? » demanda Jeanne.

Babakar cligna des paupières, mit un temps à répondre de sa voix un peu pâteuse.

« Je me souviens que j'ai une famille. Mais je me suis fait oublier. J'y pense tous les jours mais ils viennent plus me voir, je crois. Ils… »

Jeanne fut soudain désarçonnée. Elle crut un instant que la montagne de muscles en face d'elle, ce nounours un peu gauche dans son sweat polaire, allait fondre en larmes. Hauteville s'était approchée. Elle mit aussitôt une main sur le bras de Jeanne.

« Doucement… » murmura-t-elle.

Jeanne baissa le regard, jouant de son stylo, et laissa passer un moment.

Mais elle avait une enquête à mener.

Elle releva les yeux.

« Vous vous souvenez de ce qui s'est passé hier soir ? Ici même ? »

Babakar fronça les sourcils.

« Hier ? Hier… »

Il posa un doigt sur ses lèvres, songeur.

« Attendez… Non… Mais… »

Puis, comme s'il revenait à lui, il se pencha et lut enfin le badge que Jeanne avait épinglé de travers sur son blouson. *JEANNE POLICIÈRE*.

Il recula le visage, soudain inquiet et méfiant.

« Vous êtes de la police ? Je… J'ai fait quelque chose ? »

Jeanne se contenta de montrer une photo du pendu.

« Vous reconnaissez cet homme ? »

Babakar marqua un temps à son tour, puis chercha son carnet. Ses gros doigts compulsèrent les petites feuilles quadrillées. Jeanne y aperçut aussi, collées au début, des photomatons des autres patients.

« Ah, oui… Bien sûr ! C'est Marcus ! Oui, je le connais très bien. »

Il lut, toujours avec difficulté, en détachant ses mots :

« *C'est un bon copain. On joue au Scrabble. Il est comptable. Il écrit des poèmes.* »

Il releva le visage vers Jeanne.

« Mais… il fait quoi là ? »

Jeanne fit la grimace et eut un bref regard pour Hauteville, gênée.

« Euh… Il est mort. Vous voyez, apparemment il s'est pendu. »

Babakar roula de gros yeux, bouche ouverte, sidéré.

« Marcus s'est *pendu* ? »

Il eut encore un temps d'arrêt… Puis il compulsa son carnet… et, usant de son petit crayon, avec gravité, il barra le nom. À côté, il inscrivit en lettres capitales : *PENDU.* Il regarda Jeanne de nouveau, haussant un sourcil, cherchant à comprendre.

« Et… comment ça s'est passé, au fait ? »

Jeanne se mordit la lèvre.

13

Interrogatoires, première manche

Grand et maigre, un visage avenant mais aux traits taillés à la serpe, un peu couperosé, Albert avait une soixantaine d'années. Il arriva en pull et veste gris… Jeanne se pencha sur son dossier.

> Albert Delaunay. Hémiplégie gauche partiellement surmontée, légère diplopie (voit double). Ni famille ni visite. Alcoolisme sevré durant hospitalisation.

« Albert Delaunay. Vous étiez curé ? Sur trois communes normandes. Messes dominicales, baptêmes, mariages, enterrements et *tutti quanti*, rythme infernal… »

Elle fut aussitôt frappée par son regard bizarre, sans doute causé par son hémiplégie partielle.

« Ah ça, Dieu ne m'a pas épargné.

— Et un jour, catastrophe.

— Oui… C'était l'entreprise Buchet & Fils. Ils venaient réinstaller le buffet d'orgue. C'étaient des amis, ils avaient accepté de venir un dimanche. »

Albert regagna enfin la sacristie. La messe venait de s'achever et les enfants de chœur de partir. Il n'était pas mécontent d'avoir repris la charge de cette petite paroisse de Flers, Normandie, en déshérence depuis la mort de l'ancien curé ; il aimait ses ouailles et adorait cette région où il avait grandi. Mais le rythme auquel il était soumis l'épuisait. Il comprenait que le service de Dieu exige de l'abnégation ; Gloria in excelsis deo *et* Ego te absolvo, *mais enfin, il y avait des limites, songea-t-il en ôtant son étole et sa soutane, devant la glace, pour retrouver son costume civil. Il n'était pas mort et ressuscité, lui. Enfin, pas encore. Il aurait bien voulu, de temps en temps, recevoir un signe du ciel, un minimum d'encouragement, quoi. Sa propre foi avait aussi besoin de se revivifier. Peut-être son sacerdoce manquait-il désormais d'un peu de sel, de surprise ? Songeur, il attrapa sa veste grise, ornée à la poitrine d'une discrète croix en argent, l'enfila par-dessus son pull de tricot et se frotta les mains.*

En ce mois de novembre, il faisait froid, et l'église était mal chauffée. Il chercha discrètement sa fiole de whisky, en prit une rasade et la reboucha prestement. Puis il la glissa dans la poche de son pantalon côtelé et sortit de la sacristie. Il s'agenouilla pour renouer l'un de ses lacets, fredonnant sans s'en rendre compte la chanson d'Eddy Mitchell : « Pas de boogie woogie ». Coup d'œil à sa montre. 13 heures. Il avait faim, mais les entrepreneurs allaient arriver. L'orgue de chœur massif de sa vieille église, fraîchement restauré, devait être réinstallé ce jour, et se substituer à l'harmonium dont le son enflammait chaque dimanche la chorale des pinsons octogénaires de la paroisse. Heureusement, tous les éléments de l'instrument, console, soufflerie, sommier et tuyauterie, étaient regroupés dans le buffet ; il ne resterait plus qu'à dresser l'orgue d'une pièce dans l'abside, à même le sol. Albert entendit justement le camion de déménagement qui se présentait sur le parvis.

Les portes du véhicule s'ouvrirent tout près de celles de l'église : un moustachu frisé, Buchet père, et son aîné, grand rouquin costaud, en sortirent. Deux autres fils Buchet étaient là, et trois employés qui ne seraient pas de trop pour transporter l'engin précieusement enveloppé devant eux. Buchet père envoya valser son mégot de cigarette.

Bientôt, on se mit au travail.

Albert avait retroussé ses manches pour diriger les opérations. Les autres apportèrent la bête, solidement sanglée sur deux imposants diables métalliques, qui roulèrent avec vacarme dans l'église. Il fallait monter trois marches pour parvenir à l'abside. À la une, à la deux, on dressa l'instrument. Puis, le faisant basculer, on put le hisser au sommet du petit escalier.

Ce fut alors que le drame se produisit.

À la troisième marche, l'appareil oscilla dangereusement. Buchet & Fils et employés ahanaient comme des bœufs. Un cri résonna dans la nef ; l'un d'eux s'était coupé. Une lanière se défit d'un coup ; les draps et molletons protégeant l'orgue glissèrent lourdement ; on voulut les rattraper. Il y eut un nouveau cri, une injonction du patron ; l'orgue oscilla encore. Albert ouvrit des yeux immenses : le buffet, énorme, basculait sur lui ! Son ombre le recouvrit. Albert eut même l'impression que les tuyaux tombaient en pluie comme des spaghetti au-dessus de sa tête. Alors il crut entendre sonner à la volée les cloches de l'église de Flers, quelque chose comme le Gloria *de Vivaldi…*

Puis ce fut le trou noir.

« J'ai pris l'orgue sur la figure. C'est mon dernier souvenir. C'est bête, hein ? Les lanières ont craqué. »

Ce fut Davy qui cette fois lui montra la photo de Marcus, pendu.

« Vous reconnaissez cet homme ? Ici ? »

Albert, un peu perdu, tapota son pantalon, y trouva son smartphone ; son visage s'éclaira. Le code pin était griffonné sur un Post-it minuscule, scotché au dos de l'appareil. Il le pianota, puis chercha… toujours avec ce regard étrange… et dénicha le portrait de Marcus, identifié sur le téléphone.

« C'est… *Marcus* ? Marcus Kempf, c'est ça ? »

Réalisant soudain, il blêmit. Sa prunelle gris-bleu sembla vriller dans son œil droit.

« Mais… il est *mort* ? »

Il tenta de rassembler ses esprits puis, d'un air sérieux et professionnel, joignant les mains, s'enquit auprès de Jeanne :

« Vous venez pour l'enterrement ? »

« Suivante, je vous prie », demanda Jeanne.

Myriam Krystel. Rupture d'anévrisme. Perte du goût. Crises d'épilepsie. Célibataire. Visite de ses parents. Sortie W-E autorisée une fois par mois.

Myriam était une jolie blonde trentenaire au front pâle, des yeux vert profond et expressifs, vaguement cernés. Les boucles blondes de ses cheveux mi-longs tombaient de part et d'autre d'un visage gracile. Avec ce teint de porcelaine et sa minceur angélique, son côté un peu éthéré, sa petite bouche en cœur, elle devait attirer les hommes – avant, en tout cas. D'autant plus dans cette tenue, avec ce haut moulant noir et cette jupe courte et tendue qui la mettaient en valeur.

*Allez. Maintenant, droit aux enfers. L'archet suspendu, Myriam, second violon à l'Opéra de Paris, était au bord d'attaquer l'apothéose d'*Orphée et Eurydice, *dans la sublime salle à l'italienne du palais Garnier. Myriam adorait jouer cette partition, particulièrement la célèbre « Danse des Furies ». Créé d'après Gluck par Pina Bausch pour sa compagnie du Tanztheater Wuppertal en 1975, le ballet n'avait été présenté à l'Opéra de Paris qu'en 1993 avant d'entrer au répertoire ; on le jouait régulièrement depuis, avec le même succès. Sur scène, Orphée revenu des Enfers se retournait au moment ultime pour regarder sa promise. Eurydice expirait dans ses bras, et Orphée se lamentait dans le célèbre «* Che farò senza Euridice *» – « J'ai perdu mon Eurydice ».*

Myriam se jeta dans le final à l'unisson des autres instruments ; elle n'avait nulle peine à se couler dans cette cascade de douleur ; des perles de sueur s'échappaient de la chevelure du chef d'orchestre, dansant dans la lumière. Longtemps, les spectateurs garderaient l'image de cette Eurydice en robe carmin, tournoyant autour d'Orphée, jusqu'au regard et au baiser qui lui seraient fatals. Blessées, déchirées, danse et musique s'épousèrent une dernière fois, s'étirèrent jusqu'à l'oubli dans une supplique torturée ; les mains crispées se refermèrent sur des poitrines au bord de l'expiration – et ce fut alors que Myriam chercha son accord.

Elle papillonna des yeux, soudain oppressée... Une fausse note. Une autre. Autour d'elle les violons la regardèrent. La sueur gagna son front. Elle allait désaccorder l'ensemble de l'orchestre ! Elle vacilla, perdit le fil. Clés, notes et croches semblèrent lui sauter aux yeux, s'échapper de la partition en cavalcade discordante. Une douleur fulgurante explosa dans sa tête. Brusquement, elle s'effondra parmi les instruments, dans un bruit de cymbales. En lieu et place du tonnerre d'acclamations crépitantes, jaillit une clameur inquiète. Dans la fosse, on se dressa. Myriam leva les yeux vers le plafond de Chagall tournoyant au-dessus d'elle, éblouie par le retour des lumières. Elle sentit plus qu'elle ne vit la marée de la foule dans la belle salle avec ses balcons, ses loges et stalles sur cinq niveaux, sa galerie supérieure dorée, ses mille neuf cents sièges, tous retenus ce soir, habillés de velours rouge.

Ce soir était un nouveau triomphe – n'est-ce pas ?
Et le rideau tomba.

« Rupture d'anévrisme, commenta Jeanne. Mais vous jouez toujours, n'est-ce pas, Myriam ? »

Myriam détacha son regard de Jeanne pour observer le flou immaculé du brouillard et de la neige qui tombait derrière les grandes vitres du foyer. Elle égrenait chacun de ses mots, lentement, évanescente, caressant de temps à autre sa chevelure. On aurait dit une héroïne romantique échappée du XIXe siècle.

« Oui. Pour moi. Pour nous. Un peu. Ici. »

Jeanne, elle, tapotait nerveusement du doigt son dossier et la photo de Marcus. Elle se demanda si en effet la violoniste, piégée dans son labyrinthe de mémoire comme le disait Hauteville, pouvait vraiment se souvenir qu'elle jouait « tous les jours ». Mais la policière commençait à comprendre. Hauteville, toujours quelque part par-dessus son épaule, lui aurait sans doute expliqué que cela dépendait de la fréquence, du degré de professionnalisme et de l'implication du patient dans cette activité avant son accident. On pouvait par exemple douter que Marcus, qui n'était pas « poète de profession », se fût souvenu de la régularité de ses rimes lors de ses essais littéraires, essais auxquels il ne devait s'exercer qu'occasionnellement – et ce d'autant plus s'il n'avait entrepris de s'y adonner qu'après son entrée à Harmonia. Mais pour Myriam, c'était différent. Les musiciens de profession, comme les dessinateurs, danseurs, chanteurs, écrivains, étaient des artistes qui sollicitaient de manière intensive ces fameuses mémoires procédurale et perceptive, du corps et des mouvements, lors d'une pratique le plus souvent quotidienne – et ce durant des années. Cet *habitus* devait s'ancrer en eux au point d'être constitutif de leur identité profonde. Les musiciens, particulièrement, même amateurs, n'intégraient-ils pas très tôt la nécessité de répétitions incessantes ? On pouvait le comprendre : plus ces artistes avaient « la vocation », plus les situations susceptibles d'entraver leur entraînement ritualisé devaient les placer dans un état de souffrance et de manque… Comme une forme d'addiction ? Certainement. Et comme s'ils y perdaient une partie de leur identité… Dans un tel contexte, Jeanne concevait facilement que Myriam, ex-concertiste chevronnée, ne pouvait manquer se souvenir de la régularité de sa pratique, même ici, ou *a fortiori* ici. Ne pas jouer eût créé un – autre – court-circuit, une sorte d'« anomalie disruptive » ou de « dissonance cognitive », pour employer des termes hautevilliens, que Jeanne avait dû lire quelque part. Une situation qui devait même, sans aucun doute, engendrer une forme de culpabilité. À coup sûr, seule une raison impérieuse, un cas de force majeure aurait pu les contraindre à ne pas jouer quotidiennement – sans même empêcher son corps, son âme, son *habitus* d'en imprimer le manque en elle. Oui, ce mystère était bel et bien fascinant.

En attendant, elle m'énerve.

« Et vous ne vous souvenez de rien ? »

Myriam revint lentement sur Jeanne, et hocha la tête en signe de dénégation.

« L'anniversaire ? insista Jeanne. Vous avez joué un morceau ici. »

Myriam chercha à se concentrer, puis renonça, évasive.

« Peut-être. Bach ou Mendelssohn. C'est joli. Un anniversaire ? Hier ? C'était l'anniversaire de qui ? »

Elle aussi consulta son smartphone, et sourit.

« Ah oui. JB. Il a eu cinquante-cinq ans, vous savez ? »

Jeanne grignotait un sandwich en faisant tomber des miettes sur son dossier. Jean-Baptiste, dit JB, arriva les mains dans les poches. Dégingandé, sympathique, un air de professeur Zébulon, des lunettes qu'il mettait et ôtait sans cesse. Davy, à côté d'elle, lui lut le dossier à voix basse.

« Jean-Baptiste Hébert. Acouphène de type, euh, cigales en continu. Son épouse renonce au divorce et vient le voir avec les enfants. Elle a refait sa vie, mais fait "comme si" avec lui pour l'aider à guérir. »

Jeanne acquiesça et se tourna vers JB. Elle allait poser une question lorsqu'il la devança :

« Vous connaissez l'effet papillon ? »

Le joli papillon survolait un carré de verdure de l'hôpital Necker, et y serait volontiers resté si un petit garçon qui sortait de consultation ne l'en eût chassé en tentant de l'attraper. Le lépidoptère paniqué s'envola vers les arbres jouxtant le bâtiment et s'y engouffra par une fenêtre entrebâillée. Non loin, dans le service ultra-protégé des enfants malades, JB faisait le clown devant un enfant-bulle atteint de leucémie. Il collaborait avec l'association « Arrêtez vos clowneries » depuis six ans et n'avait peut-être jamais été si heureux. Créée par un artiste clown quelques années plus tôt, l'association avait pour but de soulager modestement les enfants hospitalisés en leur offrant rire et distraction le temps d'un spectacle ; activité bénévole que JB exerçait en plus de son métier de professeur d'histoire au lycée Jules-Ferry, à Paris. Avec son crâne presque chauve encadré de deux touffes grisonnantes, sa figure allongée et ses yeux pénétrants, il n'avait pas un physique spécialement rocambolesque, mais s'était découvert un vrai talent comique ; et il se dépensait sans compter.

Il venait de terminer sa prestation, salua l'enfant-bulle comme s'il se fût trouvé dans une salle comble.

« Au revoir, petit Victor, dit-il en levant sa main gantée de blanc. Je dois m'en aller, mais je te promets, je reviendrai ! »

Une pirouette, et il envoya une dernière volée de bulles, qui montèrent doucement, magiques, avant d'éclater une à une ; l'enfant enfermé tendit les mains, pour jouer, bulles devant la bulle. JB attrapa ses accessoires. Il offrit à l'infirmière une fleur de crépon et réclama un bisou, qu'elle lui colla sur la joue en souriant. Puis, dans un dernier salut, JB s'en fut.

Le papillon continuait de voleter. En cancérologie, il s'aventura près d'une grosse femme de ménage qui passait la serpillière en haut d'un escalier. Le voyant, elle sourit, le chassa et repoussa son chariot, faisant au passage tomber une éponge gorgée de savon. Elle ne s'en aperçut pas et repartit de l'autre côté du couloir.

Face à la glace des toilettes, JB ôta son nez rouge et se retint de pleurer. Il se démaquilla en pensant à Victor, ces enfants dans leur bulle... Leur crâne plus chauve que le sien. La lumière et la fatigue dans leurs yeux, leur solitude, leur main tendue derrière le voile, l'angoisse de l'horizon humain, la douleur et la mort, la puissance de l'amour... Ces héros. Et ces gens qui les soignaient, d'autres héros. JB sortit quelques instants plus tard, de nouveau revêtu de son costume de ville. Dans le couloir, il s'arrêta un instant près d'une fenêtre. En bas, sur le carré de verdure, accompagné de ses parents, un autre enfant de quatre ou cinq ans riait. JB le regarda, songeur. Pourquoi lui, brûlant de vie, si beau dehors, et pourquoi Victor ? Pourquoi certains semblaient-ils traverser toute leur vie avec une chance insolente, quand d'autres allaient de calvaire en calvaire ? Qui pouvait rendre compte de tout cela, quel Dieu, quel plan, quelle justice ? La gorge nouée, JB le « marchand de rêves » s'éloigna de la fenêtre, de ce petit garçon à la chevelure dansant sous le soleil.

Il allait descendre les escaliers lorsqu'il glissa sur l'éponge ruisselante qu'avait perdue la femme de ménage. Il étouffa un cri. Ses jambes partirent en avant dans un arc-de-cercle à l'effet des plus comiques. Il se fractura le coccyx en tombant, et le bas de son crâne frappa violemment l'arête de l'une des marches de l'escalier. Un peu plus loin, le papillon, lui, parvint à s'échapper par une lucarne ouverte et retrouva sa liberté.

« Regardez-moi, commenta JB. J'étais un prof d'histoire sans histoire. Sauf que ma femme, pharmacienne, me trompait. Eh oui. Je m'emmerdais tellement que j'ai fini par faire ce dont j'ai toujours rêvé : la comédie ! Mais pas n'importe où ! Au début, c'était une façon d'aider, mais j'ai adoré ça. Et puis voilà. L'effet papillon. Un autre nom du destin. »

Jeanne baissa les yeux : difficile de ne pas être touchée, en effet, par ces trajectoires si singulières. Mais elle devait garder la tête froide.

« Et me voilàààà ! » dit-il en forçant la voix, sourcils arqués, imitant sans doute le clown qu'il avait été.

Une voix fêlée, pourtant.

Jeanne se reprit et revint à ses affaires. Davy lui montra la photo de Marcus.

« Marcus Kempf ? Hier soir, il a été… »

JB considéra le cliché attentivement, puis il chercha dans son carnet, son téléphone.

C'était systématique.

« Marcus… Ah oui, bien sûr ! »

Il les observa derrière ses lunettes.

« Un con asocial. Vous voyez, il n'aime pas les clowns ! Mais on faisait des paris ensemble. C'était mon anniversaire hier, regardez. »

Sous le regard intéressé de Jeanne et Davy, il exhiba la photo du gâteau et différents portraits des uns et des autres. Puis… un cliché du pendu ! Il s'arrêta un instant, surpris, puis en fit défiler d'autres. Jeanne écarquilla les yeux. Il allait ranger son smartphone. Jeanne se pencha avec précipitation en tendant les mains.

« *Hep hep hep !* Le téléphone ! »

Elle s'en saisit brusquement, avant de se reprendre.

« Je, euh… je peux ? dit-elle avec un sourire figé. Je vous le rendrai. »

JB finit par regarder dans le vide. Il se tourna vers eux en fronçant les sourcils.

« Sinon… vous connaissez l'effet papillon ? »

14

Interrogatoires, seconde manche

L'après-midi était déjà bien entamée, et il restait la moitié des témoins à interroger. Au-dehors, la neige tombait sans discontinuer. Nathalie Hauteville était repartie à ses occupations, et Hanekke puis Irène lui avaient succédé.

« On avait dit deux cents euros, putain ! »

La tension était à son comble dans les toilettes du Mil'Pat'Club, *Plaisir, Yvelines. 1 heure du matin : Jay-Z, gourmette et lunettes noires, qui aimait se comporter comme le copain de Beyoncé, terminait sa transaction. À ses côtés, David, cheveux ras, l'air buté, était très mal à l'aise. En face d'eux se trouvait le gangsta' en herbe qui, lui, avait choisi le pseudonyme de Stringer Bell, surnom d'un trafiquant incarné par Idris Elba dans la série* The Wire.

« J'ai cent quatre-vingts, tu vas pas faire chier pour vingt euros, merde !

— Ben vingt euros, c'est dix pour cent, mon gars ! Je fais pas de ristourne, moi ! T'es pas chez Leclerc, là !

— Ouais, ça fait dix, Einstein ! String, j'ai pas plus de fric de toute façon, j'ai déjà raclé les fonds de tiroir, tiens, j'ai presque tué ma mère ! Et toi, tu vas finir par te faire serrer avec ta came, alors...

— Allez viens, Jay, on s'en fout, dit David.

— Deux cents, c'est deux cents, c'est tout ! Fuck, *Jay, t'auras que dalle ! »*

Jay-Z sourit et posa la main sur l'épaule de Stringer.

« Écoute, String, Black Mamba, comme tu veux. J'te propose un truc. Tu m'les lâches à cent quatre-vingts et je te r'file deux barrettes la prochaine fois avec les vingt de plus. T'as fait d'l'économie, oui ou merde ? C'est un deal honnête, ça. »

Stringer hésita, David détourna la tête ; ce fut pour entrevoir, dans une cabine voisine, une fille en train de se faire sauter par un colosse chauve qui la besognait dans des râles. David, troublé et écœuré à la fois, se sentit de plus en plus mal. Derrière, la porte vibrait sous l'impulsion des basses qui déchaînaient leurs vibrations sur la piste.

« Allez, quoi ! gueula Jay. Tu veux qu'on appelle un conseiller du Crédit agricole en plus ? »

Stringer hésita encore, puis soupira.

« Bon, okay. Mais j'te préviens : si tu m'la fais à l'envers, j'appelle mes potes et tu termines à la cave ! Pigé ? »

Jay sourit de plus belle :

« Ben voilààà ! Tu vois qu'on peut se comprendre entre intellectuels ! Merci. Et j'te promets, pas d'embrouille. »

String eut une moue sceptique, l'autre empocha son achat et attrapa David par l'épaule en l'entraînant vers la porte.

« Allez viens, Dave, on s'arrache. »

Ils débouchèrent sous les lumières des stroboscopes, au milieu des danseurs et du vacarme assourdissant.

« Jay, franchement ! cria David. Tu devrais arrêter tes conneries !

— Je sais ce que tu vas dire ! gueula Jay-Z en retour. D'abord, c'est le cannabis, après la coke, et après l'héro ! On dirait ma mère. Putain, c'que tu peux être dépressogène, parfois ! Allez, t'es jeune !

— Quoi ?

— Je dis : T'AS LA VIE DEVANT TOI ! »

Ils continuèrent ainsi jusqu'à la sortie, puis au parking à l'arrière de la boîte. Tout à coup, Jay-Z se raidit.

« Oh putain. »

Sous la flaque de lumière d'un réverbère, près du scooter de Jay-Z, se tenaient trois individus, dont deux chauves tatoués et piercés, le troisième torse nu sous le cuir et un pantalon de treillis. Jay fanfaronna encore – mais avec moins d'assurance.

« Alors, les filles, c'est les soldes ? Tout est parti déjà ? »

Il rigola. Pas les autres.

« Vous faites quoi près de mon scoot ?

— Tu sais très bien ce qu'on est venus te demander, Arthur.

— Arthur ? grimaça David. C'est quoi ça "Arthur", Jay ?

— Laisse tomber, étouffa l'autre dans un rire gêné. Bon, les gars, on va s'arranger, faites pas cette gueule.

— S'arranger de quoi ? » dit David.

Les trois autres s'avancèrent. David sentit une grosse boule rouler dans sa gorge. Ils avaient sorti chaînes et couteaux.

« Où t'as mis la came ?

— Oh, les gars, détendez-vous. J'sais pas de quoi vous parlez.

— Ah ouais ? dit l'un, s'exerçant de sa chaîne contre le mur de la discothèque. Ton pote, il sait peut-être, lui ?

— Hein ? s'étonna David, écarquillant les yeux.

— Casse-toi », murmura Jay-Z à David.

Soudain, les trois gars bondirent sur Jay, qui se débattit. Déjà, on le rouait de coups de pied dans les côtes ! La chaîne s'abattit sur le pauvre garçon dans des bruits métalliques.

« Mais… mais… bafouilla David.

— Ooh, c… CASSE-TOI !!! » eut encore le temps de crier Arthur.

David resta un instant immobile, bras ballants, la bouche ouverte. Un signal s'alluma dans son esprit lorsque l'un des agresseurs hurla, relevant la tête :

« L'autre ! Chopez l'autre ! »

Alors David détala d'un coup. En un éclair, il fut sur le scooter.

« Démarre, démarre ! »

Enfin, le moteur vrombit. L'engin pétarada tandis que l'un des gars tentait de le retenir par la selle. David fonça hors du parking, donnant un coup sec sur l'accélérateur. Le scooter déboula sur la nationale. Il ne vit pas le monospace qui arrivait sur sa droite, à soixante-dix kilomètres à l'heure.

Non non non non non NOOON !

Eh merde, m…

David passa la main dans ses cheveux ras. Jeanne ne put manquer de noter la longue cicatrice sur son crâne. Il la regarda, très méfiant.

> David Mauray, 16 ans. Famille dysfonctionnelle, père en prison. Trauma crânien, perte de connaissance. Dessine pour se souvenir. Apprend l'horticulture. Pas d'autorisation W-E. Jamais de visite de la famille.

« Je crois que… je trouve pas votre photo, dit-il à l'adresse de Jeanne et Davy, d'un ton presque agressif. Vous venez d'arriver ? Vous êtes fliquette, Jeanne policière ? Qu'est-ce que vous voulez ? Je suis pas un safaliste, moi !

— Salafiste. Tu sais s'il y a eu un anniversaire hier ? Marcus, tu connais ? »

David fit une moue amère et nia de la tête.

« Non, rien, que dalle, j'vous dis. Arrêtez d'me faire chier, putain ! Marcus… oui, je l'ai noté. Voilà, ça vous va ? »

Il jeta son carnet sous les yeux de Jeanne.

LISTE DES PATIENTS

MARCUS : grot Connard qui fais la morale. A évité.

Puis, d'un air fiérot, David exhiba son téléphone. Il avait maquillé une photo de Marcus en l'affublant de cornes de diable. Jeanne tendit la main pour prendre l'appareil. David hésita en silence… Puis il lorgna à nouveau le badge *JEANNE POLICIÈRE*. Il finit par présenter son mobile à contrecœur – mais sans le lâcher. Jeanne fit défiler du doigt plusieurs photos : gâteau découpé, verres en plastique, portraits des autres, puis encore des photos du pendu ! Jeanne se tourna vers Davy, sidérée.

« Mais enfin… »

David retourna le téléphone pour le regarder à son tour. Il fit une nouvelle moue.

« Il a dû se rendre compte qu'il était trop con pour vivre. »

Il voulut rire, mais ses yeux étaient pleins de larmes.

Jeanne inspira longuement. Elle laissa planer un silence et leva le regard vers la boule à facettes restée là.

Sous la boule à facettes, la Mme Irma abattit une autre carte. Avec ses lames de tarot, son turban et sa boucle à l'oreille, elle était conforme à la caricature. Jeff, perdu, s'était pourtant laissé tenter. Il était monté dans la roulotte d'« Anastasia, la Bohémienne précognitrice », et l'avait trouvée ainsi, cernée de ses breloques ésotériques, entre deux tentures étoilées.

Elle haussa un sourcil.

« Un problème astral... Vous avez Pluton en Vénus. Le sens de votre vie va être modifié... Le Diable et Pluton en influence partielle : l'instinct, la matérialité, la sexualité, l'avidité... mais aussi l'énergie, l'audace...

— Oui, c'est tout moi, ironisa Jeff, trader quadragénaire.

— La Roue de la Fortune confirme cette révolution. Je vois un cycle... Énigmatique, pourtant... Vous voyez ? L'Arcane sans nom en Maison VIII et le Scorpion annoncent une transformation, une libération... Mais aussi la douleur, la radicalité... Le Pendu

et les Poissons ici signifient la méditation, mais aussi la réclusion, l'oubli de soi… Et la mort, réelle ou symbolique !

— Vous vous foutez de ma gueule ? » asséna soudain Jeff, déjà passablement éméché.

Il bouscula les cartes et lâcha à regret vingt euros.

« Ben vous êtes pas très commerçante ! »

Il inspira une bouffée d'air frais, presque soulagé de retrouver les cris joyeux de la fête foraine. Mais dans le même instant, il fut rendu à sa vie et à ses problèmes. Son regard vrillait au milieu de l'éclair des attractions. Comment avait-elle pu le quitter ? Le visage de Vanessa, la belle Vanessa, passa pour la millième fois dans son esprit. Son sourire, sa voix, sa présence, ses seins lourds le hantaient. Mais c'était fini. « Moi qui t'aimais, SALOPE ! » Et ces rires autour de lui, insupportables… Il attrapa la flasque de vodka dans sa veste et s'en jeta une rasade. Il pleurait. Il tira avec un pistolet imaginaire sur un stand à timbales. Les Cartes du Destin. Tu parles ! Il imagina un instant les vieilles Parques courbées sur leur chaudron et tissant son avenir ; et lui, s'agitant au bout de leurs fils, hurlant sans fin dans son vertige mythique face au grand théâtre du monde. Il monta dans le train fantôme, rit au nez des spectres grotesques dans les cahots du chariot, gloussa face au bourreau mécanique qui décapitait une prisonnière de cire… Il se cogna dans le labyrinthe au miroir, se jeta dans les moooontaggnes ruuuussses et ça tournait, tournait tellement nom de Dieu, il en sortit blême, le souffle court, dégoulinant de vodka car la flasque s'était ouverte. Il marcha, hébété et puant, transpirant abondamment, comme fiévreux, le sang battant à ses tempes.

Il bouscula quelqu'un sans faire attention, qui le repoussa.

« Hé ! »

Il le repoussa à son tour et lui éclata sa flasque sur le crâne. Ses copains se précipitèrent pour l'aider. Une bagarre s'engagea. Jeff se démenait comme un diable, donnant des coups au hasard, lorsque deux de ses adversaires se saisirent de lui et le projetèrent contre la caisse d'une attraction aux couleurs criardes. Le crâne de Jeff en frappa le montant avec violence. Un rideau de sang tomba devant ses yeux, les cris s'estompèrent, lointains... La gigantesque mâchoire de Super-Mario se décrochait en cadence, la sorcière du train fantôme se penchait sur lui en ricanant...

Et il se passa soudain quelque chose d'inouï.

Jeff se vit happé par une sorte de siphon, de tunnel. Il crut que son corps entrait en lévitation ! Au-dessus de lui-même ? Et il se vit, en dessous, tandis que ce qui devait être... son âme, oui, tournoyait au-dessus de son corps inanimé, là en bas, au milieu des attractions – et il montait dans le ciel ! Il s'élevait, par-dessus la chenille ivre des montagnes russes, par-dessus Super-Mario et la sorcière ! Il voyait toute la fête foraine, il filait vers le cosmos. Puis il fut aspiré en arrière, en sens inverse, à toute vitesse.

Et ce fut le néant.

Jeanne était penchée sur son dossier.

Jeff Dugain. Ancien trader à la City. Graves lésions à la tête, bagarre après une rupture sentimentale. Victime d'une NDE[1] : mort clinique pendant 3 min. A développé des TOC. Maniaque de l'ordre. Déteste qu'on « triche ». Trouble de l'humeur type frontal. Pas de visite, mais droit de permission W-E.

Il la regarda avec un sourire de crocodile. Il ne manquait pas d'un certain charme viril, le cheveu court, la barbe de trois jours, de solides épaules. Il avait apporté un jeu de cartes ; il en jouait nerveusement, les battant de manière obsessionnelle, avant de les aligner avec méticulosité devant lui et de recommencer sans cesse. Puis il observa encore la policière, lorgnant ses seins avec insistance. Il toussa et sourit.

« Vous savez, y a aussi des choses qu'on n'oublie pas ! »

Il lui fit un clin d'œil. Jeanne tapota une photo de Marcus et recadra le débat.

« Rien ? »

Jeff se pencha sur la photo, eut une grimace désolée, chercha.

« Rien… Le trou noir. »

Il rebattit ses cartes.

Caroline Piégay, trente-cinq ans, cheveux châtain clair, se tenait sur un genou près de la portière arrière de la voiture aux enjoliveurs poussiéreux, Bertrand tout près d'elle, caméra au poing.

---

1. *Near Death Experience :* expérience de mort imminente.

« Continue ! Continue de filmer ! »

Soudain, un obus explosa à quelques mètres. Le souffle la projeta contre la portière, et elle poussa un cri. Bertrand hurla tandis que de la fumée et des débris s'échappaient du cratère et retombaient en pluie près du bâtiment éventré par les tirs. Des snipers embusqués se déchaînaient. Ils entendirent des cris, des pleurs, virent une femme voilée se précipiter dans la rue, bras tendus en avant.

« Caro, rentre dans la caisse ! » répéta Bertrand.

Depuis deux ans, dans Homs assiégée par l'armée, ils filmaient le quotidien de la population syrienne au milieu des ruines. Envoyés spéciaux pour France Télévisions au Moyen-Orient, ils avaient suivi le conflit depuis qu'il avait éclaté en 2011. Très vite, Homs était devenue l'un des bastions rebelles et une cible des bombardements orchestrés par Bachar el-Assad. La vieille ville était dévastée, on parlait de plus de deux mille morts. Caroline et Bertrand avaient relayé les manifestations, les tirs contre les civils, allant parfois jusqu'à outrepasser leur fonction en soutenant la population et les ONG pour distribuer des couvertures, donner de la nourriture ou un coup de main logistique.

Bien sûr, ils avaient vu des horreurs. Et disparaître des gens qu'ils avaient commencé à aimer. Des musulmans, des chrétiens aussi, qui refusaient de quitter leur maison malgré les bombes. Ils avaient parfois dû renoncer à faire remonter certaines images, insoutenables.

Caroline avait fini par rentrer dans la voiture. Elle se sentait proche de la rupture. Bertrand conduisait en zigzag pour éviter les carcasses de véhicules ; les bombardements avaient repris, mais il leur fallait des images pour le 20 heures. Caro reprit sa respiration et jeta, échevelée :

« Regarde-les, tous ces gens. Tu peux me dire à quoi sert vraiment ce qu'on fait ? On peut toujours filmer ce qu'on veut ! Nous, on enregistre, on observe, mais en vérité on ne change jamais rien ! T'entends ?

— Caro... c'est pas le moment, là ! » s'écria Bertrand, les dents serrées.

Elle repartait. Quel caractère, bon Dieu. D'ordinaire, c'était aussi un moyen pour elle d'évacuer la pression. Mais peut-être, au fond, perdait-elle vraiment la foi ? Peut-être, en perpétuelle exilée, finissait-elle par baisser les bras ? Qui aurait pu lui en vouloir ?

« Ils sont tous dans leur canapé devant la télé, et nous, on risque nos vies ! On ferait mieux de planquer chez Kate Moss pour une photo à la con ! Et c'est ça que les gens achètent ?! Quelle valeur médiatique ? J'en ai marre ! Il faut quoi pour les émouvoir ? Des décapitations en gros plan ? Mais ils trouveraient le moyen de faire du fric dessus, de la télé-réalité ou je sais pas qu... »

Brutalement, Bertrand pila. Devant eux, à une trentaine de mètres, se déroulait une scène insensée. Des victimes civiles faisaient ronde autour d'un corps démembré et ramassaient les bouts comme ils le pouvaient pour lui reconstituer une apparence humaine. Le tout sous une banderole déchirée, maculée de sang, à moitié brûlée, où l'on devinait le visage de Bachar el-Assad, dans une lumière crépusculaire. Une lumière d'éclipse. Étrangement altérée par le mélange de chaleur et de poussière soulevée par les tirs, l'image était saisissante.

« Arrête-toi. On peut pas laisser passer ça.

— Je suis déjà arrêté. Caro, ils le diffuseront jamais.

— M'en fous. C'est pour mes archives. Un docu, peut-être.

— Caro, c'est pas prudent, faut prendre la tangente, là !

— Bertrand ! Si tu viens pas, je le fais quand même. »

Et sans lui demander son avis, elle saisit sa caméra et s'extirpa du véhicule. Des sirènes hurlaient, annonçant un nouveau déluge. Bertrand, sidéré, coupa le contact en jurant tandis qu'elle s'avançait déjà, caméra au poing.

Puis il perçut le sifflement, et ses yeux s'agrandirent d'horreur. Une autre bombe explosa. Cette fois, Caroline était trop près. Elle décrivit un arc-de-cercle dans l'espace, comme foudroyée, et atterrit avec fracas sur le capot de la voiture, les bras en croix, sa tête frappant le pare-brise. Là-bas, un autre immeuble était éventré, tel un Lego géant dont on distinguait les chambres, salons intérieurs, escaliers ouverts sur le vide. Un moustachu, mains sur la tête, était figé au troisième étage, dans une scène surréaliste. Un champignon de poussière s'éleva sous la lumière d'éclipse. Au pied du bâtiment, c'était maintenant non seulement le corps mais aussi toute sa famille qui se trouvaient éparpillés. Plus loin, un enfant ensanglanté pleurait.

Un instant, Bertrand resta sous le choc. Puis il se jeta hors du véhicule en hurlant et se précipita vers Caroline, dont le corps glissait du capot avant.

La caméra échouée continuait miraculeusement d'enregistrer non loin. Elle capta, dans un angle bizarre, presque expressionniste, un bout du bras et du visage de Bertrand, qui se penchait sur Caroline, dans le tonnerre et les flammes de la ville martyre.

Caroline alluma une cigarette. Nathalie Hauteville était revenue et se tenait bras croisés près des portes, suivant de nouveau les interrogatoires avec attention.

> Caroline Piégay. Trouble de la mémoire immédiate, immobilisation partielle de la jambe gauche qui ralentit sa marche.

« Caroline… Vous savez qu'on ne fume pas au foyer normalement, dit Hauteville. Il y a des panneaux partout… »

Caroline se contenta de répliquer par une moue amère et distante.

« C'est vrai. »

Pour autant, elle n'éteignit pas sa cigarette et lorgna la photo de Marcus.

« J'en ai vu d'autres, des morts, et des moins propres que ça. Celui-là, au moins, il a eu les couilles de pas attendre. Bon… et quoi ? Je suis censée vous aider ? De toute façon, je sais rien. On meurt tous. Faut sortir un peu pour grandir. La vie, ma cocotte, lâcha-t-elle en regardant Jeanne dans les yeux, c'est pas un spectacle pour les enfants. »

La provocation n'échappa pas à Jeanne.

« Vous inquiétez pas. J'ai eu ma part. »

Elle reprit :

« Et à part ça, rien ? »

Caroline lui souffla au visage sa fumée de cigarette, ironique.

« Rien. Macache, poupée. J'ai peut-être vu mais je me souviens pas. Tu sais que tu es chez les Tournesol ici, non ? »

Jeanne se tourna vers Hauteville.

« Il ne nous en reste qu'un, il me semble ? »

Michel Honecker. Ancien obstétricien devenu homme politique, député de l'Union européenne. AVC. Trouble de l'élocution et de l'équilibre.

Michel lissa machinalement le revers de son costume tout en continuant sa conférence de presse, sous le feu des caméras et des appareils photo du parterre de journalistes, au sortir d'une réunion de la Commission de l'Union. Bien planté derrière le micro et le pupitre sur lequel il avait posé les mains et installé ses notes, il se racla la gorge et continua :

« C'est pourquoi la Commission se félicite de l'adoption de cette résolution. Il était temps de mettre un terme à... »

Il trembla.

« ... des années d'approximation qui ont transformé les frontières de l'Union en... »

La sueur le gagna ; il eut soudain la surprise de voir une, puis deux gouttes de sang tomber de son nez jusque sur ses feuillets. Les caméras tournaient ; les murmures enflèrent, devinrent rumeur.

« ... en véritable... »

Il s'effondra dans des cris, sous les flashes.

Un adjoint se précipita vers le micro.

Honecker, jeune sexagénaire à la barbe grise coupée ras, l'air fatigué dans un costume fripé par-dessus une chemise rose pâle, se frottait la tête en grimaçant.

« Vous avez mal au crâne ? demanda Jeanne.

— J'ai une bosse. J'ai dû me cogner dans ma chambre. Et surtout, j'ai envie de pisser. Qu'est-ce que je fais là ? Si vous voulez des subventions, vous arrivez un peu tard. »

Jeanne désigna encore la photo de Marcus.

« Après. Faites un effort. Marcus… »

Honecker secoua la tête, irrité.

« Mais je veux pisser ! Et j'ai mal au crâne ! Vous vous prenez pour qui ? »

Soudain, l'air à la fois arrogant et désemparé, il se tourna vers Hauteville.

« Nathalie… Madame Hauteville… Qu'est-ce que je fais là ? »

Jeanne tapotait nerveusement son carnet avec son stylo depuis un moment. Elle n'en pouvait plus… et, cette fois, elle explosa.

« Voyons, c'est pas possible, c'est une farce ! Ça s'est passé hier soir ! Sous vos yeux, MERDE ! »

Michel se pétrifia et la regarda, ébranlé. Hauteville avança, nerveuse… Un autre rappel à l'ordre. Jeanne s'efforça de se calmer. Hauteville eut un sourire froid.

« Je crois qu'on va en rester là, lieutenant. »

Quelques instants plus tard, Jeanne, lessivée, claquait la porte du foyer. Davy parlait encore avec Nathalie.

Jeanne se prit la tête entre les mains.

À présent, les visages et les attitudes de tous les patients se mêlaient. Grimaçants, ne se souvenant de rien, gigotant sur leur chaise, un doigt sur les lèvres, qui regardant ses seins ou le plafond, qui lui faisant un clin d'œil ou se détournant avec indifférence… Leurs voix aussi se mêlaient. *Non. Rien... Désolé...* Pfff... *Pourquoi j'ai des béquilles ? J'ai envie de pisser. C'est vous, Jeanne policière ? Marcus est* mort *?*

Jeanne s'avança près d'une fenêtre en soupirant. Et ces flocons qui n'en finissaient plus de tomber. Un instant, elle attrapa son carnet, qu'elle tenta de feuilleter. Elle le referma nerveusement.

Eh bien, si c'est ça, ma première enquête, ça s'annonce réussi !

15

Biche solitaire

Nathalie Hauteville avait mis à disposition des enquêteurs un bureau déjà passablement encombré. Une fenêtre donnait sur le gris cotonneux qui enveloppait Harmonia. Jeanne tentait de rassembler ses pensées. Il y avait de quoi étouffer, ici. Un de ces tableaux évoquant une étrange perspective constructiviste décorait le mur qui lui faisait face. Sur le pan latéral, des photos de destinations lointaines. Jeanne et Davy avaient récupéré tous les téléphones des patients, de différentes couleurs, bien alignés sur une table. Davy tournait en rond en relisant ses notes, lorgnant de temps à autre un hamster qui lui-même tournait dans sa roue, à l'intérieur d'une cage sur laquelle était épinglé ce qui devait être son nom : *PROSPER*. Jeanne et Davy avaient ouvert en pagaille les dossiers de tous les patients.

« Putain, c'est une maison de fous ! » asséna Jeanne.

Davy sentit son portable vibrer.

« Tiens, justement, voilà les premiers résultats. Le sang sur la chemise de Babakar : c'est bien le sien. »

La jeune femme haussa les épaules et ôta son blouson de cuir pour le poser sur la chaise où elle s'assit.

« On s'en fout, l'autre s'est pendu. Ou s'est fait pendre. Pour l'instant, Babakar reste notre suspect numéro un. »

Davy rempocha son portable en fronçant les sourcils.

« Ouais, enfin, si meurtre il y a bien. Le meurtrier y était toujours quand on les a découverts, puisque le foyer était fermé de l'intérieur. Ou alors en effet, il a sauté par la fenêtre. Et si Babakar avait tenté de le suivre ?

— T'aurais eu deux séries de traces en bas, Aristote. »

Elle bâilla et ajouta :

« Et n'oublie pas le plus beau : le meurtrier a pu oublier qu'il en était un ! »

Davy fit une grimace, puis continua.

« Autre chose. L'infirmier Hanekke a bien passé un coup de fil à son père à l'heure H.

— Qui lui aurait fauché le pass du Foyer ? demanda Jeanne. Le pendu ?

— Ou un autre. Mais apparemment, on n'a aucune empreinte exploitable. Pas plus sur le billet *SOUVIENS-TOI OU MEURS.* »

Jeanne se leva et commença à tourner en rond elle aussi. Tout le monde tournait en rond ici : elle, Davy, le hamster.

« Voyons quand même le reste. C'est pas possible… Sur ces téléphones, on va forcément trouver quelque chose ! Bon, qui aurait pu vouloir du mal à Marcus ? »

Chacun replongea dans ses documents.

« David, l'ado rebelle… Lui aussi a un casier, pour deal de stups. *A priori*, il se disputait souvent avec Marcus qui lui “faisait la morale”. À quel sujet ? On n’en sait rien.

— Mmh. Je tiens d’Hervé Hanekke que Myriam, la musicienne, a pu avoir une liaison avec la victime. Tu vois le topo ?

— Et il semblerait qu’il devait de l’argent à Jean-Baptiste, “le clown”. Il s’est disputé violemment plusieurs fois avec lui, peut-être à la suite d’un pari idiot ? Mais sur notre député européen, là, Honecker, j’ai rien. »

Jeanne lui glissa un dossier sous les yeux.

« Si, mais c’est plus compliqué. Il y a eu des articles dans la presse. Il a aidé au montage financier du centre.

— Et alors ? demanda Davy.

— Alors, apparemment, tout ne s’est pas fait dans la plus totale transparence. J’ai trouvé ça en moins de deux sur Internet. Harmonia a bénéficié de fonds de l’Union européenne, mais le montage aurait été un vrai imbroglio juridico-financier. Qui a facilité le bazar ? Michel Honecker. Et qui a démoli Honecker dans plusieurs papiers parfaitement publics ? »

Elle lui glissa cette fois un hebdomadaire sous les yeux, pointant un article intitulé : *DÉSACCORDS EN HARMONIA. Luttes de pouvoir, questions sur les flux financiers : le centre tant espéré verra-t-il le jour ?*

« Notre grand reporter Caroline Piégay, qui se trouve être ici. Son entourage avait entendu parler du lieu. Ben tiens !

— Jeff ?

— RAS. Sauf que c’était un habitué des chiffres, lui aussi, qu’il jouait souvent avec Marcus, et qu’il s’énervait parce que Marcus “trichait sans arrêt”.

C'est mince ! *Of course*, il nous faut tout sur Marcus avant son accident.

— Reste Albert, l'ancien curé. On lui donnerait le bon Dieu sans confession, hein. »

Jeanne fit une moue sceptique.

« Pas complètement… »

Albert se pencha vers elle, en confidence.

« Marcus s'est confessé à moi, vous savez. Il disait qu'il en avait besoin. Qu'avec moi il serait tranquille. Je le sais, parce que je l'ai noté. »

Jeanne le considéra avec perplexité, croisant de nouveau son regard étrange.

« Confessé ? Merveilleux. Et que vous a-t-il dit ? »

Albert parut réfléchir, puis se renfonça dans sa chaise en haussant les épaules et en écartant les bras.

« Ah ben ça... je me souviens pas. »

Jeanne eut un sourire ironique.

« Même si c'était grave ? Le curé qui oublie la confession, c'est pratique, ça ! Le pardon assuré. Espérons que Dieu aussi oublie toutes les cinq minutes les conneries de ses enfants, n'est-ce pas ? »

Albert se raidit un instant et prit un air pincé.

« Pas sûr, madame. La justice est le contraire de l'oubli. Même si je me souvenais, eh bien, ça resterait un secret. »

Il sourit.

« C'est une confession. »

Jeanne fronça les sourcils à son tour et prit Davy à témoin.

« Il note qu'il le confesse, mais pas le contenu de la confession ? Il n'y a rien dans ses carnets ni ailleurs. On est en plein délire ! »

Davy répliqua, peu convaincu :

« En même temps, Jeanne, tu connais beaucoup de curés qui prennent en note les confessions de leurs ouailles ? Il ne le faisait pas avant, il ne va pas le faire maintenant… »

Jeanne éluda encore.

« En attendant, j'ai l'impression qu'il cache quelque chose. »

Le silence retomba dans le petit bureau. Jeanne soupira, se gratta la tête. Davy ne put réprimer un bâillement. La nuit tombait.

« Bon… Ils m'ont crevé. La suite au prochain épisode. On se rentre ? »

Jeanne hésita un instant.

« Vas-y, si tu veux. Je reste un peu. J'ai encore besoin de faire le point. »

Et je dors pas, de toute façon, pensa-t-elle.

Davy parti, Jeanne lut encore longtemps ses dossiers, reportant ses notes sur son PC et complétant ses recherches. MEMORY : AU VAL DES SOUVENIRS. *Des appels d'offres contestés.* Puis elle examina les photos prises dans la chambre de Marcus. Le puzzle créé pour la fondation du centre. Les chiffres. La scène du crime. Le pendu. Les chaises sous les lampions. L'estrade. Les toilettes. La pièce attenante. Le Scrabble éparpillé par terre… Un magazine de « jeux d'esprit » ouvert sur des labyrinthes. Jeanne leva la tête, agacée par un bruit récurrent : Prosper continuait de faire tourner sa roue avec frénésie. Jeanne bâilla pour la dixième fois.

À présent, elle était morte de fatigue. Sa vue se brouillait davantage. *Ce flou artistique. Le manque de sommeil, sûrement.* Elle décida de s'en tenir là.

Elle salua Hauteville et Irène avant de partir, et se retrouva bientôt seule sur le parking devant Harmonia, exhalant des soupirs de givre. Elle marcha en direction de son véhicule… mais ce fut pour le découvrir totalement enlisé ! Près de cinquante centimètres autour des pneus, le patinage assuré, et autant sur le toit. Une vraie voiture de Noël. Jeanne poussa un juron en se souvenant de l'avertissement du chauffeur de la voirie, le matin même. Elle ne parviendrait jamais à retourner chez elle ! C'était la cerise sur le gâteau. Elle aperçut les traces de pneus de Davy, bientôt avalées par la neige. Lui, au moins, avait été prévoyant, mais pour elle, la route était coupée ! Elle consulta sa montre. Elle pouvait l'appeler pour lui dire de venir la chercher. Il devait être chez lui, maintenant, et la tempête enflait.

Oh non, tu ne vas pas me dire que… je suis coincée ici ! C'est un gag ! Manquait plus que ça. MERDE !

Elle soupira encore et s'avança vers la forêt. Ces conifères immenses, ployant sous la neige, ces bois secrets et profonds. Mais dans quoi avait-elle mis les pieds ? Sa vue se perdit dans la contemplation. Sa vue, trouble encore. Elle sonda le paysage, froid, soudain chargé d'un indicible mystère. Elle se sentait de nouveau inexplicablement inquiète. Le vent dans les arbres, et ces massifs là-haut, dont elle devinait la présence plus qu'elle ne les voyait véritablement… On eût dit des ogres qui attendaient de la dévorer. Sans vraiment savoir pourquoi – sans doute pour se libérer de la fatigue et de la tension accumulées jusque-là –, elle poussa un cri, qui alla se perdre vers les montagnes. Sa voix rebondit entre les conifères. Comme ce soir où elle s'était retrouvée seule devant le lac, l'écho lui revint, étouffé par le vent. Jeanne souffla sur une mèche de ses cheveux, chercha son paquet de Lucky, voulut griller une cigarette qu'elle éteignit presque aussitôt, l'écrasant du pied. Elle resta là un moment, les bras ballants. Elle allait s'en retourner lorsqu'elle aperçut à la lisière de la forêt… une biche ?

C'était bien une biche, solitaire, qui trottait entre les arbres. Elle s'arrêta elle aussi, dressant une oreille. Quelques instants, elle fixa ses yeux noisette sur Jeanne policière, avant de disparaître aussi vite qu'elle était venue, fantomatique.

Jeanne fut prise d'une bouffée d'angoisse.

Elle tourna les talons précipitamment et se dirigea vers le doux refuge d'*Harmonia, l'autonomie contre l'oubli.*

Quelque part, malgré le brouillard, un viseur rouge s'était allumé. Jeanne apparut au centre d'une cible verte phosphorescente. La cible d'une arme de précision. Une silhouette sombre l'observait depuis un sapin tandis qu'elle se dirigeait, inconsciente de la menace, vers les portes coulissantes de l'établissement.

16

Mémoire : effacer

« Une petite chambre, lieutenant ? »

Les clés dansaient entre les doigts de Nathalie Hauteville. La neurologue eut un regard en biais, presque amusé, qui aurait pu irriter Jeanne si elle n'avait été si lasse. Elle se contenta de prendre les clés au vol, penaude.

« Merci, madame la directrice. »

Hauteville retrouva son sérieux. Il sembla pourtant à Jeanne que, face aux épreuves, elle s'adoucissait un peu.

« Pneus neige ou pas, il faudra attendre que la route soit déblayée. Nous voilà tous coincés ici ! J'aurai quelques affaires pour vous. »

Jeanne acquiesça en guise de remerciement.

« Ça ne m'arrange pas non plus, vous savez ! renchérit la directrice. Une partie du personnel est certes bloquée ici, mais les autres ne pourront pas venir demain. Nous devrons nous débrouiller ! Lieutenant… »

Un flash surprit Jeanne : Nathalie avait fait jaillir de nulle part un Polaroid et venait de la prendre en photo.

Sitôt le cliché sorti, elle fit quelques pas hors de son bureau… et alla l'épingler sur le mur.

« … Bienvenue en Harmonia ! »

Jeanne jeta un œil un peu circonspect sur sa « petite chambre ». Elle fut plutôt rassurée. La pièce était toujours bien décorée, tendance zen cette fois. Un canapé à coussins, un bureau, un lit propret ; elle devinait une vue magnifique sur les montagnes – même si, pour l'heure, entre la nuit et la tempête, on n'y voyait rien. En la circonstance, il était difficile d'espérer mieux. Jeanne restait pourtant contrariée. Elle soupira, s'assit devant le bureau où elle déposa ses dossiers, et jeta sur le lit le petit sac que Nathalie Hauteville, prévenante, lui avait préparé, avec une serviette et une pile de draps propres. Elle fit son lit en silence, consulta de nouveau sa montre, hésita et, s'asseyant sur la couverture, ne put s'empêcher d'appeler de son portable. La nuit était noire déjà. Le réseau, parasité, n'était pas terrible. Elle attendit de longues sonneries pour entendre finalement, au bout du fil, la voix rocailleuse de Frank Ruffier. Il n'était pas encore couché. Jeanne le savait seul depuis que sa femme l'avait quitté, trois ans plus tôt. *La vie de flic, c'était pas bon pour elle*, avait-il coutume de dire, laconique. Ils n'avaient pas eu d'enfants.

« Frank ? C'est Jeanne. Je voulais te remercier en personne. »

Elle discerna dans la voix de son supérieur le même type d'amusement vaguement agaçant qu'elle avait décelé chez Nathalie Hauteville.

« Ah, comment ça va ?

— Tu vas pas me croire, avec toute cette neige, je suis coincée, euh… au boulot ! Dans ton joli établissement spécialisé. Un vrai cadeau, que tu m'as fait là.

— J'étais sûr que ça te plairait, dit Frank. Profites-en bien ! »

Jeanne esquissa un sourire contrit.

« Me demande pas si ça avance, ça va m'énerver.

— Loin de moi cette idée. Mais j'ai toute confiance en toi. Fais-toi confiance aussi ! Tu as toujours été très… *intuitive.* Allez ! Bon courââââge ! »

Le salaud !

Jeanne raccrocha en marmonnant. Enfin, c'était de bonne guerre. Elle s'aperçut que la chambre était équipée d'un poste de télévision, comme celle de Marcus, et sans doute toutes les autres. Elle l'alluma machinalement. Elle s'arrêta sur un vieux documentaire, *Nuit et brouillard* d'Alain Resnais, qu'on avait dû lui montrer au lycée – les barbelés, les camps de la Shoah, les charniers. Elle zappa. Cette fois, c'était *Un jour sans fin*. Bill Murray promenait sa tête faussement ahurie, coincé dans la boucle temporelle du jour de la marmotte et revivant à l'infini la même journée. Elle songea absurdement à Prosper, le hamster jovial qui tournait dans sa roue, dans le bureau qui leur était réservé. Elle haussa un sourcil et éteignit le poste.

« Putain, je rêve… Enfin, non, je cauchemarde. »

Elle regarda de nouveau par la fenêtre.

Ces flocons qui chutaient à l'infini.

L'ambiance ouatée.

Les vitres envahies de neige et de buée.

Les montagnes invisibles.

L'hôtel de *Shining* lui revint en mémoire. Elle se massa les paupières. Les premières mesures d'*Erbarme dich* s'imposèrent à elle. Elle repensa à Alice, sa maman adoptive, visage dressé dans le salon, écoutant les premières mesures de Bach. Puis… Puis…

Elle avait onze ans et dévalait l'escalier de la maison, cartable à l'épaule, en retard pour l'école. Arrivée au bas de l'escalier, elle se figea. Ses parents semblaient en grande conversation.

« Écoute, il va bien falloir lui dire, disait Alice, elle est assez gr… »

Ils se figèrent à leur tour et se tournèrent vers elle, surpris. Ils échangèrent un regard. Guy se gratta la tête, soupira, puis commença, embarrassé…

« Jeanne, chérie, viens là. »

Jeanne s'approcha, soudain méfiante. Quelque chose s'était passé. Quelque chose n'était pas *normal*. Guy s'agenouilla et la prit tendrement par les épaules.

« Il faut que tu saches. Comment te dire ? Ton papa… je veux dire, ton papa biologique, il… »

Jeanne, en effet, avait toujours été très intuitive. Elle devina aussitôt et lui décocha, du tac au tac, avec une certaine violence :

« Il est mort, je parie ! »

Guy fut de nouveau surpris, mais acquiesça en silence. Alice considérait sa fille avec émotion.

« Et… il y a autre chose. Ta… mère, enfin ta "vraie" mère a demandé à te voir. Nous, on pense que ce n'est p… »

Mais déjà Jeanne n'écoutait plus. Une irrépressible bouffée de colère, mêlée de douleur, était montée en elle. Elle se dégagea de l'étreinte de Guy.

« Ça tombe bien, je m'en fous ! De toute façon, ils se sont jamais occupés de moi !

— Jeanne… »

Elle se dirigeait vers la porte sans plus les regarder, jouant de l'épaule pour ajuster sur son dos son cartable, trop gros et trop lourd pour elle.

« Fichez-moi la paix ! »

Elle se revoyait, seule dans le salon. C'était une autre fois, en fin de journée, un dimanche peut-être. Elle se souvenait qu'au-dehors, il pleuvait. Dans sa mémoire, les deux événements étaient presque consécutifs. Elle devait donc avoir le même âge. Elle s'était figée devant le répondeur. Sa mère biologique avait tenté de l'appeler. Jeanne écoutait, pétrifiée, cette voix cassée, tremblante, sur le message qu'« elle » venait de laisser.

« Ma petite fille… Je sais… Ce qu'on t'a fait, c'était terrible… Mais, si tu peux m'entendre… Je voulais juste te demander pardon, je… »

La colère ne s'était pas dissipée.

Jeanne revoyait distinctement son petit doigt, nerveux, appuyer fermement sur la touche.

MÉMOIRE : EFFACER

Jeanne revint à elle. Elle se sentit de nouveau très fébrile, angoissée. Elle avait toujours cette impression étrange de baigner dans un flou artistique. Ses yeux peinaient. La fatigue continuait de la submerger par vagues, mais la nervosité liée à son enquête ne lui laissait pas de repos. Son corps refusait d'écouter les alertes de son cerveau, et elle restait sur les nerfs. Elle ne devinait que trop la nouvelle insomnie qui l'attendrait ce soir. L'insomnie, encore et toujours, et pas de whisky pour noyer ses plaies et les cautériser, cette fois. Encore sous l'effet de cette curieuse dissociation qui lui semblait familière depuis l'enterrement de Guy, Jeanne se représenta derrière cette fenêtre, comme jadis derrière celle de sa chambre, à Sainte-Cécile. À l'époque où elle attendait des parents qui ne venaient pas. Et soudain, elle eut la surprise de découvrir, sur le montant, dans sa chambrette d'Harmonia, une petite boule à neige de Noël. Elle la prit. La boule était différente de celle d'autrefois, bien sûr, mais elle lui arracha un sourire. Ces flocons factices qui tombaient quand on la retournait, cet autre chalet, avec ici une remontée mécanique, et ce petit skieur qui glissait, écharpe au vent, devant un sapin. Puis elle serra les dents et reposa la boule.

Jeanne considéra de nouveau les flocons, véritables ceux-là, qui se déversaient sans fin devant Memory.

Ils semblèrent se confondre avec la « neige » d'un écran grésillant.

Babakar regardait un match de boxe à la télévision, dans une salle commune, près de la machine à café. Il avait posé ses béquilles contre une chaise et, sans trop bouger ses jambes, mimait le combat qui se jouait sur le ring à l'écran, haletant, en Rocky solitaire et perdu. À côté de lui, échoués sur une petite table, reposaient ses mangas qu'il n'arrivait jamais à lire jusqu'au bout. Au sommet de la pile, en couverture, un extraterrestre hideux et grotesque, aux tentacules verts, descendait d'un improbable astronef.

Jeanne était sortie de sa chambre, incapable de se mettre au lit. On approchait du couvre-feu, 23 heures. Elle se mit à rôder dans le bâtiment, comme égarée elle-même.

Elle aperçut Babakar, qu'elle laissa à son combat imaginaire. Contre quels fantômes donnait-il du poing, ce pauvre champion sans public ?

Elle avançait dans le couloir blanc, qui lui rappelait à présent la Cour des Miracles de jadis, encombrée d'autres enfants perdus.

Soudain, elle s'arrêta.

Par une porte entrebâillée, elle devina Jean-Baptiste, l'ex-clown. Ce soir, visiblement, il recevait. Ce n'était plus l'heure des visites, pourtant. Mais peut-être, dans certaines circonstances, les patients avaient-ils droit, eux aussi, à des *soirées exceptionnelles* – avec *animation heroic fantasy* ? En tout cas, JB n'était pas seul. Sa femme sans doute, et ses enfants étaient avec lui. Sa femme… *La pharmacienne*, se dit Jeanne, se remémorant ses dossiers. Elle qui l'avait trompé, qui avait refait sa vie, et faisait semblant que rien n'avait changé, pour l'aider sur les pas d'une guérison impossible… ? Jeanne la considéra un instant : elle était un peu en retrait, les bras croisés, l'air fatigué et triste. Leurs deux enfants, une adolescente et un petit garçon, tentaient de mettre un peu de joie dans l'entrevue. L'ado allumait des bougies sur une forêt-noire. Jeanne, indiscrète, n'osait plus bouger, les observant depuis le couloir. Ils ne s'étaient pas rendu compte de sa présence. JB, assis face à sa progéniture autour de la table, souriait, enthousiaste et désolé :

« Alors, mes pauvres enfants, vous êtes coincés ici avec votre vieux père ?! Vous avez choisi votre jour !

— Ne t'inquiète pas, papa… dit la jeune fille. Maman nous ramènera dès que possible. N'est-ce pas, maman ? On est bien, tous là, non ?

— Tu fais le clown pour nous ? Allez, allez ! Le clown ! Le clown ! dit le petit garçon.

— Le clown », répéta la maman sans joie.

Un instant, le couple éperdu se regarda. Puis JB sourit de plus belle et passa la main dans les cheveux de son fils, les ébouriffant vigoureusement. Jeanne n'en perdait pas une miette, un peu honteuse, pourtant, de se retrouver ainsi en position de voyeuse.

« Pas tout de suite, mon bonhomme. Tout à l'heure peut-être. J'ai envie de profiter de notre petite soirée en famille. C'est super d'être avec vous. »

Sa fille s'escrimait sur le gâteau. JB s'empressa d'intervenir :

« Attends, c'est à moi de le faire quand même !

— Mais non, laisse… »

JB fronça un sourcil, doigt sur les lèvres, puis compulsa son agenda.

« Sarah, je l'avais noté pourtant, ça, c'est sûr, je… je te jure. J'ai dû paumer le mémo ! Satanée caboche. »

Il s'anima soudain, farfouillant partout dans la chambre, retournant ses affaires.

« Mais attends… J'avais un cadeau pour toi ! Où je l'ai mis, bon D… ? »

Il retrouva un Post-it, qu'il brandit d'un air vainqueur. *LE CADEAU EST DANS LE PLACARD* – et il ouvrit un placard suspendu.

« Ah voilà ! Joyeux anniversaire, ma fille. »

Il lui donna le paquet. Elle jeta un regard bouleversé à sa mère, qui haussa les épaules. JB enlaça l'adolescente, et le petit garçon vint les rejoindre. Le bambin se marrait.

« Mais c'est *ton* anniversaire papa, pas celui de Sarah, c'est pour toi le cadeau ! Tu voulais pas l'ouvrir avant le gâteau… Tu as voulu à tout prix le ranger !

— Tu viens de l'écrire, le Post-it », dit sa femme d'une voix traînante.

JB sourit, confus. Sa femme soupira encore, et ce fut elle qui lui tendit le présent qu'il venait de donner à sa fille, resté sur la table. Le sourire de JB s'élargit et, retrouvant son allant, il ouvrit le cadeau comme un enfant excité.

C'était un Polaroid.

Un instant, ses yeux s'ouvrirent et, même de l'endroit où elle se trouvait, Jeanne put mesurer son désarroi. Si tant est qu'il était mesurable.

« Pour avoir les photos tout de suite, et les afficher avec les autres sur ton mur ! » lança Sarah avec une pointe de gaieté forcée.

JB tenta de cacher les larmes qui lui montaient aux yeux. Il serra ses enfants plus fort. Jeanne se décida à tirer délicatement la porte à elle.

Elle repartit dans le couloir, quand elle entendit soudain la voix claire de JB sonner à ses oreilles…

« Ah, et ça, c'est quoi ? Ah oui, le chèque de Marcus ! »

Jeanne se pétrifia.

Elle tourna les talons, revint vers la chambre et, cette fois, frappa à la porte pour se signaler. Elle passa une tête et fit, dans un sourire un peu gêné :

« Pardon mais, JB, euh… C'est moi, Jeanne. Je suis la, euh… Enfin, laissez tomber. De quel chèque s'agit-il ? »

JB s'interrompit, la regardant de travers. Sa femme et ses enfants aussi se tournèrent vers l'intruse : elle ne faisait pas partie du personnel habituel. Une autre patiente ? *Je vais peut-être le devenir, si ça continue, par mimétisme*, songea Jeanne avec une angoisse déplacée. Mais personne n'y comprenait rien, bien entendu. Jeanne se sentit de nouveau comme aspirée par un moment surréaliste. JB plongea dans son smartphone, puis lui décocha un grand sourire, avant d'exhiber, en effet, un chèque détaché de l'un de ses carnets. L'ex-clown semblait fier d'avoir compris et d'être raccord avec la question.

« Un chèque de l'argent que Marcus me doit. Me *devait*. Car *il est mort*, n'est-ce pas ? Je l'ai noté ! D'ailleurs, je ne le vois plus depuis quelque temps, enfin c'est ce que j'ai marqué. On se disputait mais c'était aussi un jeu entre nous, vous savez !

— Vous permettez ? »

Jeanne attrapa le chèque, l'examina et haussa un sourcil. Le montant lui sauta aux yeux : *Quatre cent cinquante-sept mille cinq cent douze euros et quatre-vingts centimes*. Signé : *Marcus Kempf*.

Elle leva les yeux vers JB, estomaquée.

« Mais… pourquoi ce chèque ? Le montant, vous savez à quoi il correspond ? »

Les rides sur le front de JB dessinèrent un pli interrogatif.

« Non, je sais pas, j'ai oublié. C'était juste un jeu, je vous dis ! Mais, et *vous*, vous êtes qui, déjà ? »

Jeanne se tenait les bras croisés, ne sachant que faire du chèque. Tous la regardaient étrangement.

« Euh… Police. Souvenez-vous. JB, je vais le garder, hein ? Pour le moment. »

Elle sourit, puis s'en retourna en tirant la porte, secouant la tête.

« *Police* ? demanda Sarah, intriguée.

— Ah ben oui, mais… Hé, mon chèque ! » lança JB à la porte désormais close.

17

Un jour sans fin

Un nouveau jour se leva, aussitôt avalé par la neige et les nuages uniformes. Jeanne émergea. Le réveil de son téléphone sonnait. Elle n'avait pour ainsi dire pas dormi, une fois de plus – ou par intermittence, voguant sur des flots indéterminés. *Ça devient très dur, là*, songea-t-elle. Sa vue se brouillait plus que jamais. Vacillante, les jambes lourdes, la tête en éclats, elle s'extirpa de son lit et alla ouvrir les rideaux, tentant de faire le point. Du blanc, du gris, du coton. C'était à peine si l'on devinait la forme des conifères à présent, chargés d'une épaisse couche de poudreuse.

Jeanne repensa à ses souvenirs, ou à ces rêves qui lui revenaient et qui n'étaient pas des rêves. Et soudain, elle se remémora le mot – il lui sembla qu'elle avait cherché plus ou moins consciemment, durant tout ce temps, à mettre le doigt dessus. *Hypnagogie. Ah oui, voilà, c'était ça.* Un mot un peu intello : l'hypnagogie. Elle avait lu dans un magazine spécialisé un papier à ce sujet – à côté d'un article intitulé « Le syndrome de la tête qui explose, un trouble du sommeil méconnu ». *L'hypnagogie, un état de conscience qui favorise les chimères*, en avait-elle retenu. Machinalement, elle attrapa son portable, chercha le terme sur Internet et essaya de retrouver l'article qui l'avait frappée.

L'état hypnagogique est un état de conscience particulier entre la veille et le sommeil. Inventé en 1848 par Alfred Maury, il visait à désigner les hallucinations se produisant souvent dans la première phase du sommeil. Le préfixe hypn(o), du grec *hupnos*, signifie sommeil, et le suffixe agogie, d'*agôgos*, traduit l'idée de transporter, conduire vers, guider et, par extension, commencer. Hypnagogie signifie donc littéralement « se laisser guider vers le sommeil ».

Cette phase présente un état de conscience atténué dans lequel l'accès aux sens, diminué mais toujours possible, est en proie à des troubles sensoriels qui, pour certains scientifiques, expliqueraient les apparitions surnaturelles et autres expériences d'enlèvements extraterrestres. Opposé à l'état « hypnopompique », demi-sommeil précédant le réveil, l'état hypnagogique peut s'accompagner d'hallucinations visuelles ou auditives, parfois très angoissantes, car très proches de la réalité ; ou bien de paralysies du sommeil, dûes à l'endormissement musculaire naturel. Une expérience particulièrement désagréable lorsqu'elle est associée, par exemple, à la sensation prégnante d'une présence toute proche, indicible et menaçante… En même temps, l'hypnagogie correspondant à un état de profonde relaxation, on la dit aussi très favorable à la créativité.

> On rêve tout en ne rêvant pas : une extraordinaire source d'inspiration, selon Aristote et Einstein. Cette phase étrange permet d'entendre des sons, d'assister à des explosions oniriques, des éclats de couleurs, de visions, pensées en germe, déployées dans une débauche d'images qu'ont utilisées de nombreux artistes, surréalistes en tête : Dalí qualifiait l'hypnagogie de « sommeil avec une clé » et la convoquait au service de ses peintures. Sommeil sans sommeil, essence même de la dialectique des rêves, sur le fil invisible séparant la conscience des profondeurs... Mary Shelley, l'auteur de *Frankenstein*, disait elle aussi avoir trouvé l'inspiration lors d'un « rêve éveillé » aux premières heures du jour.

Jeanne se mordit la lèvre. Blablabla, pourquoi regardait-elle cela ? Y cherchait-elle quelque chose ? L'hypnagogie semblait une sorte de porte, de passage direct vers notre intuition, notre subconscient, source de fulgurants *Eurêka !* pendant que la raison était occupée ailleurs. Un état propice à la résolution de problèmes inextricables en temps normal. Alors l'esprit, « fluide et ultra-associatif », établissait des connexions inattendues entre différents concepts, grâce aux métaphores, à la poésie des liens entre images, associations libres et sensations. Échos, résonances, correspondances, résiliences... Dans ce cinéma intérieur, les images statiques se mêlaient à des séquences animées, voire à des histoires plus élaborées. Mais à l'inverse du sommeil paradoxal, le rêveur errant dans ces limbes, entre deux états de conscience, restait suffisamment alerte pour se souvenir à son réveil, au moins partiellement, de ce qui s'était produit.

> Dans cet état pour ainsi dire « psychédélique », les scientifiques ont noté la présence d'*ondes alpha* – principal type d'ondes émises par le cerveau au repos, pendant une rêverie ou une méditation par exemple – et *thêta*, associées au sommeil réparateur. Cette combinaison exceptionnelle pourrait être à l'origine de visions et sensations saisissantes. Dans le cas de troubles plus sérieux, l'hallucination hypnagogique ultraréaliste est aussi symptôme de narcolepsie. En s'endormant, le sujet « voit » plus ou moins intuitivement des choses qui n'existent pas.

Mais peu de recherches, en définitive, avaient été menées sur ce phénomène et son mystérieux fonctionnement.

Ouais, se dit Jeanne. *Bref. Tout cela pour dire que moi, j'ai l'impression d'être en hypnagogie permanente. Pas étonnant que ça me revienne !*

Elle bâilla et rangea son portable.

Harmonia, se dit-elle encore, répondait bien à cette situation. C'était cela : plonger dans cette grande piscine entre éveil et sommeil, s'aventurer au cœur de la forêt, dans des limbes impossibles. Harmonia : bienvenue dans l'hypnagogie durable !

À peine avait-elle rangé son mobile qu'il sonna de nouveau. C'était Davy, qui l'appelait depuis le commissariat.

« Salut, c'est Davy. Paraît que t'es restée coincée ? Bien dormi dans l'oubli ?

— Nan, dit Jeanne, encore pâteuse.

— Ah mince. La voirie déblaie la route. Dès que c'est bon, je rapplique. Alors, en vrac : l'analyse de la guirlande et des vêtements du pendu n'ont rien donné. Le flingue dans la neige non plus. »

Jeanne tenta de se ressaisir avec difficulté. Elle fit un effort pour retrouver un minimum de clarté dans ses pensées.

« Les photos des appareils ?

— Que dalle ! Je te les renvoie toutes mais tu les as vues…, quelques photos débiles du pendu, et zéro indice !

— Et, euh… l'ordi ?

— Rien d'intéressant. »

Cette fois, Jeanne serra les dents et réagit contre la fatigue et la lassitude par un surcroît d'irritation. Elle s'emporta :

« Mais c'est pas vrai ! Un chou aussi blanc, c'est pas possible ! À moins que… Marcus n'ait travaillé *que* sur la fameuse clé USB disparue ? »

De nouveau, sa machine d'enquêtrice, son habitude procédurale se remettaient en marche. Mais ce satané Cluedo relevait de l'énigme insoluble, et Jeanne doutait de trouver un colonel Moutarde avec sa clé anglaise en coupable idéal.

« Ouais, à moins que… répondit Davy. Bon, on a d'autres pistes. Tu sais que la campagne des européennes est en cours ? Eh bien, j'ai creusé autour de la construction d'Harmonia, comme tu le voulais. Certains sont très contents qu'Honecker ne soit plus dans la course. On dit même qu'il aurait un peu bidouillé les appels d'offres pour faire passer le dossier. C'est pas vraiment sorti, mais…

— De toute façon, quel rapport avec…

— La PME où travaillait Marcus comme comptable, VentOnline. Il semble qu'elle ait été partie prenante dans l'imbroglio financier.

— Ah… Alors c'est peut-être une connexion, ça ! Continue de creuser.

— Ouaip. Sinon : à propos de tes chiffres, là… »

Elle se souvint du pan de mur couvert de chiffres, dans la chambre de Marcus, et des photos qu'ils en avaient prises.

« Je les ai montrés à nos matheux, cryptologues et tout… Ils disent que ça ne correspond à rien. Pas de récurrence, pas de code. Juste du n'importe quoi au fil de la plume. En revanche, pas de doute, c'est bien l'écriture de Marcus. De la mémoire vive, mais sans aucune clé ! »

Jeanne se mit à tourner en rond dans sa chambrette. Elle prit conscience qu'elle n'avait rien avalé depuis son sandwich, la veille, pendant les interrogatoires. Son estomac criait famine, et elle aurait donné son âme pour un café. Elle trouverait bien ce matin de quoi prendre un petit déjeuner dans la salle commune. Les patients avaient beau n'avoir plus de mémoire, ils prenaient bien des repas, non ? Jeanne savait qu'il y avait une cantine mais n'y avait pas encore mis les pieds.

De la mémoire vive... sans aucune clé !

« Le mobiiiile, Davy. Pourquoi les avoir écrits alors ? Bon, merci. »

Elle raccrocha aussitôt, se prit la tête.

Putain, c'est une affaire à dormir deb...

Et soudain, son visage s'illumina.

Le psychologue d'Harmonia se nommait Eric Winckel. Petit bonhomme replet aux lunettes rectangulaires, le front haut et dégarni semé de rides soucieuses, il faisait maintenant circuler d'étonnants tests de Rorschach auprès de différents patients. C'était la fin de la matinée, le brouillard était toujours aussi épais, et ils étaient de nouveau réfugiés dans le foyer surchauffé. Derrière le Dr Winckel, Jeanne, bras croisés, suivait les échanges avec attention. Elle avait réussi à se procurer des croissants et un bol de café chaud, qui n'étaient pas de trop.

« Que voyez-vous là ? demanda Eric en tapotant sur l'un des Rorschach.

— Deux gants de boxe, dit Babakar d'une voix traînante. Là et là…

— Une fleur, énonça David. Genre, une violette. Mais bleue.

— Euh… Un papillon ? Non… *Deux* papillons, rectifia JB.

— La mort. La putain de grande faucheuse ! » s'écria Jeff en écartant les bras d'un air théâtral.

Puis il cligna des yeux :

« Ou une paire de seins. C'est pas clair…

— Une fontaine. La fontaine de vie, commenta Albert avec emphase.

— Je sais pas. Une tache ? se contenta de répondre Myriam, une mèche de cheveux dans l'œil.

— Ma mère. On dirait ma mère en colère ! La vache », fit Honecker avec une grimace.

Il se dandina sur sa chaise.

« Je peux aller pisser ?

— Un enfant. Un enfant blessé », jeta Caroline, dents serrées, pli amer aux lèvres.

Le Dr Winckel enchaîna avec un Rorschach préparé pour l'occasion, qui, cette fois, évoquait clairement un pendu. Et rebelote.

« Un mec qui lève le bras. Il a dû gagner un truc. Un cycliste peut-être, dit Babakar.

— Une liane. Une plante grimpante ? tenta David.

— C'est n'importe quoi. Des soutiens-gorge, non ? Ou une grosse partouze, asséna Jeff.

— Le général de Gaulle qui crie "Je vous ai compris", rétorqua Honecker avec un brin d'ironie.

— Jésus sur la croix, affirma Albert sans hésiter.

— Jésus… sur la croix ? confirma JB.

— Le général de Gaulle sur la croix ? hasarda Myriam.

— Un pendu. Non, attendez. Le suaire de Turin ? » acheva Caroline.

Au bout d'une demi-heure, Jeanne fit sortir le dernier patient et soupira.

« Voilà qu'ils voient tous Jésus maintenant ! »

Assis derrière elle, le psychologue commenta :

« C'est notre quotidien ici. Je comprends ce que vous essayez de faire, mais comme ça, vous n'arriverez à rien. C'est un mur. »

Jeanne regarda de nouveau vers la fenêtre, comme pour chercher une issue impossible, puis ne quitta pas la neige des yeux, son regard trouble se noyant dans ce manteau perpétuellement flou et immaculé.

« J'entends bien, docteur, c'est vous le psy. Mais moi, le mur, je dois le briser. Ou bien trouver comment le contourner. Et on pourrait pas… »

Elle cilla encore et se retourna :

« Vous êtes formé à l'hypnose ? »

Pom.

Pom.

Pom.

« Albert. On ne fait pas de jokari dans les couloirs. Combien de fois faudra-t-il vous le dire ? Vous faisiez ça, dans votre église ? »

Le père Albert leva les yeux vers Irène, qui ajustait son chignon d'un air sévère. Il haussa les sourcils et lui fit un sourire éclatant. Irène renchérit :

« Vous vous souvenez très bien des règles de vie. Et celle-là, je l'ai fait marquer en grosses lettres et en rouge, en tête de votre petit carnet. Alors vous remballez votre jokari, mon père. Ou je vous le confisque pour de bon, et vous ne vous en souviendrez même pas. Je repose la question : combien de fois faudra-t-il vous le dire ?

— Chère Irène. Fille de Dieu. Les voies du Seigneur sont impénétrables.

— Il a bon dos, le Seigneur ! Il ne faisait pas de jokari ! Venez. On a besoin de vous pour une autre, euh… expérience. Babakar, aussi. »

Irène venait au passage de glisser une tête dans une petite salle commune. Différente du foyer, elle abritait deux plantes vertes, un grand téléviseur, un baby-foot, une machine à café et quelques tables ; c'était là également que les patients prenaient leur petit déjeuner, parfois leur repas. Babakar trempait une grande tartine dans son café en lisant un manga.

Irène entendit derrière elle la voix intriguée d'Albert, qui rangeait sa raquette.

« Une “autre expérience” ? » demanda-t-il.

18

Le fantôme dans la machine

« J'imagine bien que vous avez essayé, avait dit Jeanne au Dr Winckel. Il ne s'agit pas qu'ils se rappellent toute leur vie après l'accident. Ni même une poignée de jours ! Mais… un moment précis ? *Quelques secondes* ? »

Un pendule allait et venait sous le nez de Babakar.

Assis en face d'eux, ses bras musculeux reposant sur ses genoux, l'ex-boxeur avait maintenant les yeux fermés. La mise en condition n'avait guère été problématique ; jusque-là, tout allait bien. Un sourire béat étirait ses lèvres.

« Ouiii… Je vois le foyer… C'est un anniversaire, oui… C'est sympââââ… » dit-il de sa voix traînante, un peu pâteuse.

Le psy, surpris, se tourna vers Jeanne – qui, elle, se tendit. L'espoir revenait.

« Babakar, intervint le psy sur un ton lent, profond. Qui est avec vous ?

— Hervé, l'infirmier. Hanekke ! Tiens, il sort téléphoner…

— Et Marcus ? Vous voyez Marcus Kempf ?

— Oui oui, il est là, Marcus ! Oh, il a un verre de champagne. »

Ils laissèrent planer le silence quelques instants. Les prunelles de Babakar bougeaient sous ses paupières closes, comme s'il revivait la scène, au présent, intensément.

Puis le docteur reprit :

« Et maintenant, Babakar ? Maintenant, que se passe-t-il ? »

Babakar marqua un temps lui aussi, et brusquement, dans une exclamation :

« Marcus est pendu ! »

Jeanne ne put s'empêcher de s'agiter sur sa chaise.

« Quoi ? C… Comment ? »

Babakar jeta un rire.

« Il fait le cochon pendu ! Ah ah, il est marrant Marcus, il a la tête en bas !

— Quoi ? Mais *qui* l'a pendu ? demanda Jeanne, fébrile.

— Ben l'extraterrestre, dit Babakar. Celui de ma BD. »

Le psy fit la grimace.

« Q… Quoi ? »

Il joignit doctement les mains.

« Babakar, il n'y a pas d'extraterrestre. Ça n'existe pas, les extraterrestres. »

Babakar pouffa.

« Si, si, il est vert, avec des tentacules. Il vient d'entrer. Il n'a qu'un œil. Il prend un jus de pomme. »

Le Dr Winckel s'efforça de rester posé. Il avait repris son stylo, qui oscilla sur son carnet de notes. Lui aussi allait finir par devenir fou.

« Babakar, concentrez-vous. *Il n'y a pas d'extraterrestre avec du jus de pomme.* Vous m'entendez ? Et Marcus, il est toujours pendu ?

— Ah non. Maintenant, il tape avec moi dans le sac de sable. »

Babakar fronça les sourcils, puis :

« Et je vois du blanc… Du blanc partout… »

Jeanne eut un mouvement de recul et croisa les bras, la mine désolée.

« Il mélange tout… »

Albert, hypnotisé et souriant, bras croisés lui aussi, était tout à ses souvenirs. C'était une logorrhée sans fin.

« Oui, il se confessait, le vilain. Un scandale ! Oui, exactement… Comme Mme Gerolstein… Elle faisait pipi au lit, à cinquante-quatre ans, vous vous rendez côôômpte ! Quand je pense que j'ai failli tout plaquer pour sa fille… Mon préféré, c'est le Lagavulin seize ans. Un classique… »

Jeanne échangea un nouveau regard avec le psy, effondrée.

« Installez-vous là. »

À la demande de Jeanne, on avait décoré le foyer de la même manière que le soir du drame. Les guirlandes, le lecteur CD sur le radiateur, les stroboscopes, la banderole *JOYEUX ANNIVERSAIRE*, le buffet, tout était reconstitué à l'identique. Jeanne venait de proposer à Myriam une chaise, sur laquelle la concertiste s'assit avec son violon. David, JB et Caroline vaquaient mains dans les poches, sans trop savoir quoi faire et sans davantage comprendre ce qu'ils faisaient ici. L'infirmier Hervé Hanekke se tenait près des portes, et Michel Honecker à la petite table de Scrabble avec Jeff. Celui-ci envoyait de temps à autre un clin d'œil à Jeanne, lorgnant ses seins et ses fesses d'un air gourmand. Parfois, il changeait de proie et taquinait la jolie Myriam, qui se contentait de détourner le regard en soupirant, consternée. Jeanne se racla la gorge et se tourna vers la musicienne :

« Voilà… Vous étiez là, m'a dit Hervé. Vous deviez jouer "Joyeux anniversaire" mais, euh… vous avez entamé du Bach. Vous pouvez recommencer ? »

Docile, Myriam prit son archet et se mit à jouer *Erbarme dich*.

Jeanne se glissa derrière Michel et Jeff.

« Vous, vous étiez en train de faire un Scrabble. La fête commençait. Le buffet était prêt. »

Elle força son sourire et s'adressa à la cantonade.

« Et moi, je ferai Marcus, Marcus Kempf. N'est-ce pas ? »

Aussitôt, trois d'entre eux plongèrent dans leur carnet, ou leur smartphone.

Jeanne inspira et s'approcha du tabouret : elle avait passé la guirlande électrique par-dessus la poutre du foyer. Myriam continuait de jouer. *Erbarme dich, mein Gott.* Les autres, égarés, attrapaient des verres et des bretzels. Jeff lança à Jeanne une nouvelle œillade. Elle mit en marche les stroboscopes et fit signe à Hanekke, qui prit son portable.

« Là, Hervé a reçu un coup de fil, il n'entendait rien avec le brouhaha, la musique, il est sorti… »

L'infirmier mimait la scène.

« Et le pass ? demanda Jeanne. Savez-vous si c'est Marcus qui l'avait pris ? »

Elle ferma la porte derrière Hanekke.

Puis elle se dirigea vers l'estrade et monta sur le tabouret. Elle approcha sa tête du nœud coulant. Myriam jouait encore et encore le déchirant morceau de Bach. Les stroboscopes flashaient par intermittence, dans des lueurs multicolores, la boule à facettes suspendue renvoyant leurs étincelles kaléidoscopiques…

« Elle va se pendre ? s'écria soudain JB en la regardant. Mais il faut pas ! »

Il chercha un soutien, une blouse blanche autour de lui.

« Arrêtez-la ! » insista-t-il encore.

L'ambiance virait de nouveau au surréalisme absolu.

« Non, non, JB, pas de panique, le rassura Jeanne, c'est, euh… une reconstitution, c'est… »

Les pieds sur son tabouret, Jeanne se sentait parfaitement ridicule. Tout cela n'avait aucun sens.

« Vous vous souvenez ? reprit-elle d'une voix mal assurée. Que s'est-il passé ? Marcus s'est… Et… Babakar, vous avez ouvert la fenêtre et vous avez sauté… Et… Ce pistolet ! D'où venait-il ? Quelqu'un a fermé la porte et… »

Elle les regardait. Les visages des huit témoins étaient à présent rivés sur elle, dubitatifs. Pas un ne semblait comprendre. Pour un peu, on eût dit une secte en pleine réunion secrète, au bord de psalmodier ses litanies. Tous tournaient vers elle un même regard interloqué, ou se regardaient les uns les autres sans savoir que faire. Jeanne, elle, restait debout sur son tabouret.

Ses mains se crispèrent, elle serra les poings et ferma les paupières, avec le sentiment subit et affreux de redevenir la petite fille qu'elle avait été autrefois, qui faisait son caprice, au bord de la crise de nerfs. Elle trépignait.

« Mais PUTAIN, hurla-t-elle, *SOUVENEZ-VOUS* ! »

Ils sursautèrent ; Myriam s'arrêta de jouer, papillonnant des yeux. David s'avança enfin, méfiant mais plus courageux, et vint déchiffrer son badge.

« *Jeanne policière*. Vous êtes flic, c'est ça ? »

Jeff lui fit un clin d'œil en lorgnant ses seins.

« Il y a des choses qu'on n'oublie pas, vous savez ! » jeta-t-il.

Puis soudain Albert, mains sur les hanches, intervint, militant.

« On peut savoir ce qu'on fait ici ? C'est l'anniversaire de qui, alors ? »

Myriam se mit tout de go à jouer « Joyeux anniversaire », qui se mua bientôt en « Danse des Furies », au fil des mesures. Dans le même temps, Jeff et Honecker, devant le plateau de jeu, commencèrent à pousser des cris.

« Bon allez ! jeta Jeff d'un air soudain irrité, se balançant légèrement d'avant en arrière. Faut ranger les jeux, là ! »

Honecker, lui, leva les bras en signe de triomphe et lança avec fierté :

« Scrabble ! Scrabble ! »

Jeanne n'en pouvait plus.

Elle s'effondra sur sa chaise en soupirant. Elle se rendit compte qu'elle caressait machinalement son arme de service : en d'autres circonstances, cela eut pu la faire sourire. Sans doute son inconscient lui signifiait-il qu'elle avait envie de les cribler de balles, un par un, avant de retourner son arme contre elle. Et finie, l'enquête du siècle. Finis, Memory, ses Dory et Prosper le hamster. Finis, les petits jeux !

De nouveau, tous les témoins étaient sortis. Le Dr Winckel s'assit en face d'elle. Jeanne venait de couper les stroboscopes. Ne restaient que les reliefs de la fête fantôme, et le soupir de la bourrasque au-dehors. Au moins, ici, était-on au chaud. Et ce silence feutré, ce silence revenu après le brouhaha absurde, le tumulte d'émotions vagabondes, erratiques, qui venait de précéder.

Jeanne, découragée, considéra le psy, qui n'eut guère de peine à mesurer son désarroi.

« Que des coffres-forts, et aucune combinaison ! »

Le Dr Winckel continuait de jouer avec son stylo.

« Ce n'est pas votre faute… S'il suffisait de les mettre en contexte, on n'aurait pas besoin d'une unité spéciale. Je ne voulais pas vous décourager, mais…

— Oui, enfin, qui ne tente rien n'a rien, n'est-ce pas ? »

Il y eut encore un long silence. Jeanne se prit la tête entre les mains. Une terrible lassitude la submergea. Elle avait envie de pleurer. Puis elle eut plusieurs profondes inspirations et rassembla ses esprits.

« Et dire que j'étais censée faire mes preuves sur cette affaire. Elle est bonne, enchaîna-t-elle, navrée.

— Vous connaissez la théorie du cerveau triunique ? » s'enquit le praticien, comme pour faire diversion.

Jeanne eut un signe de dénégation, mais resta silencieuse.

« Elle distingue trois types de cerveaux, apparus au cours de l'évolution de notre espèce et lors de l'émergence des différentes classes d'animaux. Notre structure cérébrale la plus ancienne correspondrait à un cerveau dit "reptilien", ancré le plus profondément, puis un autre "paléomammalien", lié au cerveau limbique, enfin un cerveau "néomammalien", apparenté au néocortex. Un peu comme des couches géologiques, ou celles successives de l'écorce d'un arbre. Vous me suivez ?

— J'essaie, doc, dit Jeanne, blasée.

— Le modèle a été introduit par un neurobiologiste dans les années 1950-1960, et vulgarisé par Arthur Koestler, dans un bouquin qui s'appelle *The Ghost in the Machine*, en 1967…

— *The Ghost in the Machine* ! ironisa Jeanne. Je vois. Nous y sommes !

— Le cerveau reptilien, primitif, remonterait à quatre cents millions d'années, lorsque les trilobites sont sortis de l'eau pour coloniser la terre ferme. Il aurait régi leur fonctionnement ainsi que celui des oiseaux, des amphibiens, des reptiles, et serait le plus résistant à un traumatisme crânien ! Le cerveau paléomammalien serait apparu avec les mammifères et dévolu aux principaux comportements instinctifs, ainsi qu'à la mémoire. Il permettrait les émotions, la gestion des réactions au stress… Puis viendrait le cerveau humain, constitué du temps de nos Australopithèques africains – et avec lui, le raisonnement, le langage, la faculté d'anticipation…

— Mais quel rapport avec nos patients ?

— J'y viens. Le cerveau reptilien aurait pour première fonction d'assurer la régulation de la respiration, du rythme cardiaque, de la tension… Il serait responsable des comportements primitifs liés à la satisfaction des besoins fondamentaux pour la survie de l'espèce : alimentation, sommeil, reproduction, instinct de conservation… Ce cerveau primitif commanderait à des comportements préprogrammés, un même stimulus entraînant toujours la même réponse. Les comportements induits par le cerveau reptilien ne peuvent évoluer avec l'expérience, ni s'adapter à de nouvelles situations, car ce cerveau n'aurait qu'une mémoire à court terme. »

Jeanne leva un sourcil.

« Nos Dory ravalés au rang de reptiles ? Sympa ! »

Le psy hocha la tête.

« Non, bien sûr que non, grands dieux ! D'ailleurs, cette théorie est aujourd'hui obsolète. La totale indépendance de trois cerveaux distincts est rejetée par la plupart des scientifiques. Ils préfèrent considérer les aires cérébrales comme des ensembles en interaction. Mais cela n'empêche pas la partie *évolutive* de la théorie d'être justifiée : notre cerveau est le résultat de périodes de céphalisation successives. Qu'est-ce qui fait des êtres humains ce qu'ils sont ? Ils pensent. Ils aiment. Ils se souviennent de leur vie d'avant. C'est tout l'inverse ! Nos patients sont *plus humains*, et moins reptiliens que nous en vérité, car forcés de se raccrocher sans cesse à leur part d'humanité. Mais leur drame, leur drame bouleversant, c'est qu'ils ont un fantôme dans la machine. »

Il y eut un long silence.

Jeanne se perdit en méditations reptiliennes un bon moment, puis soudain, revenant à ses moutons…

« Ces souvenirs… C'est si mystérieux. Je me demandais…

— Oui ? » demanda le psy, la considérant par-dessus ses petites lunettes.

Le lieutenant Ricœur l'observa, hésitante, et posa les mains sur la table.

« … À quel âge un enfant imprime-t-il ses souvenirs les plus anciens ? »

Le psy eut un petit sourire évasif, puis fronça les sourcils, les yeux sur son stylo, griffonnant de petits dessins abstraits sur son carnet.

« Ils commencent *in utero*, dès que le cerveau est constitué. Le problème, c'est plutôt de savoir comment se les rappeler ! En grandissant, on les corrige, on en intègre même certains qui, racontés, deviennent nôtres. Avec les photos, les films…

— Les légendes familiales », compléta Jeanne, songeuse.

Winckel opina du chef.

« Il arrive même que certains soient implantés – des *faux* souvenirs – pour arranger une réalité trop difficile, la couvrir. Alors la conscience fait mine de les oublier, c'est classique. Mais en général, ils reviennent toujours frapper à la porte, à un moment ou un autre ! »

Jeanne, troublée, regardait fixement la neige au dehors.

« Pourquoi ? Ça vous intéresse ? » l'encouragea le psy.

Nouveau coup d'œil par-dessus ses lunettes. Jeanne tenta à son tour un sourire, qui se figea.

« Pour rien. Merci, doc… »

Elle se leva péniblement, puis se dirigea vers la porte. Elle allait la franchir lorsque le psy, sans quitter des yeux ses petits dessins, hasarda :

« Il n'y a pas que les “patients” qui souffrent, vous savez. On a tous une mémoire. Certaines choses ne s'effacent pas. Vous aviez raison sur un point : la mémoire, malgré tout, ça se travaille. Elle nous fait voyager dans le temps, dans l'espace… »

Il conclut.

« Il n'y a pas que nos patients qui ont un fantôme dans la machine. »

Il sourit et planta son regard dans celui de Jeanne policière.

« Je dis juste ça comme ça. »

Sur le pas de la porte, le lieutenant Ricœur acquiesça, et sortit.

« Amis crocodiles, bonsoir », dit-elle avec ironie.

19

Toi, tu creuses

Jeanne marchait dans le couloir du premier étage, méditative. Elle passait devant l'enfilade des chambres des patients lorsqu'elle entendit un bruit s'échappant par une porte entrebâillée. Elle jeta machinalement un coup d'œil dans la pièce concernée, et fit soudain un pas en arrière, silencieuse.

Avait-elle bien vu ?

Indiscrète une fois encore, elle se pencha vers le faible interstice qui se dessinait entre les gonds du battant entrouvert. Plus de doute possible. Nathalie Hauteville embrassait Michel Honecker sur le crâne, avant de lui caresser tendrement la joue. L'ancien élu européen lui tenait la main et semblait considérer fixement le mur blanc devant lui, l'air éploré. Puis il leva le visage vers madame la directrice, et lui fit un faible sourire.

Jeanne fronça les sourcils et reflua dans le couloir sur la pointe des pieds.

Elle fut bientôt de retour dans sa chambrette. Elle se glissa à l'intérieur de la salle de bains et se passa de l'eau sur le visage en soupirant. Sa main chercha deux cachets, et elle se regarda dans la glace. Était-ce le reflet qui se brouillait, comme la surface d'un lac sous les orbes réguliers d'un caillou jeté au hasard ?

Car parmi tous les souvenirs
Ceux de l'enfance sont les pires
Ceux de l'enfance nous déchirent...

Elle s'y trouvait de nouveau, dans ce salon toujours semé d'immondices, bercé pourtant par la lumière étrange d'un coucher de soleil. Le salon de Jeanne fillette, le salon de ses trois ans. Et voici qu'une main féminine au poignet constellé de traces de piqûres lui tendait un petit cadeau, noué d'un ruban.

« Joyeux anniversaire, bébé », disait sa mère.

Toujours ce visage flouté, noyé par le temps. Jeanne n'en avait jamais gardé de photo – aussi, à quoi pouvaient ressembler, exactement, les traits de sa « vraie » mère ? Jeanne avait reconstitué son portrait en imagination, la parant tantôt des atours et des attitudes d'une sorte de sorcière – celle d'*Hansel et Gretel*, dans son palais de pain d'épices où brûlaient les petits enfants –, tantôt des expressions faussement enchantées d'une fée autrefois belle et aujourd'hui meurtrie, asservie et clouée à quelque lit de torture et de mélancolie. Jeanne se souvenait surtout d'une impression, d'une présence. Et de ces cheveux roux dans le couchant.

Joyeux anniversaire, bébé.

À quel âge un enfant imprime-t-il ses premiers souvenirs ?

Le lieutenant lorgna son badge un peu ridicule. *JEANNE POLICIÈRE.*

À treize ans, soit dix ans plus tard, Jeanne avait les cheveux longs et portait déjà jeans et blouson de cuir recouvert d'enseignes Chevignon et de logos heavy metal. En dehors de son père adoptif, de Frank Ruffier et de ses amis, son premier contact avec la police avait été plutôt tendu. Elle y jouait le rôle du vilain petit canard. Elle se tenait, dans la grâce ingrate et revêche des bravades de son âge, affalée sur le banc d'un commissariat, son sac à dos à côté d'elle. Guy arrivait, costaud mais agité, en costume réglementaire, accompagné d'un autre flic.

« Jeanne ! On t'a cherchée partout ces deux derniers jours ! On s'est fait un sang d'encre ! Mais enfin, qu'est-ce qu'il t'a pris ? »

Jeanne s'était contentée d'aboyer :

« De quoi tu t'occupes ? T'es même pas mon vrai père ! »

C'était sa période rebelle, de refus de l'autorité et de révolte, coutumière aux adolescents, à quoi se mêlait cependant la conscience de son enfance, singulière et tourmentée. Elle n'était souvent que colère – une colère qui venait s'ajouter à celle que pouvaient éprouver les autres et à un malaise impossible à domestiquer, sur lequel elle peinait à poser des mots. Personne ne pouvait la comprendre, ni même l'aider, n'est-ce pas ? Même pas Guy, et surtout pas le proviseur, celui de son lycée, M. Jasmin – il fallait le faire, un nom pareil ! –, dont elle revoyait glisser sous ses paupières la figure sévère, aux joues creuses, le front haut et plissé, avec ces verres carrés masquant à peine un léger strabisme convergent, et des lèvres si fines qu'elles lui évoquaient celles d'un vampire. Et elle, en parfaite ado perturbée, toujours affalée, cheveux dans les yeux, moue de mépris sur la bouche, mais, cette fois, dans le bureau du proviseur du collège Raoul-Blanchard, devant la cour où s'égayaient ses camarades.

« Je voulais vous voir, monsieur Ricœur, disait le proviseur d'un air docte, parce que votre fille a frappé un garçon de sa classe. Nous ne pouvons tolérer ce genre de comportement.

— Mais il embêtait les filles, se défendait Jeanne, redresseuse de torts. C'est lui qu'a commencé !

— Peut-être, mais tu l'as envoyé à l'hôpital ! ripostait M. Jasmin. Ses parents ont appelé et demandent à vous rencontrer pour avoir une petite conversation. Ce sont des gens bien, vous savez. »

À côté d'elle, Guy, papa flic, en civil cette fois, terriblement embarrassé, croisait et décroisait nerveusement les doigts.

« Je… Je vais m'excuser et m'expliquer auprès d'eux, en effet. Et Jeanne aussi. N'est-ce pas, Jeanne ?! Elle sera sanctionnée. Vous avez raison, je… Je vais la reprendre en main. »

Et le proviseur, lèvres pincées :

« Il serait temps, en effet. »

Jeanne policière. Ce n'est peut-être qu'une bonne blague, après tout. Regarde comme tu patauges, ma grande. Elle est belle, l'inspectrice ! Peut-être que finalement, je n'étais pas faite pour ce m...

Elle revint à elle lorsque son téléphone vibra dans sa poche.

« Oui ? »

La voix de Davy grésilla au bout du fil.

« On a du neuf ! L'ex-appartement de Marcus a été cambriolé, quelques jours après son accident.

— *Cambriolé ?*

— *Yep*, confirma Davy. Bien sûr, on ignore par qui et pourquoi, mais je voulais te prévenir. Autre chose : toujours rien sur le pass, mais la lettre, tu sais, *SOUVIENS-TOI OU MEURS*, on a poussé les analyses quand même. On a fini par déceler deux séries d'empreintes dessus... Presque invisibles, mais ça correspond à quatre-vingts pour cent.

— Deux séries d'empreintes ?

— Celles de Nathalie Hauteville. Et celles du petit David. »

Jeanne marqua une pause.

« Tu crois qu'il aurait pu découper les lettres ? demanda Davy.

— Je ne sais pas. David ? dit Jeanne perplexe, fronçant les sourcils. Bon, je vais les convoquer chez Hauteville. D'autant que j'ai peut-être un truc aussi. Je te dirai. Je creuse. »

Elle raccrocha bientôt, frustrée.

Ça, pour creuser...

Elle se souvint vaguement d'une célèbre réplique de Clint Eastwood – ce devait être dans *Le Bon, la brute et le truand*. « Dans la vie, il y a deux catégories : ceux qui ont un pistolet chargé et ceux qui creusent. Toi, tu creuses… »

Elle tenta de se replonger dans ses dossiers, clignant des yeux. Et ce décor flou autour d'elle, c'était insupportable ! Elle attrapa discrètement la flasque de scotch, qu'elle s'était souvenue avoir glissé dans la boîte à gants de sa voiture et qu'elle était allée récupérer dare-dare. Elle chercha en maugréant un verre dans un placard de la kitchenette voisine, se servit une rasade sans glace, puis revint s'asseoir au bureau qui jouxtait la grande fenêtre.

La cible verte était de nouveau sur elle. Malgré la neige, le lieutenant Ricœur était parfaitement visible. Jeanne, qui passait un autre coup de fil, se leva. Puis elle disparut de la chambre. La cible la suivit quelques instants le long des fenêtres éclairées du couloir.

Enfin, de toute évidence, les flics n'avaient rien.

Pour le moment, en tout cas.

Ils pataugeaient !

Jeanne marchait en direction du bureau de Nathalie Hauteville lorsqu'elle entendit des éclats de voix.

« Alors, tu peux m'expliquer ça, David ?

— Mais c'est pas moi ! Je savais même pas que c'était là !

— Ben voyons ! Tu vas me raconter que tu l'as oublié, naturellement ? Pardon, mais ça a bon dos, parfois ! Et ça ne dit pas comment c'est arrivé là, n'est-ce pas ? C'est un de tes copains qui te l'a rapporté ? David… Tu veux m'obliger à suspendre les visites ? C'est ça que tu veux ? »

Jeanne arriva sur ces entrefaites. Elle eut la surprise de découvrir, devant David gêné… une barrette de haschich, que lui désignait la directrice !

« Ah vous voilà. Regardez ce que monsieur cache sous son oreiller ! Et comme il ne s'en souvient pas, il se fait des mémos pour retrouver ses planques ! »

David regarda Jeanne, visa son badge et afficha une grimace.

« Et quoi, vous allez me mettre en prison ? J'y suis déjà, alors ! »

Jeanne fit la moue et se contenta de répondre :

« C'est pour ça que Marcus se disputait sans cesse avec toi ? »

Ce fut Hauteville qui intervint, à la place de l'adolescent.

« Oui. David n'aime pas qu'on le sermonne, n'est-ce pas ? Tu le mérites pourtant ! dit-elle en revenant à lui. Allez, retourne dans ta chambre. C'est d'accord pour vous, inspectrice ? Je garde ça, avec le reste. »

Ce disant, elle se leva, ouvrit le petit placard suspendu derrière son bureau – le coffre à toxiques – en pianotant un code, puis secoua la tête et y glissa la barrette. Une autre s'y trouvait déjà. Puis elle referma le coffre, tandis que David s'éloignait d'un pas traînant, irrité et penaud. Jeanne hésita un instant à le retenir, mais choisit de le laisser filer et se concentra sur la directrice. Après un silence, Hauteville poussa un long soupir, alla fermer la porte et, contre toute attente, fouilla sous son bureau pour y attraper une bouteille de Grant's et deux verres.

Elle les posa sur son bureau dans un bruit mat, soudain transformée en serveuse de bar.

« Vous vouliez me parler. Un verre ?

— Je dis pas non. »

Jeanne s'assit en face d'elle pendant que Nathalie remplissait les verres copieusement. Jeanne regarda un instant le jardin d'hiver et les étranges plantes tropicales dont il était peuplé – exotique au regard de la bourrasque qui entourait Harmonia et semblait la couper du monde depuis le début de la tempête.

« En fait, je l'aime beaucoup ce garçon, dit Hauteville en se rasseyant. Avant, c'était un lycéen écervelé, qui venait de se faire renvoyer de son bahut… »

Elle fit glisser l'un des verres en direction de Jeanne sur la surface plane de son bureau.

« Mais, malgré les apparences, aujourd'hui, il veut vraiment s'en sortir.

— Et vous pensez qu'il le peut ? » demanda Jeanne.

Les deux femmes se faisaient face. Hauteville prit une gorgée.

« En tout cas, avec les cours d'horticulture qu'on lui donne ici, il a trouvé un sens à sa vie… Ses parents ne s'en occupaient pas. À l'école, il ne retenait rien. Ici, il peut espérer que quelqu'un s'intéresse à lui ! Et à quinze ans, de quelle mémoire parle-t-on ?

— Je vois. Sa mémoire serait presque devant lui, en quelque sorte », dit Jeanne en regardant son verre.

Hauteville prit une nouvelle gorgée. Jeanne détailla un instant ses lèvres et ce visage secs, ces yeux naturellement durs, aux reflets métalliques, encadrés par des cheveux châtains coupés court. Sa physionomie lui conférait cette sorte d'autorité naturelle qui avait frappé

Jeanne au premier regard. La directrice ne manquait pas d'allure, certes dans son genre de beauté un peu froide, mais qui savait aussi séduire en inspirant justement le sentiment que cette femme de tête devait forcément cacher quelque chose de plus tendre. Mais était-elle fiable ? C'était toute la question.

« Ah, ça réchauffe, non ? » dit Nathalie.

Elle claqua la langue, puis poursuivit :

« David n'a pas de passé, pas de regrets pour ainsi dire. Oui, pour lui, tout l'enjeu est au contraire de se la construire, sa mémoire. À son âge, son cerveau est encore en formation, des neurones se fabriquent chaque jour ! Et ici, il a trouvé de l'affection. Il adore le dessin, s'entraîne avec des ouvrages d'horticulture. Il veut tout savoir de la botanique. Parfois… »

Les yeux de la neurologue se perdirent un instant dans le vide. *Voilà, là, par exemple,* se dit Jeanne, *quand elle laisse filtrer un peu d'émotion, elle peut être beaucoup plus séduisante.*

« Parfois, reprit-elle, je l'entends s'énerver. Mais le dessin est un atout fantastique pour lui. Il s'installe de temps en temps dans le jardin d'hiver à côté, à rêver. De quoi ? D'un rêve qui le fuit, celui de s'accomplir enfin, puis qui revient inlassablement, au bout de quelques minutes… La mémoire du corps, de la main, des yeux… Elle supplée aux fonctions du cortex abîmé, vous voyez. Avec le temps, il aura une autre manière de se souvenir. Il peut réussir, s'il ne cède pas. Alors chaque jour il se bat, tête haute. Mais c'est Don Quichotte contre les moulins ! C'est dur, vous savez. »

Elle parlait de lui, bien sûr – et peut-être un peu d'elle, aussi.

« Je l'entends qui répète. "*Inty*... quoi ? *Intybus erraticum*... Chicorée sauvage..." Et puis je le vois par la fenêtre, il casse sa mine, froisse son dessin, puis reprend une page blanche, retaille son crayon, et il recommence. Toujours. »

Elle regarda Jeanne.

« L'angoisse de la page blanche. L'expression pourrait s'appliquer à chacun d'entre eux mieux qu'à quiconque en ce monde. N'est-ce pas ? Ils ont tant de mal à écrire ce... ce "livre de leur vie", comme je l'appelle. Ils ne sont eux-mêmes qu'une suite de pages blanches, à partir du moment où les premiers chapitres se sont arrêtés. Ils cherchent la marge qui les fait tenir ensemble, individuellement et collectivement. Ce rôle de marge, c'est aussi un peu le nôtre. Nous les aidons à se tenir debout, à se... rassembler, en permanence, comme un tout qui n'en finit plus de chercher sa cohérence intime... »

Elle se pencha légèrement en avant, les deux mains caressant son verre.

« Vous savez de quoi ils ont besoin, ici ? D'amour. C'est aussi simple et affreux que ça. »

Jeanne but une gorgée à son tour.

L'amour.

Le whisky répandit dans sa gorge une onde de chaleur bienfaisante. Elle ne pouvait manquer d'être sensible à ce discours, mais ce n'était pas parce qu'elle se retrouvait bloquée parmi eux qu'elle devait oublier la raison de sa présence.

Au contraire.

« Madame Hauteville... Avez-vous une liaison avec Michel Honecker ? »

Nathalie marqua un temps d'arrêt, puis soudain, incapable de cacher sa surprise :

« M… Mais… Comment savez-vous… ?

— Madame la directrice, l'enquête, c'est un peu mon métier. On dit que vous êtes une neurologue brillante, fascinée par les mystères du cerveau, des rêves… D'où votre place ici. Avec un petit coup de pouce tout de même, non ? »

Hauteville analysa aussitôt la situation. Jeanne la ramenait sans états d'âme sur le terrain de l'enquête. La directrice eut un sourire un peu amer, regarda son verre et se mura de nouveau dans sa raideur coutumière.

« Je vois. Ne jouons pas au chat et à la souris. Je… J'ai pris la direction d'Harmonia dès sa création. Et oui, j'ai rencontré Michel quelque temps plus tôt.

— Mais il était marié, n'est-ce pas ? Divorcé depuis, avec trois enfants ?

— Oui, mais il était médecin, la politique n'est venue qu'après. Nous avions des points communs, des rêves de changer les pratiques médicales… Il a été admis ici après son AVC. Sa revanche à elle ! Elle me l'a laissé, maintenant que… qu'il ne peut plus être personne.

— Vous aussi, vous étiez mariée ?

— Mon divorce a été prononcé juste avant. Mais aujourd'hui, le roi est nu ! Il essaie de suivre l'actualité, parle à côté de la plaque… Il est comme une parodie de lui-même, et il le sent. »

Elle leva de nouveau le regard vers Jeanne.

« Lieutenant, pensez ce que vous voulez. Je l'aime, et je continue de veiller sur lui. Nous n'avons rien oublié de ce qu'il s'est passé, même si ça n'a guère de sens. Mais promettez-moi de ne pas en parler. »

Jeanne tenta de la sonder.

« Tant qu'il n'y aura pas de lien avec l'enquête en cours… »

Elle fit une pause, puis repartit à la charge.

« La journaliste qui vous a mis sur la sellette est ici aussi, comme Marcus ! Des capitaux de “sa” boîte ont été injectés dans Harmonia, et aujourd'hui, vous êtes la seule debout ! »

Hauteville eut une espèce de hoquet offusqué, puis à nouveau un pli amer déforma sa bouche.

« Seule ! C'est le mot. Vous n'allez pas imaginer sérieusement je ne sais quel complot ? Vous regardez trop la télévision. Je suis médecin, moi ! Je répare, je ne brise pas ! Et l'ironie, c'est que moi aussi, je… »

Elle caressa encore une fois son verre, et cligna des yeux.

« Je construis sur du sable. »

Jeanne aurait pu se laisser rattraper par le sentiment. Elle le chassa.

« Ce billet, *SOUVIENS-TOI OU MEURS*, pourquoi l'avoir pris sur le bureau de la chambre de Marcus ? Ça pouvait l'invalider comme preuve. »

Nathalie se tut, soufflée.

« En fait, il dépassait de la poche de Marcus. C'est David qui l'a trouvé et me l'a donné. Le mal était fait. Je ne voulais pas le mêler à ça davantage. Quelle importance, à l'arrivée ? »

Jeanne ne la quittait pas du regard. Elle eut une moue sceptique.

« Mouais. Et comme par hasard, le pass était aussi dans la poche de Marcus. La version change selon le sens du vent, hein. »

Le lieutenant Ricœur se leva en faisant glisser son verre vide sur la table en direction d'Hauteville.

« Merci pour le scotch et votre hospitalité. Mais on n'est pas copines, vous savez. »

Elle désigna avec un brin d'ironie désabusée son badge *JEANNE POLICIÈRE*.

« Moi aussi, je fais mon boulot. »

20

Tout oublier

Jeanne, échevelée, tournait en rond dans le couloir, portable vissé à l'oreille. La neige, infatigable, tombait en myriades de flocons cotonneux au-dehors, rideau à mille pans indistincts déployé devant la nuit. De nouveau, la communication était mauvaise et désagréable. Elle entendait la voix de Davy, parfois hachée, et s'efforçait elle-même de ne pas crier pour se faire entendre.

« Je la sens qu'à moitié, Davy !

— Mais franchement, tu crois qu'elle aurait écrit, ou fait écrire, le billet pour brouiller les pistes ? Et le pass dans tout ça ? Et pourquoi nous avoir appelés dès le début ?

— Elle était bien obligée.

— Allô ? Oui, tu m'entends là ? Admettons qu'Honecker ait abusé de sa position pour faire passer les appels d'offres utiles à la création d'Harmonia, qu'il ait manœuvré pour qu'elle soit placée à la tête du centre… Et après ?

— Si Marcus en avait les preuves, ça pouvait suffire à faire tout tomber ! Un scandale les aurait achevés tous les deux !

— Tu crois qu'elle cache son jeu ? Et lui ? »

Jeanne marqua un temps, puis soupira et confessa :

« Je sais pas. Davy, je… Je sais plus quoi penser. »

La conversation la laissa irritée de son impuissance.

C'était le couvre-feu.

Dans les chambres, les lumières s'éteignirent.

Jeanne retourna dans sa propre chambre et finit sa flasque de scotch.

Elle dormit encore très mal et s'éveilla les traits plus que jamais tirés, une fois le jour venu.

Tout à ses pensées brumeuses, Jeanne déambula comme un zombie et se rendit de bon matin dans la salle de la machine à café. Elle aurait dû crever de faim, mais son estomac la tiraillait à peine. La veille au soir, elle avait évité la cantine des patients pour se contenter de whisky, de Pringles infects et de bretzels. Elle sauterait encore le petit déjeuner – mais elle glissa une pièce dans la machine tout en regardant autour d'elle. Les patients ici, comme ceux des maisons de retraite, se levaient tôt. La plupart avaient fini leur petit déjeuner et étaient fraîchement habillés et peignés. Un peu plus loin, Jeff jouait avec le père Albert au Memory en rangeant avec minutie ses cartons de jeu. David faisait l'imbécile, imitant des poissons rouges qui tournaient dans leur bocal.

Était-ce la fatigue, sa lassitude devenue quotidienne virant à la mélancolie, ou la reconnaissance brutale du destin tragique de chacun d'entre eux, qui se débattaient avec leur mémoire brisée ? Jeanne sentit soudain son cœur se soulever d'émotion.

Ce fut le moment que choisit Caroline pour s'approcher d'elle en gros pull à col roulé beige sur le dos et jeans, son air narquois toujours vissé sur les lèvres. Elle mit à son tour un jeton dans la machine à café. Un carnet dépassait de sa poche. Elle tenait en main son téléphone. Jeanne eut la surprise d'y voir sa propre photo, prise à la sauvette, que Caroline regarda en allumant une cigarette devant le panneau *INTERDIT DE FUMER*. Puis elle attrapa son café et expira une bouffée de cigarette, presque au visage de l'inspectrice.

« Alors, madame Columbo ! Ça avance ? »

Elle fit danser son iPhone sous les yeux de Jeanne.

« Moi aussi j'enquête, inspectrice. Mais bon, niveau infos, ce qui se passe ici est, comment dire, un peu répétitif. Pas grand intérêt !

— Ah oui ? Ce n'est pas mon avis », dit Jeanne.

Le sourire narquois de Caroline disparut et elle eut un haussement d'épaules résigné.

« Ouais je vois, mais moi, après tout ce que j'ai vu en Irak, en Syrie… Ces enculés de Daesh ! Franchement, parfois je me demande si, au contraire, on ferait pas mieux de ne plus avoir de mémoire du tout. Enfin bon… »

Elle touilla machinalement son café.

« Dès que Bertrand sera rentré du Niger, je me casse d'ici. »

Jeanne, surprise, la regarda d'un air interrogatif.

« Bertrand ?

— Il est reporter lui aussi, comme moi. L'instant, chérie, à nous c'est tout ce qu'il nous reste. Le *Carpe diem*, même la tête à l'envers ! On "carpe" que dalle, mais ça vaut peut-être mieux que de ressasser des horreurs, non ? Vous savez ce que disent les bouddhistes ? »

Jeanne eut à son tour un sourire vaguement ironique.

« C'est plutôt mon partenaire, le spécialiste. »

Caroline expliqua en continuant de fumer, l'air inspiré.

« Le "moi" n'est qu'une illusion. Oui, je crois que je préférerais tout oublier de cette merde, au contraire. Tout, sauf peut-être… *ça.* »

De sa poche, elle sortit une lettre, très abîmée.

« Ma madeleine, dirons-nous. Ça vaut toutes les choses de la vie, une lettre comme ça. Elle est de Bertrand. Au bout du compte, ma cocotte, rien d'autre n'a de sens. Mémoire ou pas, l'homme ne fait que répéter les mêmes conneries à l'infini. Alors, oui, aimer, aimer un peu, ça rachète le reste. »

Jeanne et Caroline eurent alors la surprise d'entendre Albert, qui se manifesta soudain depuis la table de jeu.

« L'amour de Dieu, oui ! »

Elles tournèrent la tête vers lui. Albert leur adressa un sourire.

« Vous savez, moi, je suis orphelin. Quand j'étais curé, j'attendais toujours un signe du ciel. Et… »

Son sourire se fit navré.

« J'ai reçu un coup sur la tête. Mais… »

Il fouilla lui aussi dans sa poche et en extirpa une petite bible marquée d'une croix, à couverture de cuir et aux pages fines comme du papier à cigarette. Il leva vers elles son regard bizarre, la prunelle vibrante.

« Je me souviens de chaque mot. C'est le seul livre que je peux relire en boucle… Oui, nous sommes tous mis à l'épreuve. Mais je veux encore y croire. Dieu nous laisse au moins ça ! Il y a un espoir ! »

Il fut interrompu par un rire cynique. Jeff, face à lui, retournait deux cartes du Memory.

« Ah ah ah ! N'importe quoi ! Y a rien au bout du tunnel, mon pauvre Albert. J'y suis allé, moi ! Avant mon accident, je dépouillais les gens sur des écrans quinze pouces en maniant les chiffres. Et puis… »

Il dévoila fièrement deux cartes identiques.

« … et puis j'ai eu trois minutes de mort cérébrale. Et tu sais ce que j'ai vu alors ? Je suis monté, monté, oui. Et puis plus rien. Zéro. Pas de "lumière", de Jésus ni de Bouddha ! Juste le néant, mon grand. Un grand trou noir. Et je suis revenu juste à temps. »

Albert l'observa, la mine désolée.

« *Pff*, toi, tu crois en rien de toute façon. »

Jeff se fit un peu grandiloquent, accentuant volontairement son ton revanchard.

« Mais si, je crois au *rien*. Le vide cosmique, Albert ! Aussi vide que la finance internationale qui a failli avoir ma peau. Avec ou sans lésions, tout ça, c'est pourri ! On peut toujours faire des jeux d'esprit… À propos, range tes cartes, putain ! Curé de mes deux… »

Albert rit et répliqua :

« Trader de mes couilles. »

Un silence accueillit les sentences. Au bout d'un moment, Albert fronça les sourcils, se gratta la tête et considéra son vis-à-vis.

« … On disait quoi, déjà ? »

Tous se regardèrent, gênés. Puis Caroline haussa les épaules et écrasa sa cigarette dans le pot de fleurs, à l'instant où arrivait l'infirmier Hervé Hanekke. Il semblait nager dans sa blouse légèrement trop grande pour lui, l'air contrarié et tendu.

« Caro, tu sais qu'on n'a pas le droit de fumer ici, et qu'en plus tu ne dois pas écraser tes mégots dans les plantes… »

Plus loin, David s'était lancé dans une partie de baby-foot avec JB. Il jouait du poignet sur les manettes avec une énergie compulsive.

« Ouais, c'est un *Ficus benjamina.* »

Caroline retrouva son sourire narquois.

« Mais vous savez que moi, j'imprime pas, Dr House. »

Hanekke désigna le panneau à côté d'elle.

« C'est pour ça que c'est écrit là. T'es aveugle aussi ? Ou t'aurais oublié les bonnes manières ? »

Caroline toussa, se contenta de le défier du regard, puis s'en fut. Derrière, Jeff continuait de jouer avec Albert, retournant de nouveau deux cartes semblables. Il ricana, dans son monde.

« Voilà *padre*, tu vois, dès que tu triches pas, c'est moi qui gagne ! J'aime gagner. »

Il leva brièvement les poings au ciel.

« Je suis un *winner*, moi ! »

Jeanne observa Caroline à la dérobée. Elle s'était écartée et venait de sortir sa lettre d'amour. Elle la lisait debout, un demi-sourire aux lèvres, partie elle aussi, perdue dans ses pensées ininterrompues. Ou plutôt dans ce flux de conscience étrange, en boucle toutes les quatre minutes. *Je t'aime, Bertrand ; il va revenir, et je vais me casser d'ici, alors voyons : relisons cette lettre ! Comme elle est belle, j'en étais où déjà ? Blablabla... Ah oui, là. Ah oui, vraiment ? Caro, mon amour ! Je t'aime, Bertrand ; il va revenir, et je vais me casser d'ici, alors voyons : relisons cette lettre ! Comme elle est belle, j'en étais où déjà ?...*

La gorge nouée, Jeanne se fit une étrange réflexion. Caroline n'était-elle pas, après tout, à l'image de l'humanité souffrante ? Croyant accumuler le savoir et la mémoire le temps d'une courte vie, balayée par l'oubli des générations suivantes, bercée par l'illusion du progrès, comme le pensait Jeff. L'oubli n'était qu'une question d'échelle.

Ouais. Un truc de philosophes.

Puis Jeanne considéra Hanekke à ses côtés. Irrité, il jouait de la pelle pour ranger les mégots traînant dans la plante.

« Ça va ? Vous avez l'air de lui en vouloir », hasarda Jeanne en désignant Caroline du menton.

Hanekke leva les yeux vers elle, comme surpris, puis soupira et fit un effort pour se dominer.

« Comment ? Non, non, pardon… Je suis juste un peu fatigué. »

Il se redressa, pelle et brosse au bout des bras, visiblement dépassé.

« Toute cette histoire…

— Sacré caractère en tout cas, dit Jeanne sans quitter la reporter des yeux.

— Oh là là. Mais vous savez, c'était une grande journaliste, avant. C'est son petit copain cameraman,

Bertrand, qui l'a ramenée, elle vous en a parlé ? Après la bombe qui a failli la tuer. Elle… »

Il eut une grimace dont Jeanne n'aurait su dire si elle était de tristesse, de compassion, d'amertume, de résignation – un peu de tout cela sans doute.

« Tous les jours, dans sa chambre, elle lui écrit une lettre, clope au bec. Elle fume clope sur clope, qu'elle oublie avoir fumées, bien sûr. Elle nous fait peur, alors je lui confisque de temps en temps ses paquets de cigarettes, mais on ne peut pas tout leur refuser non plus. Leur vie est déjà un enfer. »

Sa main tremblait légèrement.

« Ici, elle peint, elle fait de la sculpture avec de l'argile. Pas la joie. Des formes torturées. Elles rappellent un peu les camps de concentration, vous voyez ? Et elle écrit donc, à Bertrand, des centaines de lettres. Ce qu'elle ignore, c'est qu'après leur retour, il est mort au Niger. Tous les jours, elle le demandait. Au début, on lui disait la vérité, mais… »

Il se revoyait, avec Irène, face aux questions de l'ex-reporter. Ils échangeaient un regard et soudain, prenant d'infinies précautions, lui prenaient les mains et lui répondaient, l'air accablé. Caroline pâlissait, ses traits se décomposaient, elle se dégageait en mettant les mains sur la bouche, puis se détournait en hochant la tête, secouée de sanglots.

« Elle revivait le choc, à chaque fois, vous comprenez… C'était inhumain… »

Hanekke continuait, les yeux dans le vide. Pourtant dure à la peine, mais écrasée de stress et de fatigue, Jeanne sentit de nouveau son cœur se serrer à cette évocation.

« Alors très vite, on a préféré ne plus lui dire. Chaque jour, elle marque sur son carnet : *Bertrand est au Niger, il vient bientôt me chercher*. Puis elle lui écrit une lettre, que Mme Hauteville garde dans son coffre. Pas le cœur de les détruire, et personne à qui les envoyer. »

Jeanne observa encore Caroline, émue. Son regard avait changé. Mais ils sursautèrent lorsque Myriam sortit de l'ombre, violon en main. Son instrument l'accompagnait presque partout, comme un prolongement d'elle-même. Une bouée, peut-être ? Elle avait visiblement tout entendu. Plus loin, Jeff aperçut également la concertiste et lui fit un clin d'œil. Myriam eut un petit sourire en coin, une boucle de cheveux dans les yeux. Elle dit d'une voix suave, un cran au-dessous des leurs :

« Vous me faites rire à toujours chercher des grandes vérités. L'amour ? Mais il s'évapore aussi, il n'est pas fiable. »

Jeanne et Hanekke, figés, se taisaient.

« Les gens passent leur temps à se remplacer les uns les autres. La seule vérité, c'est d'oublier, même l'oubli ! »

Son sourire un peu absent s'accentua. Myriam porta le violon à son menton et joua de l'archet.

« Ça, c'est un art ! Qu'importe ce que je joue, jour après jour, j'entends, et tous m'entendent ! »

Elle suspendit ses trois mesures, puis les regarda tour à tour.

« Ici, Harmonia, c'est le dernier refuge. La musique n'a pas besoin de mémoire. Elle tue le temps ! »

Sur ces mots, elle sourit encore, puis se détourna telle une biche et glissa devant eux, spectrale, avant de disparaître avec ce même air évanescent. Jeanne considéra Hanekke. Il était troublé et toujours nerveux. Il papillonna des yeux, s'apprêtant à partir avec sa pelle et ses mégots.

« Je ne devrais pas vous dire ça, confia Jeanne, mais elle m'agace avec ses airs supérieurs ! »

Il marqua un temps.

« Vous êtes une femme d'action. C'est une contemplative… »

Jeanne fit la moue.

« Et sa liaison supposée avec la victime, elle était contemplative aussi ? »

L'infirmier se raidit soudain, de façon inattendue. Jeanne avait-elle touché quelque chose ? Comprenant qu'il s'était trahi, Hanekke passa une main sur son front et ses traits tirés puis, penaud, lâcha du bout des lèvres.

« Myriam est… très belle. Elle fait tourner les têtes… »

Jeanne tiqua.

« Je me demandais justement s'ils pouvaient avoir des relations sentimentales, si…

— Oui, mais c'est très compliqué. Jeff, par exemple, il l'aime beaucoup, Myriam. Il faut parfois le calmer. Et, comment dire, moi-même, je m'y suis fait prendre, à un moment ! »

C'était donc cela. Jeanne le considéra, étonnée.

« Vous voulez dire… »

Hanekke eut une grimace gênée.

« Elle séduit sans rien faire. J'ai bien essayé de lui écrire, mais il y avait de quoi devenir fou ! Enfin, laissez tomber. »

De nouveau, il s'apprêta à partir, avec l'impression manifeste d'en avoir trop dit. Jeanne nota la sueur à son front et ses mains tremblantes. Il était pâle et ses traits tirés indiquaient qu'il ne devait pas beaucoup dormir non plus.

« Non, je vous en prie, dit-elle, continuez… »

Il hésita, regardant Jeanne, et reprit à voix basse :

« Pas d'histoires, hein ? Il y en a assez comme ça. Je pourrais avoir des soucis avec Mme Hauteville. Je lui écrivais des… des petits mots, quoi… J'essayais de l'observer quand elle les lisait. Elle souriait, les froissait, mais ne notait rien et bien sûr, au bout de cinq minutes, elle oubliait ! Elle me rendait dingue ! La cruauté de l'affaire, c'est qu'elle a bien eu une liaison avec Marcus, sous mon nez… »

L'image était profondément imprimée en lui. La porte entrebâillée, après le couvre-feu, lorsqu'il avait pris la permanence de nuit. Ce choc en la voyant dans les bras de Marcus. Et le couple naufragé, lui commençant de la déshabiller, elle haletante. L'oubli, l'oubli ! Une autre petite mort !

Il baissa la tête.

« Il n'écrivait pas, lui ; il lui parlait, et elle le regardait comme son violon. Ils… Ils n'étaient pas vraiment ensemble, vous comprenez, c'était pas une *vraie* histoire, c'était impossible. Ils oubliaient leur propre aventure ! Mais c'était comme un éternel début, toujours la première fois… »

Et cet autre souvenir, Marcus redraguant Myriam, une main sur la machine à café, comme un adolescent en boîte, elle souriante. À deux pas, les poissons rouges tournaient dans leur bocal.

Hanekke eut un sourire triste.

« La séduction recommençait chaque jour. Je l'ai su, mais… je me suis tu. Et moi, quel imbécile… j'ai mis un mouchoir dessus… Et puis c'était de la folie, c'était une patiente, sans mémoire en plus. Enfin, on ne décide pas de tout, vous savez. Mais voilà. Vous voyez : l'amour entre eux, c'est possible. Seulement, à quel prix ? »

Il resta là, songeur et amer. Quand il leva de nouveau les yeux vers Jeanne, il refréna son émotion et tenta de se ressaisir.

« Alors, ça plus la catastrophe. Bref. Enfin ! Autre chose. La veille de la pendaison… ils s'étaient disputés. C'était comme une rupture, s'ils avaient compris leur situation. En tout cas, c'était la première fois. »

Jeanne cilla.

« Vraiment ? »

Cette fois, Hanekke tourna les talons pour de bon, fébrile et sans doute fâché de ses confidences.

« Pardon, j'aurais pas dû vous dire tout ça. Je sais pas ce qui m'a pris. Excusez-moi. Je dois y aller. J'ai du travail. »

Jeanne le regarda s'éloigner. Il se retourna une dernière fois…

Jeanne, perdue et solitaire, repartit vers sa chambrette. La voix de l'infirmier résonnait encore en elle. En la quittant, il avait conclu :

« Vous savez, certains se représentent la mémoire comme un lac grouillant, un labyrinthe, une bibliothèque ou un mur avec des milliers de casiers… »

Jeanne s'arrêta, observant la forêt à travers la baie vitrée, songeuse. Le vent soufflait dans les cimes. Les montagnes, immenses et inquiétantes, étaient toujours cachées par le rideau de neige. L'atmosphère se faisait irréelle. Malgré les flocons, Jeanne crut même repérer, à la lisière du bois, la biche qu'elle avait déjà entrevue, aux aguets ! Qu'attendait-elle ? Qu'attendait-elle, cette biche ? Était-elle seulement là, en vérité… ou l'imagination de Jeanne lui jouait-elle des tours ?

Erbarme dich.

La voix d'Hanekke continuait.

« Pour moi, c'est une grande forêt sans issue. Vous cherchez une sortie, un sens, une fin ? Comment trouver la clé ? Vous voulez mon avis ? Laissez tomber. La clé, ils l'ont tous perdue ! »

La biche détala entre les conifères, se fondant dans la morne blancheur du paysage.

21

Vertige

Jeanne se claquemura dans sa chambre. Elle avisa la boule de Noël, qu'elle posa sur son bureau, puis s'assit lourdement, tournant le dos cette fois à cette neige oppressante qui tombait à l'infini derrière la fenêtre. À ce rythme, ils allaient finir par être ensevelis pour de bon ! Cela ne cesserait-il donc jamais ?

Elle soupira, luttant contre son épuisement et son désarroi. Elle ne savait plus par quel bout prendre cette affaire impossible. Elle avait beau essayer de raisonner, de suivre des fils, d'isoler des mobiles, tout se noyait, comme le paysage lui-même dans sa blancheur immaculée. Face à de telles situations, seul l'exercice de la pensée cartésienne paraissait un rempart suffisant pour protéger les patients et se protéger soi. *Mais moi, je me demande si on n'est pas tous fous. Des névrosés sans vraie mémoire, chacun s'abritant derrière ses... ses certitudes.* Et si, au contraire, il fallait essayer de se déprendre de cette volonté de contrôle ? De lâcher prise, non pour rabâcher elle ne savait quel mantra à la mode, quelle recette préfabriquée de développement personnel dévolue à la confiance factice et ressassée par les séminaires de management, mais pour *arriver à penser comme eux* ? S'oublier, comme le disait Myriam ? Tenter de penser comme un être *sans mémoire immédiate* ?

De la même façon que Marcus devait penser ?

Elle secoua la tête. *Mais comment on fait ça ?* Elle regarda machinalement le bout de sa chaussure, grattant le sol. *Et puis... tu es une flic, pas une artiste !* Et Marcus ne l'avait pas été davantage. Alors quoi, et comment ? Allait-elle faire de la poésie, elle aussi ? Il y avait de quoi se tordre de rire, quoique... Frank Ruffier avait raison sur un point : elle était diablement intuitive. Et son intuition plaidait pour une autre approche que celle de l'enquête classique. De toute façon, les bonnes vieilles méthodes de l'école de police ne donnaient pas grand-chose pour le moment – pour ne pas dire rien. Or son intuition lui disait de coller à ce que lui renvoyait cet environnement impossible, à cette sorte de kaléidoscope impressionniste. La pensée analytique peinait à donner une logique à cet afflux d'instantanés, feu d'artifice d'esprit et d'émotions, touches picturales, déluge sans suite à l'image de cette implosion sans cesse recommencée, presque cosmique, qui se produisait dans leur mémoire. Une présence simultanée d'impressions multiples, que la conscience ordinaire s'avérait impuissante à appréhender. Précisément parce que ces flashes surgissaient massivement, en même temps, sans considération de l'espace et du temps. Des métaphores. Des corrélations. Des correspondances. Comme... comme de la poésie, presque. Ou la sensation éprouvée face à une peinture. Une chanson. Barbara. Un morceau de musique. *Erbarme dich.*

Impressionniste, maintenant ? Me voilà bien avancée ! songea-t-elle en se tordant sur sa chaise.

Quel délire...

Dans son état second d'insomniaque, Jeanne reprit les carnets, mémos de Marcus ; elle étala devant elle les photos du crime, l'estrade, le pendu, les toilettes, les empreintes de Babakar dans la neige, le Scrabble... Usant du tableau blanc à côté de la hotte de la kitchenette, Jeanne policière disposa les visages des témoins. Les photos des huit. Marcus au centre. Elle tenta de relier chacune de ces mémoires brisées dans son étrange toile d'araignée. Des flèches bleues, des flèches de souvenir. Un plan d'Harmonia. Des mots-clés. *LES CHIFFRES.* Des questions. *LES POÈMES.* Des points d'interrogation. *LA CLÉ USB ?* Les articles de presse épinglés. Comme elle le faisait là-bas, au commissariat, qui lui semblait si loin. Comme elle l'avait appris. *LE MOBILE ? LE FINANCEMENT D'HARMONIA ?* Sa toile d'araignée.

Elle était au centre de la toile. De la cible. Dans la lunette du viseur.

Le tueur professionnel était juché sur un sapin, à soixante mètres de là.

Portant oreillette et bonnet noir, il était armé d'un fusil de précision dernière génération ORSIS T-5000 ; le Service fédéral de protection en Russie l'avait choisi pour équiper ses agents et l'utilisait pour la sécurité de Poutine. Le tueur avait pu se le procurer sur le marché parallèle, avec la bénédiction de son employeur. C'est que son activité exigeait d'être à la pointe du progrès. Le secret de la précision de l'ORSIS tenait dans son canon en acier inoxydable fabriqué d'après la technologie du rayage à passage unique ; le corps en aluminium réduisait son poids tout en permettant de fixer fermement le viseur et d'autres équipements éventuels. L'arme était conçue pour tirer cinq types de cartouches dont la plus puissante, le .338 Lapua Magnum, filait à neuf cents mètres à la seconde. Et toutes ces munitions pouvaient être utilisées sur une distance de… deux kilomètres et demi ou plus ! Un atout précieux dans les conditions actuelles, à savoir ce satané brouillard.

Emmitouflé dans sa canadienne et ses vêtements de camouflage thermique, il ôta cependant un gant quelques secondes, prenant garde à ne pas le faire tomber, pour attraper un sandwich dans sa besace. Mais brusquement, une voix surgit dans son oreillette.

« Vous pourrez suspendre votre surveillance dès que notre contact aura fait son rapport.

— Entendu, maugréa le sniper. Mais je me les pèle ici !

— La tempête devrait être passée demain. Soyez heureux que nous n'ayons pas à intervenir maintenant. Et vous êtes grassement payé pour vous les peler, je vous le rappelle ! Signalez le moindre mouvement suspect. Si les flics pataugent, ils finiront par se casser, et nous reprendrons la main. »

Le tireur se contenta de marmonner en prenant une bouchée de son sandwich, qui lui parut surgelé. La ligne était toujours parasitée.

« Vous vous souvenez de ce qui est en jeu, non ? » conclut son interlocuteur.

À l'intérieur d'Harmonia, Hervé Hanekke marchait dans le couloir, très préoccupé. Soudain, il ralentit, puis se figea. Tremblant, il attrapa son téléphone dans la poche de sa blouse et pianota rapidement un SMS. Il leva les yeux au plafond, nerveux. Au bout de quelques secondes, son téléphone vibra en retour. Il regarda la réponse, pâlit et poussa une porte coupe-feu donnant sur un escalier.

« Merde. »

Dans la lunette du fusil, le tireur repéra, à une fenêtre, Hanekke qui grimpait l'escalier. L'instant d'après, il vit subitement s'engager à sa suite une ombre indistincte.

Le tireur cessa de mâcher.

Jeanne se prenait la tête sur ses dossiers, courbée en avant, la nuque douloureuse, à se casser le dos. Sa main se crispa sur son crayon noir, avec lequel elle jouait nerveusement.

« Marcus… Marcus, donne-moi quelque chose ! Pourquoi as-tu été cambriolé ? Que venait-on chercher chez toi ? Et ici, qu'est-ce que tu écrivais ici ? Marcus, parle-m… »

Elle fut soudain interrompue et redressa le visage, frappée de stupeur. Elle venait d'entendre un cri – non, un *hurlement*. Derrière elle ? Au-delà de la vitre ? Elle se dressa avec précipitation puis se colla à la fenêtre, son souffle l'inondant de buée, et écarta enfin les battants.

Non, non, non ! Je n'ai pas rêvé !

Elle regarda en contrebas, en direction du parking, pile devant les portes d'entrée d'Harmonia.

Ce qu'elle découvrit la laissa sans voix.

Elle n'avait pas rêvé, en effet. Un corps – un corps était tombé, passant devant sa fenêtre avant de s'écraser sur le sol.

Dans la nacelle fixée à son sapin, l'homme au fusil, allongé, ouvrit aussi un œil effaré dans son viseur. Il pointa sa lunette en direction d'une fenêtre ouverte au quatrième étage, juste au-dessous du toit. L'ombre qu'il avait vu bouger et s'élancer dans l'escalier sur les talons d'Hanekke avait déjà disparu ! Le tueur n'avait pu clairement l'identifier depuis sa position – mais il ne savait que trop *de qui* il s'agissait.

Jeanne avait une vue imprenable, en plongée, sur le corps désarticulé d'Hervé Hanekke. Du sang noirâtre coulait de sa tête et se mélangeait à la neige et à la gadoue du parking. Jeanne resta un instant pétrifiée, incrédule face à cet improbable cadavre, les bras en croix, le bassin et les jambes fracturés dans des angles bizarres. Et cette neige qui redoublait de violence ! Déjà les portes vitrées s'ouvraient, et Irène, affolée, s'avançait en poussant un cri. Revenant à elle, Jeanne releva la tête : elle aperçut à son tour, deux étages plus haut, une fenêtre ouverte en grand !

Là-haut. Là-haut. Vite !

Fouettée par une soudaine décharge d'adrénaline, elle se précipita hors de la chambrette. Dans les couloirs, elle bouscula JB qui, surpris, la tança vertement :

« Eh bien ! Ça ne va pas, non ?! Et la politesse alors ? »

Il plongea dans son iPhone et tandis qu'elle s'élançait dans les escaliers, elle l'entendit s'écrier :

« Au fait… Mon chèque ! »

Jeanne dégaina. Arme au poing, elle continua de monter les escaliers, tournant d'étage en étage. Arrivée au quatrième, elle se jeta contre une porte coupe-feu, puis dans le couloir suivant. Deuxième porte à gauche. En sueur, elle pointa son Sig-Sauer vers l'intérieur.

Elle déboula dans une petite pièce déserte, mal éclairée par un néon grésillant, où étaient entreposés des appareils médicaux et diverses fournitures sur des étagères de métal. Le vent s'y engouffrait violemment, mais personne. Jeanne regarda vivement derrière la porte, autour d'elle, puis de nouveau dans le couloir. Elle grimaça. Un ascenseur était accessible non loin, ainsi qu'un autre escalier de service à l'autre bout de l'étage. Elle finit par baisser son arme, et s'avança vers la fenêtre pour jeter de nouveau un regard en bas, éberluée. À présent, Nathalie, catastrophée, avait rejoint Irène. C'était la panique !

Dans le sapin, le sniper remballa en hâte son matériel et se prépara à descendre. Il souffla dans son oreillette.

« Je n'ai pas tiré. On l'a défenestré ! On a un autre problème, là !

— C'est trop dangereux ! dit la voix au bout du fil. *Dégagez !* Dégagez, vous entendez ? Vous reviendrez en surveillance discrète à la première heure demain.

Notre contact devait retrouver les documents avant les flics, pas foutre le bordel ! Mais il est FOU ou quoi ? »

Le tueur entendit la voix de son interlocuteur se répandre en injures.

Jeanne retrouva Irène et Nathalie Hauteville dans tous leurs états à l'intérieur du bureau de la directrice. L'ambiance devenait pathétique. Pâle, sous le choc, furieuse, Hauteville ferma bruyamment la porte et agressa Jeanne.

« J'appellerais bien la police, sauf qu'elle est déjà là ! tonna-t-elle. Et qu'on ne peut pas bouger d'ici ! Mais que s'est-il passé ? Encore un "suicide" ? Franchement ? Ça va maintenant, les conneries ! »

Jeanne prit pour elle cette volée de bois vert et répondit, son assurance ébranlée :

« Il s'est défenestré, ou on l'a poussé, je… J'ai discuté avec lui une heure avant ! Il avait l'air nerveux, mais je pensais… Bref. Et rien là-haut, personne. On va ratisser la pièce mais…

— Ratisser ? Et moi, je suis obligée de mettre le corps dans la chambre froide, en attendant que… »

Jeanne tournait en rond, les mains sur les hanches, tout aussi fébrile.

« Oui, on aurait dû toucher à rien, mais avec la neige, de toute façon… On fera intervenir le légiste.

— Peut-être que l'un des patients aura vu quelque chose ? » hasarda Irène, en larmes, tremblante.

Jeanne leva les mains au ciel et s'écria :

« Oui, il y a dix minutes ! *ENCORE ?* »

22

Les lapins bleus

Dans le hall d'Harmonia, Jeanne était au téléphone avec Frank Ruffier.

« Frank ? Tu vas pas me croire. Cette enquête... Ça tourne au grand n'importe quoi, putain ! Écoute... J'ai un autre cadavre.

— Quoi ? suffoqua Ruffier au bout du fil. Un autre mort ? Mais qui ?

— Un infirmier. C'est un peu chaud, ici. Ça sert plus à rien de conduire des interrogatoires. Mais je fais au mieux et je te rappelle. OK ? »

Elle rangea son portable, fébrile. Elle minimisait. Tout cela était une catastrophe, et elle le savait. Elle était complètement larguée. Non seulement l'enquête n'avançait pas, mais elle virait au cauchemar. *Oh ça, tu t'en souviendras*, pensa-t-elle avec une ironie cruelle. Des larmes de rage et une irrépressible fureur montèrent en elle. Elle n'était pas fichue d'être à la hauteur. À ses yeux, aux yeux de Frank... et, surtout, à la mémoire de Guy, son père défunt.

Oh merde, c'est pas juste. De toute façon, c'est toute ma vie de merde qui... Bon, arrête, s'il te plaît arrête. Inspire et reprends-toi. Par pitié !

Au commissariat, Frank Ruffier raccrocha, soucieux, et se cala dans son fauteuil profond en se mordant les lèvres. Un brouhaha venu de la pièce voisine l'alerta. Il aperçut alors, derrière la vitre de son bureau, une quinquagénaire rachitique, cheveux filasse roux mêlés de gris, qui haranguait Davy. Le colosse antillais levait les mains en signe de dénégation et tentait de la calmer.

Une SDF ? se demanda Frank. Il pesta et sortit.

« Je veux lui parler ! Je veux lui parler, vous comprenez ? »

Frank discuta à son tour avec la femme, qui multipliait les gestes véhéments. De guerre lasse, elle finit par lui tendre un bout de papier avec un numéro de téléphone. Elle s'en fut. Mais lorsque les voitures de police commencèrent à quitter le commissariat, trois minutes plus tard, au milieu de la bourrasque qui ne discontinuait pas, elle attendit quelques instants et, déboîtant discrètement, se glissa dans leur sillage, à bonne distance.

À Harmonia, Jeanne s'était de nouveau retirée dans sa chambrette comme elle se fût retranchée dans un bunker. Être à l'abri ! À l'abri de cette enquête, de cet établissement, du monde entier ! Leur exploser le crâne à tous ! N'en pouvant plus, elle posa son revolver sur le bureau, allongea la tête et les bras. C'en était trop ! Elle était solide, mais sa cuirasse se fissurait sérieusement, maintenant. Elle chercha sans succès à se calmer, à reprendre le contrôle. Lorsqu'elle rouvrit les yeux, sa vue était plus trouble que jamais.

Dans sa chambre, Babakar avait eu l'autorisation de faire installer un punching-ball pour se défouler. Et il frappait, frappait… Quelque part, la voix de Jeff retentit, semblant résonner dans les couloirs, hanter Harmonia.

« Hanekke… On est peu de chose, hein. On est là, et l'instant d'après… Fin du match ! »

Albert, lui, priait dans sa chambre. *Notre Père, qui êtes aux cieux…* Arrivé au milieu de sa prière, ses lèvres tremblèrent, son regard étrange vacilla, il fronça les sourcils, chercha ses mots. Il ne savait plus où il en était. Ses mains se crispèrent sur son chapelet.

« Oublié. Comme si on n'avait jamais existé… » continuait Jeff.

Dans la salle de la machine à café, déserte, un néon à demi en panne crépitait. Au-dessous, installée à une petite table près du baby-foot, Caroline fumait en feuilletant un magazine. Soudain, elle s'arrêta sur une page avec, en coupe, l'image d'un fœtus dans le ventre de sa mère – un article sur les embryons. Tout à coup, à regarder cet enfant qu'elle n'aurait jamais, elle fondit en larmes.

Quelques instants plus tard, elle écrasait son mégot. Sans crier gare, elle retrouva un sourire rêveur. Elle attrapa sa lettre froissée, en tâtonnant, et l'embrassa, dans un élan d'amour. *Je t'aime, Bertrand ; il va revenir, et je vais me casser d'ici, alors voyons : relisons cette lettre ! Comme elle est belle, j'en étais où déjà ?*

Blablabla... Ah oui, là. Ah oui, vraiment ? Caro, mon amour ! Je t'aime, Bertrand ; il va revenir, et je vais me casser d'ici, alors voyons : relisons cette lettre ! Comme elle est belle, j'en étais où déjà ?... Puis elle prit un stylo, toujours rêveuse, pour lui écrire à son tour.

Et Jeff poursuivait : « On a aucun espoir sur cette terre. Aucun. »

Au cœur du petit jardin d'hiver, dans la serre illuminée, David dessinait, d'après son livre d'horticulture, multipliant de manière presque frénétique les croquis de plantes autour de lui. *Inty... quoi ?* Intybus erraticum... *Chicorée sauvage...*

Jeff, seul au foyer, terminait quant à lui le fameux puzzle d'Harmonia conçu pour l'inauguration du centre, en parlant tout seul. Il s'aperçut qu'il manquait une pièce. Une case manquante, *une...* Bien sûr, comme toujours ! Cela faillit le rendre fou.

JB s'était déguisé et faisait le clown avec sa famille, prostrée et incrédule, toujours entre les murs. Sa femme l'observait avec tristesse et dépit, presque avec colère, et les enfants ne savaient plus que dire : ils se forçaient à rire en dissimulant leur envie de pleurer.

Dans sa chambre, Honecker suivait un débat politique à la télévision, débat dont il avait oublié le sujet. Il zappa sur des dessins animés. Bip-bip était chassé par Coyote, qui finissait par tomber dans un ravin profond. À la porte, Nathalie le regardait, chagrine et épuisée, elle aussi.

Myriam jouait de son violon, quelque part.

Les paupières de Jeanne se faisaient lourdes… lourdes… Elle bâilla, sa tête de nouveau renversée sur le bureau. Et lentement, elle s'assoupit.

« Marcus… *Marcus…* » marmonna-t-elle dans un demi-soupir.

Elle vit d'abord les cimes, les cimes des arbres, sur un fond de ciel gris, uniforme. Elle se trouvait devant la forêt impénétrable, herse noire de conifères. Partout, des étincelles de gel. Les flocons tombaient sur elle en une pluie d'étoiles évanescentes. Jeanne était seule. Elle cria. Sa voix s'envola loin, rebondit entre les arbres, puis lui revint. Elle se décida à avancer… mais plus elle marchait, plus elle peinait, ses jambes s'enfonçant profondément dans la neige. Elle parvint à franchir le premier rideau de pins et se figea. Elle assistait à une étrange procession. Nathalie et le personnel défilaient en costume blanc, portant chacun sous le bras un puzzle cinq cents pièces d'Harmonia. Jeanne ouvrit de grands yeux. Où était-elle ?

Elle tendit l'oreille. Le violon, cette musique d'un autre monde.

Elle voulut suivre la musique quand, tout à coup, la biche solitaire fit irruption devant elle, trottant entre les arbres. Elle baissait le museau de temps à autre vers le manteau blanc, noyée dans le paysage. Comme alertée, la biche se figea à son tour et tourna la tête vers Jeanne. L'oreille dressée, elle mâchouillait un brin d'herbe. Toutes deux se regardèrent quelques instants, avant que la biche ne détale.

Jeanne continua sa marche, l'air halluciné. L'instant suivant, elle déboucha sur une clairière. C'était de là que provenait le son. Le lieutenant Ricœur cligna des yeux en apercevant, en son centre, Myriam.

Assise sur un fauteuil d'orchestre rouge et or, en robe carmin, foulard dansant dans le vent, elle jouait de son violon.

Elle ressemblait à un Petit Chaperon rouge un peu perdu dans cette forêt, égarée dans son art.

Erbarme dich, mein Gott.

À la pulsation musicale répondit un halètement, un souffle saccadé. Plus loin, Jeanne aperçut en effet la silhouette familière, tout en muscles, de Babakar. Il boxait devant les conifères comme devant autant d'adversaires invisibles. Il semblait vouloir les abattre à distance, se frayer un chemin aux poings dans cette forêt. *Mère-grand, comme vous avez de grandes dents !*

Jeanne pivota et entrevit alors une masse sombre, étendue à flanc de montagne. Jeff était couché dans la neige. Il était nu, les yeux tournés vers le ciel. Des cartes de Memory voletaient à son entour. La neige fondait sous la pression de son corps, dessinant des Rorschach inquiétants. Les arbres, sinistres, paraissaient se pencher au-dessus de lui, allongeant leurs branches crispées telles des serres, les creux de leur écorce évoquant des orbites froides, les bouches béantes d'une forêt animée. Soudain, Jeff hurla : la neige l'avalait ! D'un coup, il disparut : il chut dans une crevasse avec ses cartes, emporté vers les profondeurs, dans le noir absolu, et son cri s'éteignit dans le néant.

Jeanne, affolée à présent, s'en fut à toutes jambes, trébuchant dans la neige. Elle portait, dans un panier, à son bras, une galette et un petit pot de beurre. Le tout s'évanouit sitôt qu'elle en prit conscience. Un instant plus tard, elle s'étalait de tout son long. Elle cracha dans la poudreuse et se releva. Ce fut pour tomber sur Caroline, les bras écartés, offerte en sacrifice, un vacarme cosmique retentissant autour d'elle. Le ciel s'illumina brutalement de lueurs d'incendie. Des comètes pleuvaient sur les arbres, comme dans un film catastrophe.

Jeanne, de nouveau sur pieds, courait maintenant. Isolé à un pupitre, une flûte de champagne en main, Honecker, en Monsieur Loyal, l'apostropha.

« Ah mais venez, venez donc ! Venez par là ! »

Puis il sourit à la cantonade. Levant sa flûte à la manière d'un automate, il saluait ses hôtes et un public invisibles, pérorant devant une banderole :

SOIRÉE DE COMMÉMORATION
AUX MORTS POUR LA FRANCE,
NE LES OUBLIONS PAS !

Jeanne crut défaillir. En guise de tribune, Michel Honecker était monté sur un tumulus composé de… de *cadavres de soldats* ? Oui, c'était bien un charnier, grouillant de membres décharnés, de tissus gris et bleuâtres, déchirés, de casques et baïonnettes à l'abandon, de matricules sanglants… Jeanne voulut hurler en reconnaissant, parmi les victimes, le visage crasseux d'Hanekke. Mais les sons semblaient s'étouffer dans sa propre gorge. Hanekke, le crâne luisant, la regardait, et tentait lui aussi d'articuler quelque chose. Que voulait-il lui dire ? Les mains autour du visage, les yeux agrandis dans une sorte de profération funèbre et muette, la mâchoire ouverte en grand, il jetait son *Cri* en silence.

Plus loin, Albert se tenait à genoux en costume sacerdotal, devant une croix immense, noire, plantée en monolithe inquiétant devant une rangée de pins. Il rompit une hostie, puis dressa vers Dieu un calice dont le contenu se renversa, dessinant des traces de vin – ou de sang ? – sur la neige.

« Vous ferez cela en mémoire de moi », murmura-t-il en fermant les yeux.

Jeanne courut encore. Derrière ses paupières, ses yeux s'animaient. Elle était en panique maintenant. Son cœur battait la chamade. Il allait exploser dans sa poitrine, c'était sûr ! Une myriade de bulles translucides voleta devant elle, la calmant momentanément. David faisait pousser dans la neige d'impossibles fleurs exotiques ; la drogue le faisait halluciner. Le décor se distendait, se colorant d'étranges figures psychédéliques. JB, en clown, s'enfonçant dans la neige avec ses chaussures immenses, soufflait au hasard des bulles de savon. Les bulles se mêlaient aux flocons, déformant le paysage en un kaléidoscope ivre, à mesure qu'elles montaient, pour éclater en feu d'artifice !

« JOYEUX ANNIVERSAIRE ! JOYEUX ANNIVERSAIRE ! » braillait-il.

Lorsque Jeanne se détourna, ce fut pour rester tétanisée en découvrant Marcus, pendu avec sa guirlande à un arbre solitaire, sous une branche déchiquetée. Sa dépouille oscillait lentement. Soudain, le cadavre pivota vers Jeanne policière, les yeux vitreux, sa langue violacée et grotesque… Brutalement, les pupilles du mort revinrent dans leurs orbites, comme pour les habiter de nouveau. Il ouvrit à son tour une mâchoire bien trop grande pour être naturelle, plus qu'une bouche, une gueule, et dit d'une voix étrange, à la fois sifflante et caverneuse…

« SOUVIENS-TOI… OU MEURS ! »

Jeanne se précipita, mais se cogna violemment à… une paroi. Une paroi *vitrée ?* Son hurlement, qu'elle entendit bel et bien cette fois, parut s'envoler au-dessus des cimes. Elle comprit qu'elle était prisonnière. Prisonnière à l'intérieur d'une incroyable boule de Noël, où il neigeait. Jeanne, les mains collées à la paroi, son souffle humide recouvrant en auréoles nébuleuses la surface translucide, hurlait près d'un sapin factice et d'un bonhomme de neige qui semblait ricaner, sa carotte plantée sous deux boutons vides !

JB l'avait rejointe. Sous son nez, il exhiba un canard en plastique et rit, rit, rit ! Il grimaçait en répétant :

« Coin, coin ! Coin, coin, *COIN* ! »

L'œil de Jeanne s'ouvrit sur ses dossiers. Elle cligna des paupières, revenant à elle-même. Son cœur battait encore à tout rompre. Ces images, ces sensations étaient encore vivaces à son esprit. Pas des souvenirs, mais des rêves. Ou des rêves devenus souvenirs, déjà ?

Soudain, une intuition fulgurante jaillit dans son esprit. Le lieutenant Ricœur se mit à chercher frénétiquement dans ses papiers. Attrapa un carnet. Sur une page perdue, d'une écriture ironique, Marcus avait consigné : *N'oublie pas les canards qui se marrent.* À côté, il avait dessiné un canard un peu grotesque, journal dans le bec, qui s'exclamait : *Coin, coin ! Cf. Les lapins bleus.*

Jeanne leva la tête, songeuse, comme hypnotisée. Somnambule. Funambule de la mémoire. Elle se souvint de l'un de ces poèmes abscons que l'ex-comptable avait également consigné, sur un autre carnet. Elle mit quelques minutes à le retrouver. À la fin, on lisait : *Si comme Alice un soir tu es perdu, pense à eux/Fais comme Alice encore/Suis à la mare les lapins bleus.* Un nouveau dessin figurait sur un Post-it. Une cage aux oiseaux, un chalet miniature, destiné à les abriter au plus dur de l'hiver.

Jeanne comprit brusquement, fébrile, excitée. L'évidence explosa en elle comme une bulle de savon.

« Des cailloux… Des petits cailloux de mémoire ! C'est le Petit Poucet ! Un jeu de piste mémoriel ! Marcus… *Pour te souvenir !* »

Dans le carnet, à l'endroit du dessin, se trouvait, en marque-page, un mode d'emploi minutieusement plié, couvert de l'écriture minuscule caractéristique des posologies et prescriptions médicamenteuses. On pouvait y lire la mention : LABIAMAX.

Jeanne réfléchit encore…

Et se précipita hors de sa chambre.

23

Sniper

Jeanne, échevelée, l'air d'une folle insomniaque, déboula sans frapper dans le bureau de Nathalie, qui s'était de nouveau servi un scotch bien tassé. La directrice sursauta avant de se redonner une contenance – mais ne put dissimuler sa stupéfaction en voyant Jeanne rouler des yeux étranges tandis qu'elle passait la tête par la porte.

« Euh… C'est moi ! Pardon ! claironna Jeanne. Y aurait-il par hasard, dans le coin… une *mare aux canards* ? »

Nathalie la regarda de travers, interloquée.

« Décidément, l'enquête avance, lieutenant Ricœur. Je vais finir par douter de vous. Écoutez, Hervé était un ami… Je…

— Oui, OK ! Mais y a-t-il une *mare* ? un étang ? »

Hauteville fronça les sourcils, décontenancée.

« Euh… Oui, de l'autre côté du parc, mais… en cette saison elle est gelée, c'est dangereux – les patients n'y vont pas ! Pourquoi ?

— Merci ! »

La neige, se dit Jeanne sitôt qu'elle fut dehors. *Enfin !*

La neige avait cessé ! La tempête était passée ! Un ciel bleu et vif chassait peu à peu les nuages. Un soleil blafard, halo encore nimbé de brume, recommençait à pointer le bout de son nez. Jeanne courait plus qu'elle ne marchait dans la poudreuse mais, comme dans son délire, s'enfonçait jusqu'au genou et progressait avec difficulté ; au point qu'elle se demanda si elle avait vraiment quitté les limbes… Le mot « hypnagogique » fusa dans son esprit. Derrière Harmonia, quelques patients profitaient du calme revenu pour prendre l'air en compagnie d'Irène. Les ateliers et les activités allaient pouvoir reprendre un cours à peu près normal – enfin, à condition d'oublier les forces de police qui s'apprêtaient à débouler de nouveau. Justement, le portable de Jeanne vibra.

« Davy ? »

La voix de l'Antillais sonna plus clairement au bout du fil.

« Bonne nouvelle, Blanche-Neige : ça y est, la route est déblayée ! J'arrive, et accompagné. J'ai bien eu ton message. On va s'occuper de ton macchabée. C'est dingue ! »

Jeanne haletait, les joues vives, de petits nuages ponctuant sa respiration.

« Oui. Mais magne-toi ! Je tiens peut-être un truc. Je t'expliquerai. »

Au loin, des patients silencieux et dubitatifs la regardaient s'éloigner tandis qu'elle continuait d'avancer à grandes enjambées. Elle titubait comme une trappeuse sans ses raquettes, dans des crissements répétés de poudreuse.

Mais est-ce que je délire... ou bien ?

Elle l'aperçut d'abord à bonne distance, près de la mare gelée, encore recouverte du manteau blanc. Les battements de son cœur redoublèrent. Elle était là !

Elle était bien là !

Quelques instants plus tard, Jeanne se trouvait devant la cage aux oiseaux.

Comme sur le dessin.

Quelques volatiles nichaient dans l'abri de fortune abritant les fameux canards. Jeanne resta un instant devant la cage, puis se laissa tomber à genoux devant, dans la poudreuse. Elle farfouilla à l'intérieur, écartant des canards mécontents, qui battirent de l'aile en caquetant. Soudain, derrière les nids, Jeanne dénicha un sac-poubelle.

Un vulgaire sac de plastique noir, dissimulé sous de la paille.

De plus en plus fébrile, elle l'attira à elle et l'ouvrit.

Viens par-là, toi.

À l'intérieur, une enveloppe.

Une grosse enveloppe de papier kraft.

Et dans l'enveloppe… une pile de documents.

Un ticket de consigne automatique.

Et une clé USB.

Jeanne se figea, son visage s'illumina, et elle s'écria, à bout de souffle :

« Bingo, putain ! BINGO ! »

Elle ressortit de l'abri, surexcitée, dispersant les canards qui la menaçaient du bec. Elle se redressa. L'un des volatiles se dandina près d'elle en faisant coin-coin.

L'enveloppe lui échappa des mains et tomba dans la neige.

Jeanne se baissait pour la ramasser, lorsqu'elle entendit un *pfuiiit* siffler à ses oreilles.

Non loin, sur la mare, une petite gerbe de glace se souleva.

Il lui fallut un quart de seconde pour comprendre.

Oh putain mais...

Dans l'instant suivant, elle se jeta au sol.

On me tire dessus !

Deux autres gerbes de neige jaillirent tout près d'elle.

Pffuiiit ! Pfuiiit !

Elle roula sur elle-même dans la poudreuse.

Des tirs. Des tirs au silencieux !

Panique.

Elle roula encore et bascula derrière le rebord de la mare gelée. Allongée sur le miroir glacial, recouvert de neige, elle chercha en tremblant à attraper son arme ; ses doigts tâtonnèrent vers sa ceinture. À un mètre : *pffuiiit pffuiiit !* Et le bruit du *plop* de la glace touchée, puis des balles filant dans l'eau ! Son agresseur devait s'énerver, *les arbres sont à deux cents mètres*, songea-t-elle en un éclair : il devait utiliser un fusil de précision ! Les dents serrées, une rage folle mêlée de terreur, Jeanne joua un instant des jambes en patinant pour se retourner sur le ventre, en bonne position ; elle hissa brièvement sa tête au-dessus du rebord, braquant des deux mains son revolver vers la forêt. *Mais des arbres, il y en a partout, on n'y voit rien !*

Elle tira à répétition en baissant la tête, parfaitement au hasard. Les poings vissés sur son arme.

Sous le poids de son corps, la glace de la mare commençait à se craqueler. Des nervures brisées couraient maintenant à la surface, dans l'espace que ses jambes avaient dégagé.

« MeeeEEErde ! »

Au loin, Davy arrivait lui aussi. Il venait de garer sa voiture, et on lui avait indiqué la direction dans laquelle Jeanne était partie. Derrière lui, deux autres véhicules de police débarquaient sur le parking, soulevant neige et gadoue. Fronçant les sourcils, Davy comprit tout de suite que quelque chose n'allait pas ; impression qui se confirma lorsqu'il entendit Jeanne tirer à plusieurs reprises. Les détonations claquèrent en écho dans le silence des montagnes. Les yeux de l'Antillais s'agrandirent.

Il s'élança en hurlant, dégainant à son tour son arme de service. Mais la neige l'entravait lui aussi jusqu'au genou.

Jeanne avait tiré sans le moindre espoir de faire mouche, plus pour signifier à son agresseur qu'elle se savait menacée et qu'elle avait les moyens de riposter. De l'endroit où elle se trouvait, allongée sur la mare gelée qui se fendillait de toutes parts, elle aperçut la silhouette de son équipier qui se précipitait vers elle, ses dreadlocks se balançant au vent, dans la neige.

« DAVY ! » hurla-t-elle.

Elle essuya aussitôt deux nouveaux tirs, une mèche de ses propres cheveux vola, elle se tassa sous le rebord et répliqua encore au hasard vers la forêt, ne laissant dépasser que son arme au bout de ses bras tendus. Les coups de feu claquèrent… puis elle n'entendit plus que le clic répété signifiant que son chargeur était vide. Aucun autre sous la main – et la glace craquait de plus en plus !

Un pan entier se détacha soudain, miroir brisé et poudreux se mélangeant à l'eau glacée qui refluait à la surface. Les jambes de Jeanne, toujours allongée, plongèrent de biais jusqu'aux cuisses dans la mare. *Mais c'est pas vrai, c'est pas VRAI !* L'étang ne devait pas être très profond – Jeanne n'en savait rien, à vrai dire – mais suffisamment pour recouvrir entièrement son corps, voire la noyer, peut-être !

Davy courait de plus belle, cherchant lui aussi la provenance des tirs ennemis. Deux autres flics s'étaient lancés sur ses talons. Il crut apercevoir, au loin dans un sapin, une forme noire. Il tira à son tour, le Sig-Sauer tressautant dans sa main, l'odeur de poudre chaude chatouillant ses narines.

Deux. Ils étaient deux, maintenant. *Non. Quatre avec les autres flics*, s'aperçut le tueur, sans compter ceux qui ne manqueraient pas de rappliquer, désormais. La gorge sèche, il jeta une volée de jurons. *Repéré !* Il était repéré et risquait de compromettre toute cette folle opération ! Il jura de nouveau en tirant sur un filin et en s'enroulant dans la nacelle ; en quelques secondes, il descendit au sol en rappel. Il atterrit dans un monceau de neige tombée des branches, à l'abri derrière le tronc massif du pin. Dissimulé par l'ombre impénétrable de la forêt, haletant, il chaussa à toute vitesse deux skis de fond de chasseur alpin et attrapa ses bâtons, jusque-là habilement camouflés au même endroit. Et il fonça. Dans ce paysage sauvage, on ne le retrouverait pas, et il regagnerait vite sa voiture, cachée derrière le massif en contrebas, au bout d'un sentier perdu.

Quand bien même Davy aurait-il vu s'enfuir le tueur, il ne l'aurait pas pris en chasse, préférant se porter au secours de Jeanne. Celle-ci commençait à glisser dans l'eau glacée, les jambes déjà engourdies, et tentait de se rattraper comme elle le pouvait au rebord en hurlant.

Davy se jeta dans sa direction. Il saisit ses bras alors que la moitié du corps de la jeune femme était déjà immergée, se débattant et cherchant en vain à s'assurer une prise pour se relever, toujours en panique. Davy s'arc-bouta en serrant les dents et se tendit en arrière, extirpant enfin son équipière de la mare.

Elle s'écroula sur le bord, son revolver toujours en main, hors d'haleine.

24

Zone interdite, scène de crime

Le front parcouru de rides soucieuses, Frank Ruffier s'était débarrassé de sa veste et tournait autour du téléphone fixe de son bureau. Derrière les vitres, plusieurs flics en alerte s'étaient levés et tentaient d'écouter la conversation.

« Ça change tout, Jeanne ! On a tiré sur un flic ! Et ce gars qui est passé par la fenêtre ! Que se passe-t-il là-bas ?... Mais comment j'ai pu t'envoyer là-dedans ! »

Jeanne avait regagné le hall d'Harmonia. L'endroit était de nouveau animé de cette frénésie inquiète qu'il avait connue au moment de la mort de Marcus. Mais cette fois, c'était le corps d'Hervé Hanekke qu'emmenaient deux policiers en uniforme. Le terrible sac noir zippé luit un instant devant les yeux de Jeanne. Elle grimaça sous le coup de cette impression brutale qu'un être humain de plus venait, en quelques secondes, d'être transformé en un tas de viande inerte. Le sang avait reflué du visage de Nathalie Hauteville qui, tendue comme jamais, assistait à la scène depuis l'autre bout du hall. Irène sanglotait à ses côtés, son chignon tressautant au rythme de ses pleurs. Le médecin légiste se tenait dans un coin et enregistrait en murmurant des notes sur son dictaphone – *si ça continue, il va faire partie des meubles*, songea Jeanne avec amertume, tout en poursuivant sa conversation avec Frank au téléphone.

« Ça ne fait que confirmer qu'on est sur quelque chose d'énorme, Frank, disait-elle. Quelque chose qu'on n'a pas vu ! Peut-être plus gros que…

— Je vais envoyer des renforts et te retirer de l'enquête !

— Quoi ?! Pas question ! Et surtout, surtout pas de presse ! D'autres flics ne changeront rien, malheureusement ! La clé est dans… dans la mémoire des patients, tu comprends ? Alors tous les flingues du monde n'y feront rien ! »

Pleine d'espoir, elle regarda la petite clé USB qu'elle tenait en main.

« Mais je tiens un fil… ténu. Peut-être la réponse à tout ça ! Fais-moi confiance. Tu m'entends ? Il est hors de question que je jette l'éponge. Pas maintenant !

— Ouais… Écoute, Jeanne, je… »

Durant quelques secondes, on n'entendit plus que les parasites de la ligne. Ruffier hésitait. Il prit une profonde inspiration.

« Bon, OK, finit-il par lâcher. Mais je vous envoie des gars supplémentaires de toute façon. On va totalement sécuriser le périmètre. Barrage filtrant et tout le toutim ! Le premier est déjà en place ! »

Alors même qu'il parlait, Jeanne aperçut justement, à travers les vitrines du hall et les voitures de flics qui bouclaient l'accès au parking, une vieille guimbarde, qui s'arrêta sur l'injonction des agents en uniforme. Cette voiture… Elle l'avait déjà vue… Une Peugeot elle aussi, pas de première jeunesse. Tandis qu'elle poursuivait sa conversation, quelqu'un en ouvrit la portière : Jeanne entrevit alors une quinquagénaire fatiguée, maigre et aux cheveux roux un peu filasse. Celle-ci se heurta aussitôt à deux représentants de l'ordre qui se penchaient sur elle, mains levées – *halte-là-ma-petite-dame-mais-que-faites-vous-ici ?*.

Jeanne cilla, le temps de comprendre… Et son cœur bondit dans sa poitrine.

En même temps, la voix de Ruffier grésilla au bout du fil :

« Faut que je te dise autre chose, Jeanne… Une, euh, une femme est passée au commissariat. Elle prétend qu'elle s'appelle Anaïs Sauveur et que, euh… qu'elle est ta mère. Elle te cherchait.

— Q… Quoi ? » répondit Jeanne, la bouche sèche.

Complètement interloquée, elle ne pouvait détacher ses yeux de la quinquagénaire. Vêtue d'un manteau brun élimé sur une paire de jeans, de gants marron fourrés, celle-ci tentait encore de se frayer un chemin vers Harmonia.

Ce n'est pas possible. C'est surréaliste. Pas maintenant.

Jeanne n'en revenait pas. Lentement, elle salua Frank… et raccrocha. Ce fut au tour d'un talkie de crépiter à sa ceinture. Elle l'attrapa.

« O… Oui ? »

La voix du flic retentit depuis l'autre talkie.

« Euh… Y a une dame qui demande à vous voir. Elle dit qu'elle a suivi nos voitures… La voie étant déblayée, elle a pas eu trop de mal. Bien sûr, on l'a arrêtée mais elle affirme qu'elle est… votre mère ? »

Jeanne papillonna des yeux, soudain suffocante. Une irrépressible bouffée d'angoisse vint lui comprimer la poitrine. Son doigt restait sur le talkie, hésitant. L'appareil crépita encore un long moment.

« Lieutenant ? » s'enquit le flic.

Jeanne prit sa décision, en sueur, et appuya sur le bouton.

« Oui. Ne la laissez pas passer, vous m'entendez ? Ce… C'est vraiment pas le moment ! C'est une vaste scène de crime ici. Renvoyez-la chez elle. »

Elle hésita de nouveau, puis :

« P… Prenez ses coordonnées. »

Oppressée, Jeanne jeta un regard flou vers sa mère qui, visiblement, protestait. Les flics la raccompagnaient *manu militari* vers sa voiture.

Le lieutenant Ricœur se massa les tempes.

Là, c'est trop.

Bouleversée, Jeanne quitta prestement le hall pour gagner l'escalier, puis le couloir du premier étage, longeant les chambres de patients. Elle s'arrêta un instant, une main sur la poitrine, cherchant à reprendre son souffle. Des larmes lui montèrent aux yeux. Elle vacilla, puis reprit sa marche.

Elle passait devant la chambre de Marcus lorsqu'elle entendit du bruit. Derrière le bandeau des scellés – la rubalise de lettres noires sur fond jaune *POLICE NATIONALE – ZONE INTERDITE – SCÈNE DE CRIME* – qui, depuis la pendaison, assurait le gel de la pièce, la porte était ouverte. Jeanne y glissa la tête, stupéfaite. Sa surprise fut complète lorsqu'elle y découvrit l'un des patients.

Maugréant, Jeff Dugain, le trader, fouillait dans les affaires du défunt laissées intactes, près de la petite bibliothèque de la chambre !

Jeanne se tenait à l'entrée, incrédule. Elle dut se racler la gorge avant de lancer d'une voix éraillée :

« Vous faites quoi au juste ? »

Elle vit Jeff sursauter. De dos, il redressa la tête, puis se retourna vers elle. Il eut un sourire idiot et exhiba un livre sous ses yeux : *Codes & Cyphers.*

« Je… je cherchais ça, dit-il. C'est un bouquin de cryptol… »

Jeanne, à bout, se sentit bondir : sa colère explosa brutalement. En une seconde, elle se faufila sous le bandeau, se précipita vers lui et le saisit par les épaules. Puis, sans se soucier de son air ahuri, elle le fit pivoter sans ménagement et le plaqua contre le mur. Elle fouilla brutalement dans ses poches en pestant. Jeff, face contre la paroi, bafouilla :

« Aïe ! Mais qu'est-ce que vous faites ?

— Police ! C'est quoi cette embrouille encore ? éclata-t-elle.

— Q… quelle embrouille ? Il est à moi, le bouquin ! Marcus et moi, on faisait des jeux avec les chiffres, et j'avais noté que je lui avais prêté ! C'est tout ! Qu'est-ce que j'ai fait ?

— Mains sur le mur ! Allez ! *Mains sur le mur !* »

Jeanne continuait de le fouiller vigoureusement.

« Il me l'a pas rendu ! insista Jeff. Il est à moi ! Alors… Hé ! Je l'ai marqué ! Vous voulez voir mon carnet ? »

Elle ne trouva rien. Tenant toujours Jeff par le col d'une main, elle baissa la tête et soupira, tentant de se calmer. Le visage écrasé et les paumes contre le mur, Jeff, lui, n'osait plus bouger, roulant de grands yeux. Jeanne finit par le lâcher, nerveuse. Lentement, il se retourna en faisant la grimace. Ils se retrouvèrent tout près, face à face. Jeff regarda la pièce, l'air dépassé.

« Sa chambre est complètement dérangée, hein. »

La jeune femme leva les yeux vers lui, au bord de craquer. Elle chassa une larme de sa joue. Jeff s'en aperçut et haussa un sourcil surpris. Large d'épaules, il ne manquait pas de magnétisme. Il se rendit compte que les seins de Jeanne, sous le cuir, étaient presque collés à lui. Elle serrait les dents, haletante.

« Ça va ? Ça a pas l'air. »

Jeanne ne put réprimer un tremblement.

« Ça va ! Laissez tomber. »

Et soudain, sans crier gare, Jeff se pencha sur elle et emprisonna ses lèvres dans un baiser !

Jeanne resta une seconde stupéfaite, puis le repoussa en criant :

« Ohé non mais hé ! »

Troublé, Jeff eut un tressaillement et releva aussitôt les mains :

« Pardon, pardon ! Je… Je… »

Il avait l'air soudain perdu, dans une totale confusion.

« Ce… C'est votre faute aussi ! » essaya-t-il de se justifier.

Jeanne ne savait plus où elle en était. Ils restèrent ainsi un instant, dans un silence incongru et gêné que seul troublait le bruit de leur respiration. Jeff esquissa un geste, faisant mine de lui caresser la joue, mais n'osa pas ; sa main retomba, ballante, le long de son corps. Il prit une voix plus douce, l'air égaré. Il regardait ailleurs maintenant, comme si l'armure se fendait.

« Vous… Vous avez un copain bien sûr – ou un mari, pardon.

— Non, dit Jeanne, se raclant la gorge.

— En tout cas, vous n'avez pas l'air bien. C'est… cet endroit ? »

Elle ne répondait pas.

« Ou bien… Une grosse dispute ? Le boulot ? Papa-maman ? »

Jeanne éluda, pli amer sur les lèvres.

« Ça ne vous concerne pas. Je ne sais même pas pourquoi je discute avec vous. »

Ce n'était d'ailleurs pas une « discussion » à proprement parler. Jeanne s'écarta. Toujours embarrassé, Jeff toussa et s'apprêta à partir.

« Bien sûr, pardon. Vous avez raison. Mais qui que ce soit… »

Il chercha ses mots.

« Vous savez, on frime, mais… vaut mieux chercher la réconciliation quand c'est possible. Les vieilles histoires, qu'on veuille les oublier ou pas, ça reste votre passé. Et c'est précieux ça. Vous pouvez me croire ! »

Enfin, il tourna les talons et s'en alla avec le livre.

« Et vous inquiétez pas pour le bisou… »

Il lui adressant un clin d'œil par-dessus l'épaule.

« … j'ai déjà tout oublié ! » conclut-il.

Le voyant s'éloigner, Jeanne parut revenir à elle. Elle le héla :

« *Hep hep hep !* Le livre ! »

Jeff la regarda, puis le lui rendit en souriant. Jeanne l'observa alors qu'il s'éloignait pour de bon. De nouveau, elle laissa échapper un juron. Elle se sentait furieuse – furieuse contre elle-même surtout, et son moment de faiblesse. Elle porta une main à sa tête, se massa les tempes…

Allez. Action !

Elle repassa sous la rubalise *SCÈNE DE CRIME*, puis se dirigea d'un pas rapide vers son bureau de travail. Mais, plus loin, au détour de la machine à café, elle aperçut Caroline et JB, assis l'un en face de l'autre, près du *Ficus benjamina*. Ils ne l'avaient pas encore vue. Ils se tenaient les mains en se regardant. *Quoi, encore ?!* se demanda Jeanne. Elle ralentit le pas, se dissimulant à l'angle du couloir.

Caroline était en larmes. Elle hoquetait et parlait d'une voix éraillée :

« Parfois, tu sais, disait-elle, je ferme les yeux, je… je me concentre, je me dis : ça va revenir, concentre-toi, il suffit de se *concentrer* et des trucs vont revenir, tu vois, ils vont revenir, *forcément*...

— Oui, dans les films, ça marche. Des bribes reviennent toujours, commenta JB.

— Mais là, ça ne revient pas, JB ! dit-elle en sanglotant. Ça ne revient *jamais* ! »

Sa lèvre trembla encore, elle cherchait en vain une issue à sa douleur.

« Tu comprends, j'ai beau chercher… Alors j'ai l'impression de m'enfoncer, m'enfoncer dans le noir. Parfois, je me dis qu'il faudrait tout arrêter. Accélérer le temps, puisqu'il ne veut plus rien dire ! En finir pour de bon, et qu'on n'en parle plus ! »

JB se leva, contourna la petite table et enlaça ses épaules. Caroline ferma les yeux et s'accrocha à lui comme une naufragée.

« JB… j'ai juste peur ! Je me sens seule, et j'ai peur ! J'ai peur ! »

Elle pleura encore. Des larmes perlèrent aussi au coin des yeux de JB, qui les retint avec peine.

Silence. Ils s'agrippaient l'un à l'autre, moites, crispés, perdus, Caroline tête basse, JB observant maintenant devant lui un point imaginaire. À l'angle du couloir, Jeanne submergée baissa le menton, clignant des yeux.

Puis Caroline ôta ses mains. Elle essuya ses larmes en reniflant et fronça les sourcils, soudain gênée, un peu surprise. Elle leva le regard vers JB et laissa échapper un :

« Oh ! P… Pardon… On disait quoi ? »

Jeanne sortit de son embuscade et glissa devant eux sans mot dire.

Ils la regardèrent passer d'un air absent.

Le lieutenant Ricœur retrouva un regard fixe et prit une mine résolue.

« Un tank. *T'es un tank.* »

25

Le fil d'Ariane

Jeanne jeta *Codes & Cyphers* sur la table en arrivant dans leur bureau de travail, à Harmonia, où Davy se trouvait déjà, rengainant son portable.

« Au boulot.

— C'est le branle-bas, dit Davy. En première analyse, le légiste confirme ce qu'on savait déjà sur Hanekke. Multiples fractures. Un détail : impossible de mettre la main sur son portable. Disparu, comme celui de Marcus. Si on le retrouve, on retrouve le tueur. »

Jeanne serra les dents.

« On peut toujours rêver. Mais voyons ça. »

Elle attrapa l'enveloppe dénichée près de la mare et en versa le contenu sur le bureau. La clé USB. Le ticket de consigne automatique… et des documents en pagaille. Les deux coéquipiers écarquillèrent les yeux. Chacun se saisit d'une partie des papiers et les distribua en éventail.

À mesure que le puzzle se dessinait sous leurs yeux, leur effarement alla croissant.

Des copies de mails spécifiés « confidentiels ».
Des notes blanches.
Des mots non signés.
Des articles non publiés.
Des messages de service.

LABORATOIRE ENERGY4 – Financements de l'UE – LABIAMAX – empêché le projet de directive – TRÈS DANGEREUX pour les femmes enceintes et nourrissons – provoque des hypertensions massives – risques de graves troubles neurologiques – AVC, hémorragie, crise cardiaque – TESTS sur les cobayes passés sous silence – M. Wiedmarck, patron d'Energy4 – ont voulu me faire taire… Des copies de mails…

« Oh putain… » jeta Jeanne.

Elle enficha la clé USB dans son propre PC, chercha l'icône, cliqua.

Enter Password

« Mince… Évidemment, là aussi, il faut un code ! Marcus avait un mot de passe.

— Attends… Et ça ? »

Il exhiba un pense-bête, Post-it à la fin des documents : *Les* PREUVES *page 1224.*

Jeanne tapa *1224.*

ACCÈS REFUSÉ

« Ben tiens. Pourquoi faire simple… »

Elle cogitait à toute vitesse.

« Le fil d'Ariane… Les preuves… Quelles *preuves* ? Celles-là ? Attends… Page 1224. Page, page… »

Elle attrapa les carnets de Marcus en pagaille autour d'eux. Toutes les pages étaient numérotées. Au bout de quelques secondes, elle trouva bien une 1223, une 1225… mais pas de 1224.

« Arrachée. Comme de juste, elle a été arrachée ! »

Au recto de la 1223, cependant, un Post-it était épinglé, portant la mention d'un autre nombre : 25.

Davy suivait ce ballet en faisant la grimace.

« J'y comprends rien, Jeanne ! Tu es sûre que tu vas bien ? »

Elle semblait en effet comme en transe. Une illuminée. Elle eut un petit sourire.

« Oooh… Mais si. La cryptologie… Le jeu de piste continue ! *Les petits cailloux !* Merci, Marcus !

— Quoi ? » demanda Davy avec une grimace d'incompréhension.

Jeanne saisit son dossier de photos, cherchant les clichés du mur couvert de chiffres, dans la chambre de Marcus. Son regard défila sur les chiffres.

« Tout se tient. Tout se tient forcément ! »

1162 786 5678 99,990 1235 84859 7688890 3,14
1678,4 1742 – 3748 905647 8835 467 284,96578
940087 54466,38834 57434749924352 2546
79 6400 54,603 4568 7 1224, 25 345 67,6538
90234 119,85 415 6178 9 045 1 5 678, 450 96,32
18916 17456,906 5085 7 32771 8 45 920 3 45
2,814 1,906 057832 719 55,6738 9530156389
22, 457037

Elle repéra : 1224, 25. En plein milieu du mur !

Elle sourit encore, hocha la tête, poussa une espèce de petit glapissement – ou quelque chose d'approchant –, qui ressemblait à un hoquet de victoire.

« C'est stupéfiant ! » commenta Davy, sans que Jeanne sût s'il faisait référence à son comportement ou aux pièces du dossier qu'ils avaient sous les yeux.

Jeanne se remit à son fauteuil ; elle pivota et entra dans l'ordinateur : *1224, 25.*

« Sésame… Ouvre-toi. »

La clé s'ouvrit dans un *ting !* joyeux.

Ah ! Oh ! Ce coup-ci, ça marche !

Jeanne dévoila une cascade de documents scannés et commença à lire.

Pendant un moment, on n'entendit pas une mouche voler. Davy s'était approché d'elle, venant lorgner par-dessus son épaule. Jeanne se renfonçait dans son siège à mesure que tout prenait forme sous ses yeux. Elle mit les mains sur son visage, sidérée… Puis cliqua de nouveau, découvrant les fichiers un à un en même temps que son coéquipier.

« Marcus rédigeait un article qu'il s'apprêtait à mettre en ligne ! Regarde. Il a intercepté des mails du P-DG de VentOnline, la société dans laquelle il travaillait, avec les responsables d'un laboratoire nommé Energy4, au sujet d'un médicament. Ce médicament qu'ils distribuaient, le Labiamax.

— Et ça, qu'est-ce que c'est ? demanda Davy, pointant du doigt des rapports assortis de graphiques ésotériques.

— Des tests, Davy. Des résultats et des comptes rendus de tests. »

Elle claqua la langue.

« Le Labiamax. Un somnifère aux effets secondaires potentiellement très graves. Tu te rends compte ! Décès chez les femmes enceintes et les nourrissons. Apparemment, les tests en question ont été négligés, ou les tests complémentaires réalisés trop tard, alors que *les ventes étaient déjà lancées* ! »

Davy se redressa, raide.

« Oh bon Dieu, jeta-t-il. Sa femme, Jeanne. *Sa femme.* »

Ils se regardèrent, frappés par l'évidence.

« On s'est gourés, continua Davy à voix basse, Bien sûr. Sa femme avait été admise aux urgences pour hypertension. *Morte avec leur bébé.* Il avait dû lui donner…

— … du Labiamax ! » dirent-ils de concert.

Ils se regardèrent de nouveau. Jeanne revint à l'ordinateur, la gorge sèche.

« Il a fait le lien. Il… Il a tué sa femme et son enfant par erreur, *à cause d'eux* !

— Quelle horreur.

— Le P-DG a d'abord voulu étouffer le truc. Puis, visiblement, il est revenu sur sa décision. Il a demandé des comptes à Energy4. Il allait rendre l'information publique quand… »

Jeanne se focalisa sur un article au titre éloquent : « Crise cardiaque du P-DG de la PME VentOnline »

« Crise cardiaque, dis donc ! »

Davy hocha la tête. Jeanne papillonna des yeux. C'était énorme.

« Et au milieu, murmura-t-elle, des centaines de millions d'euros ! Il y a des précédents. Le Distilbène, dans les années 1970. Malformations génitales chez les enfants. Et récemment, la Dépakine, pareil : graves handicaps chez les enfants. »

Elle chercha rapidement les informations sur le web.

« Six milliards de coût pour l'État et Sanofi, pour tenter de rattraper l'irrattrapable ! » dit-elle en reculant sur son fauteuil.

Puis elle désigna une série d'images et d'articles rassemblés par Marcus. On y voyait des clichés de mères et d'enfants couverts de plaques d'eczéma, de nourrissons chétifs dévorés de boutons, de bébés grands comme des crevettes logés dans des couveuses, sous perfusion. S'y ajoutaient quelques malformations spectaculaires. Et de nouveaux rapports, qui ne laissaient plus la place au moindre doute : *RAPPORT OBSTÉTRIQUE DR GACHET. ANOMALIES.*

« Évidemment, jeta Jeanne, un pli amer sur la bouche, à l'époque, ça se voyait plus que des troubles neurologiques… »

Elle se leva soudain et tourna autour de Davy comme une panthère, mains sur les hanches, tandis qu'il prenait sa place et poursuivait l'examen des documents. Mais Jeanne en savait assez à présent pour reconstituer le tableau et l'enchaînement des faits.

« Tu piges ? lança-t-elle. Energy4 fait du lobbying pour infléchir une directive européenne qui lui permet dans les faits "d'assouplir" ou d'escamoter certains tests. Ils ont mouillé l'UE ! Sans qu'elle le sache peut-être. Mais Marcus perd sa femme et son bébé. Il fait le rapprochement. Il creuse, prévient son boss, qui meurt.

Marcus aussi devient dangereux ! Il s'apprêtait à tout balancer ! »

Elle montra la clé, les documents en pagaille.

« Face aux pressions, il cache ses papiers dans une consigne, dont le ticket porte… »

Elle chercha le ticket, le trouva, le compara avec la date de l'accident, dans le dossier de Marcus, et fit glisser le tout sous les yeux de Davy !

« … la date de son "accident de moto" ! Et *paf*, il perd la mémoire ! »

De nouveau, ils firent une pause, chacun déroulant toutes les implications de cette situation effroyable. Davy leva les yeux d'un autre document. Bons de commande, de retrait, traçabilité logistique… Marcus avait tout récupéré.

« Depuis, le médicament a été retiré de la vente, mais plus de trois cent mille boîtes ont été écoulées ! »

À son tour, il recula sur la chaise et croisa les bras.

« Alors Energy4 aurait suivi Marcus jusqu'ici pour récupérer les preuves ?

— Oui, répondit Jeanne. Ou à tout le moins pour vérifier s'il avait vraiment perdu la mémoire, voire le liquider, en effet ! Mais il leur fallait un professionnel capable d'aller jusqu'au bout du sale boulot. Et impossible de s'introduire ici sans monter un "cas" de toutes pièces. Davy ! Ils ont dû placer une taupe en trafiquant le dossier, ce qui impliquerait une complicité interne ! Et…

— Quelqu'un du staff ? Comme… »

Ils se figèrent l'un et l'autre, ouvrant grand les yeux.

« Oh putaiiiin ! Hanekke », jeta Davy.

Ils venaient de comprendre en même temps. Jeanne se tourna vers la fenêtre du bureau qui donnait sur le parking. Toute cette affaire était insensée. Au-dehors, arrivaient deux autres voitures de police, gyrophares allumés. Des hommes armés en sortirent et serrèrent la main de Nathalie, venue les accueillir, dépassée. Jeanne regarda fugacement du côté du barrage filtrant à l'entrée d'Harmonia. Sa mère avait disparu. Il ne restait plus que les traces de pneus du véhicule.

« Hanekke, poursuivit Davy. Tu sais que c'est lui qui a constitué les dossiers médicaux des huit témoins ? Et comme par hasard, c'est aussi lui qui quitte le foyer, le soir fatal. »

Jeanne regardait toujours fixement devant elle. Elle enchaîna :

« En laissant son pass derrière lui ! Il donne au tueur la possibilité de s'enfermer et se fait son alibi ! »

Enfin, elle se retourna.

« Vérifie son compte en banque. »

Jeanne réfléchit un instant.

« Davy, si on a raison, le tueur est sûrement toujours coincé ici !

— Et ça voudrait dire aussi que ta taupe serait bien l'un des patients, qui jouerait la comédie ?! »

Ils s'arrêtèrent encore, Davy se grattant la tête, Jeanne n'en revenant pas.

« Oui. Ça, par contre… Tu imagines ? Et donc quelqu'un qui serait forcément entré ici après Marcus ! Davy, on n'est pas loin ! »

Davy grimaça et écarta les bras en signe d'incompréhension.

« Mais comment Marcus a-t-il pu se souvenir de tout ça ? »

Jeanne eut un sourire en coin et se remit à tourner comme un fauve en cage.

« Toi aussi, souviens-toi : ils se rappellent tous ce qui s'est produit *avant* leur accident ! Marcus se souvient de tout, le Labiamax, sa femme, son enfant, l'accident… Il pensait mettre ses preuves à l'abri, il a gardé le ticket de consigne. Une fois ici, il comprend avec horreur tout ce qui s'est passé… Il se fait restituer l'enveloppe, se fait commander un nouvel ordinateur portable et une clé USB… N'oublions pas qu'il est resté groggy longtemps, avant d'arriver à Harmonia avec plusieurs fractures, et un bras dans le plâtre qu'il a gardés pendant des mois ! Davy, il était menacé comme lanceur d'alerte ! Le temps de s'en remettre, il devait reconstituer lui-même le puzzle. Et le plus vite possible, car il se savait en danger ! »

Elle leva les yeux, son regard se noya dans l'ampoule de lampe de plafond qui éclairait le bureau ; elle se représenta soudain Marcus, écrivant de nuit sous le rai de l'abat-jour, à sa petite table, tout à son indicible souffrance intérieure. Sa mémoire brisée et fuyante, se souvenant de sa femme, de cet enfant qui ne viendrait jamais au monde, craquant, pleurant toutes les larmes de son corps, serrant les poings… Faisant des mémos, des Post-it, se relisant encore et encore, le front tordu de douleur ! Marcus, seul, aux prises avec un deuil impossible, essayant tantôt d'oublier sans le pouvoir, tantôt de se souvenir sans y parvenir davantage ! Perdu… Elle le voyait écrire dans la douleur, d'abord avec un seul doigt à cause de son plâtre, l'article qu'il se préparait à divulguer. Irène passait dans le couloir derrière lui, Marcus baissait son écran.

« Imagine le cauchemar, dit-elle songeuse. Marcus au désespoir, tentant de reconstituer son dossier d'accusation, bossant nuit et jour, complètement seul ! »

Elle le voyait à présent dessiner ses chiffres derrière le paravent.

« Avec, pour seule raison de vivre, l'idée de rassembler ses pièces à conviction, de venger la mort de sa femme et de sauver des vies, pendant que les autres étaient à ses trousses ! Tu mesures la course contre la montre ? »

Marcus écrivait son poème. Dessinait dans ses petits carnets. Le lapin bleu. Les canards. Arrachait une page. Glissait ici la fiche de posologie du Labiamax. Épinglait là un Post-it chiffré.

« Les preuves ! La divulgation argumentée, irréfutable, des preuves ! Son plan de com' ! Il devait être inattaquable, vérifiable, pour être pris au sérieux ! Sans cela, tout n'était que du vent, jusqu'à sa mémoire elle-même ! Qui aurait pu lui faire confiance ? *Mais il ne pouvait se laisser à lui-même des infos trop claires*, tu comprends ? De peur que quelqu'un ne mette la main dessus et ne retrouve ses documents avant la police s'il lui arrivait malheur ! Il devait se trouver une cachette. Et refaire le chemin chaque fois ! Alors il s'est laissé des indices, des petits cailloux de mémoire, comme le Petit Poucet… »

Elle se planta devant Davy et écarta les bras à son tour en concluant :

« … Jusqu'à la cage aux oiseaux ! »

Davy fronça les sourcils :

« Et donc… Un homme de main aurait infiltré les lieux en se faisant passer pour un malade ? »

Nouveau sourire en coin de Jeanne qui, d'une main excitée, tapa le rebord de la table. Tout s'enchaînait à présent logiquement dans son esprit. *Le fil, Marcus, le fil d'Ariane de la mémoire !*

« Malheureusement, le soir du drame, sans doute après plusieurs approches avortées, la situation dérape, et Marcus est tué alors qu'il s'apprêtait à tout révéler à la presse. Ça devenait très chaud ! "Ils" ne pouvaient pas le liquider avant d'avoir retrouvé les preuves. C'était trop dangereux ! Seulement, ce soir-là, plus le choix. »

Davy se leva et s'approcha de Jeanne :

« Le contexte, l'enjeu, le mobile… Jeanne, la vache, on a tout ! »

Ils sourirent. Jeanne eut soudain un regain d'énergie.

« Presque, jeta-t-elle. Reste à coincer la fameuse taupe ! »

Elle serra les dents.

« Elle est douée, la salope. »

Des néons bleus et roses crépitaient dans ce bar d'Annecy où, au comptoir, le tueur, qui avait abandonné sa tenue de camouflage pour un costume civil et un pull de laine chaud, avalait un cognac, mâchoires tendues. Il n'avait gardé que son bonnet sur la tête. Ses yeux vifs sous des sourcils bien dessinés fixaient intensément son verre. Il passa une main sur son visage à la peau rêche, émacié et sec, aux joues creuses. Le cognac lui brûla la gorge. Soudain, son portable vibra dans sa poche.

Il regarda le nom qui s'affichait, haussa un sourcil, hésita, et finit par répondre en poussant un juron.

« On avait dit *plus d'appel* ! Et bordel, qu'est-ce qu'il t'a pris de le balancer par la fenêtre ?! »

Une voix retentit à l'autre bout du fil, chuchotante, déformée, comme si elle essayait d'étouffer sa voix de la main – mais sa colère était perceptible :

« À ton avis, connard ? Il allait craquer ! J'ai pas eu le choix ! Maintenant, il y a des flics partout ! Elle veut nous réunir demain. J'ai peur que cela cache quelque chose ! Il faut agir, vous entendez ? J'ai fait tout ce que vous vouliez. Vous devez me sortir de là ! *Dès demain !* »

On raccrocha. Dans le bar, le tueur rengaina son portable. Il soupira, vida son verre de cognac et composa à son tour un numéro.

Dans un couloir obscur d'Harmonia, Jeff tenta de recouvrer son calme et inspira profondément, les dents serrées. Enfin, il se recomposa une mine et, arborant un sourire figé, retourna vers le foyer.

26

Coupable

Les lueurs rouges du couchant entraient dans sa chambre d'Harmonia. Jeanne, solitaire, se repassait en boucle les documents et les photos prises sur la scène du « suicide » de Marcus. Elle les agrandissait, les faisait pivoter. La fête, le Scrabble éparpillé… Soudain, elle s'arrêta encore, concentrée. Puis, comme illuminée de nouveau, elle ouvrit de grands yeux, leva les bras au ciel et, poussant sa chaise du talon, s'éloigna de la table.

Ce fut le moment que choisit Davy pour revenir. Il lui glissa sous les yeux une photo d'Hervé Hanekke. Elle tourna le regard vers lui tandis qu'il tapotait la photo de l'index.

« Un million d'euros, en plusieurs fois, sur deux mois et différents comptes. T'avais raison. Quant aux patients arrivés ici après Marcus, c'est très simple. Il y en a trois : JB, David et Jeff ! Si simulateur il y a, c'est l'un des trois ! »

Jeanne afficha un sourire énigmatique.

« Davy… Je tournais autour, mais je sais qui c'est ! »

Il la regarda, ne sachant pas s'il fallait la croire, mais ne put s'empêcher de sourire à son tour en voyant son air de triomphe.

« On va lui tendre un piège, poursuivit Jeanne avec une excitation fébrile. Davy, dès demain, on coince le coupable ! »

La neige s'était remise à tomber, mais à flocons plus ténus désormais, comme dans un ralenti infini. Au loin, le contour déchiqueté des montagnes avalé par l'ombre. Un ciel d'encre surplombait les pins dressés côte à côte, hululant de temps à autre sous les bourrasques intermittentes. La nature immense, faussement endormie dans sa beauté grandiose, minérale, létale, camouflait sa sauvagerie brute et inquiétante. Les sons demeuraient étouffés par le manteau glacé. Les oiseaux réduits au silence. Les écureuils se terraient dans leurs refuges, comme Jeanne dans sa chaumière perdue. Deux policiers étaient postés en surveillance, pour sa protection. Jeanne était enfin revenue chez elle. Elle avait retrouvé un Minus miaulant, mais elle ne s'était pas inquiétée : il connaissait le chemin de l'eau et des croquettes qu'elle laissait en abondance. Il lui prodigua cependant quelques témoignages d'affection inhabituels. Jeanne venait de se faire réchauffer une box de pâtes – avec tout cela, elle n'avait même pas eu le temps de se ravitailler – lorsqu'elle fut attirée par les traînées jaunes filant au-dehors, signe d'un véhicule à l'approche. Les policiers de service, canadienne par-dessus leur uniforme, l'arrêtèrent aussitôt et saluèrent. Le cœur de Jeanne bondit de nouveau dans sa poitrine. Les flics parlaient avec le conducteur, ou plutôt la conductrice ;

Jeanne avait reconnu la petite Peugeot qui venait de se manifester. Et elle l'aperçut, dans la voiture, qui tentait une fois encore de parlementer.

Sa mère. Anaïs.

Sa vraie mère, sa mère biologique.

Anaïs Sauveur.

Nerveuse, Jeanne soupira. Quelque chose s'effondrait ou travaillait en elle, mais elle n'était pas en capacité de supporter davantage d'émotion. Elle attrapa son talkie, qui crépita.

« Lieutenant Ricœur. Écoutez, les gars… je… je sais ce qu'elle va vous dire, mais ne laissez passer personne, compris ? Personne ! »

Elle serra les dents et fourra une main dans ses cheveux.

« Là, maintenant, je… je peux pas… »

Elle posa le talkie.

« Putain, c'est pas vrai ! »

Au-dehors, devant « l'appartement d'eau », les pourparlers continuaient. Jeanne vit les agents faire des signes de dénégation.

Enfin, comme à regret, la voiture s'éloigna en toussotant et ronronnant, s'évanouissant dans la brume.

Une fois de plus, le sommeil de Jeanne fut très agité. Brusquement, elle eut la sensation d'une présence – de ces ombres terribles qui se glissent parfois dans les cauchemars et font battre le cœur comme des tambours. Jeanne était trempée de sueur lorsque la présence sortit de l'obscurité de la pièce pour s'approcher d'elle. C'était elle. Anaïs. Abîmée et fantomatique. Elle se pencha sur sa fille, les cheveux sales et bouclés tombant autour de son visage, les mains et la peau percluses de petits trous, les joues hâves, le front ridé. *Une vraie sorcière*, se dit Jeanne. Il ne manquait plus que son chaudron, ses lézards bouillis, ses pentagrammes de branchages secs, les yeux arrachés dansant dans la soupe. Et l'apparition lui murmura, d'une voix cassée :

« Coupable… coupable… *coupaaaable…* »

La sorcière sourit, exhibant des dents jaunies.

Hypnagogie, encore ? Ou sa mère était-elle *vraiment* entrée ?

Non. Non, c'est impossible !

« Tu sais, c'est ta faute si on t'a abandonnée. On ne voulait pas de toi, Jeanne. Je ne voulais pas de toi. Il aurait mieux valu que tu ne viennes jamais au monde, ma petiote. Un petit coup de Labiamax, et hop ! »

Elle avait dix-sept ans. Elle sortait du lycée, cartable sur le dos. De longs cheveux blonds en pétard, une seule boucle à l'oreille gauche, vêtue d'un cuir et d'un T-shirt peinturluré de goules à guitares électriques, elle mâchait un chewing-gum. Elle salua ses copines d'un air distrait et s'arrêta en découvrant Guy, souriant, qui l'attendait adossé au véhicule, les bras croisés. En civil, heureusement. Elle fit la moue, puis un bref signe de la main.

« Je t'avais dit de pas venir me chercher. C'est la honte…

— Mais qu'est-ce que tu racontes ?

— Je raconte que j'aimerais bien qu'on reparle de mon permis.

— On va en parler. Allez, monte dans la voiture de papa. Ça me faisait plaisir de passer te prendre. Tu sais que j'ai failli mettre le gyrophare ! » ironisa Guy.

Jeanne s'apprêtait à rentrer dans la voiture… lorsqu'elle aperçut, à une vingtaine de mètres, une jeune femme sans âge. Maigre, abîmée, les cheveux roux, elle était vêtue d'un grand pardessus dans lequel elle enfouissait ses mains, avec une veste beige et un jean. Elle fixait Jeanne de ses yeux cernés, pupilles fendues, presque inquiétante. Guy s'était installé mais la repéra aussitôt, lui aussi, dans le rétroviseur. La femme approchait maintenant. Guy se mordit les lèvres, fronça les sourcils, puis ressortit. Il ne souriait plus.

Il pressa Jeanne de monter.

« Vas-y, entre.

— Mais…

— Entre, je te dis. Chérie, s'il te plaît. Monte dans la voiture et attends-moi. »

Jeanne hésita, le regarda, puis obtempéra.

À son tour, Guy marcha en direction de la femme. Ils se retrouvèrent à mi-chemin. Se retournant à l'arrière du véhicule, Jeanne vit qu'il levait la main pour empêcher la femme d'avancer davantage. Elle ouvrit la vitre de la portière et entendit :

« Il ne faut pas, je suis désolé. C'est pas une bonne idée !

— Mais… je… je ne cherche pas à la coincer, disait la femme d'une voix cassée, vaguement chevrotante. Je sais, je suis coupable ! Mais… »

À ce moment-là, Jeanne sut.

Lorsqu'elle sortit de la voiture, les dernières bribes de la conversation lui avaient échappé ; elle avait simplement perçu le ton dur de son père. Déjà, Guy revenait vers elle… et la femme avait disparu à l'angle de la rue voisine.

La lumière d'un soleil rouge se mua en feu tricolore sous les yeux embués de Jeanne. Elle était en voiture, en larmes. Elle se refit une mine en se regardant dans le rétroviseur puis, d'un geste un peu absurde, salua les agents qui l'escortaient, dans deux véhicules de police. Avec l'aide de ses collègues, elle avait pris soin, cette fois, de doter sa Peugeot de pneus neige.

Les voitures serpentaient lentement vers Harmonia, en file indienne, au milieu des conifères. De menus flocons chutaient encore, mais flottants, plus poussifs. Le vent s'était enfin un peu calmé.

À peine eut-elle refermé la portière de son véhicule sur le parking qu'elle tomba nez à nez avec un flic, en casque et gilet pare-balles. On ne plaisantait plus. D'autres policiers cernaient le bâtiment. Les fusils d'assaut doublaient les armes de poing et certains étaient équipés de binoculaires pour quadriller la zone. Davy était arrivé lui aussi et, les dreadlocks se balançant légèrement dans la brise froide, s'avançait vers elle. Jeanne serra la main du flic armé jusqu'aux dents, à la poigne solide, qui dit d'une voix tout aussi ferme :

« On a déployé un barrage filtrant et des gars tout autour du bâtiment. Mais on n'est pas servis par la géographie du lieu, et la neige ne nous arrange pas. »

Davy et elle se saluèrent à leur tour.

« Ça va, *partner* ? demanda-t-il. Je ne te demande pas si tu as dormi… »

Jeanne se contenta d'acquiescer, puis inspira et se retourna vers la façade d'Harmonia.

« À l'attaque. »

III

RAPPEL

Le cerveau, l'instrument qui pense,
qui réagit, est l'entrepôt de la mémoire.
Jiddu Krishnamurti,
Briller de sa propre lumière, 2013.

Vivre encore dans la mémoire des gens
qu'on a aimés,
C'est n'être pas mort tout entier.
Cécile Fée, *Les Maximes et pensées*, 1832.

27

Marie infirmière

Jeanne, faussement souriante, poussa le Scrabble au milieu de l'une des tables à jeux. Davy n'en revenait toujours pas. Elle était glissée dans une blouse blanche cintrée à la taille qui la mettait en valeur, coiffée et maquillée avec soin. Une vraie transformation. Sur sa blouse était épinglé un badge :

MARIE INFIRMIÈRE

Tous les patients étaient regroupés au foyer et s'exerçaient à des activités diverses. Non loin, Myriam et Albert, avec colle, ciseaux et morceaux de bois, construisaient une maquette qui reproduisait Harmonia. Honecker essayait de lire le journal, parcourant sans cesse la une. Babakar lisait un manga. Caroline modelait des pantins de glaise en cherchant mécaniquement un paquet de cigarettes absent. Le tout sous la surveillance d'Irène, tendue, qui les observait d'un air circonspect.

Jeanne s'était approchée des trois suspects, regroupés à dessein autour d'une même table.

« Alors les garçons, dit-elle d'une voix claire, on la fait, cette partie ? »

JB, David et Jeff échangèrent un regard. Ce fut JB qui réagit le premier, enthousiaste :

« Ben oui, pourquoi pas ? »

Ils se décalèrent en faisant grincer leur chaise pour faire de la place à Jeanne. JB, l'air réjoui. David hésita, puis obtempéra et installa devant lui un petit chevalet, tandis que Jeanne déployait le plateau sous leurs yeux. Jeff prit place à son tour et regarda la jeune femme, qui se posta en face de lui. Il remonta les manches de sa chemise à carreaux. Il lorgna le badge de Jeanne et se passa la langue sur les lèvres.

« Vous commencez… Marie ? » hasarda-t-il avec un sourire qui se voulait naturel.

Jeanne lui répondit par un autre sourire, éclatant celui-là.

JB les observa, visage fermé.

Il sembla à Jeanne que commençait un véritable duel autour du plateau de Scrabble. *Règlement de comptes à OK Scrabble*, songea-t-elle. La partie débuta. Chacun piocha dans la pochette ; on décida des tours de jeu, avant de prendre les sept lettres nécessaires pour garnir les chevalets. Puis tous se mirent à chercher leur mot, concentrés.

À deux cents mètres de là, au-dehors, le tueur avait repris place dans un sapin enneigé, en tenue de camouflage, avec vue sur Harmonia. Il déploya son fusil de sniper. Bonnet noir, mains gantées, combinaison couleur neige, il était venu cette fois en jet-ski de façon à éviter le barrage routier et s'était garé à un demi-kilomètre du site, à l'abri de la forêt, dans un endroit perdu. Il avait pris soin de choisir un arbre particulièrement touffu et était pour ainsi dire invisible, calé au creux des branches. Même le canon de son ORSIS ne dépassait pas le foisonnement des épines. Pas de soleil. La neige ne l'arrangeait pas, mais son équipement de pointe lui permettait de plonger directement dans la salle du foyer, comme s'il y était. Il avait procédé à ses repérages aux infrarouges, avant l'aube. Il connaissait parfaitement la topographie des lieux et du bâtiment. Il venait d'ajuster sa position sur la branche maîtresse où il était allongé, tel un fauve, harnaché dans la nacelle qui pouvait lui permettre de glisser au sol en quelques secondes. Il attrapa un chewing-gum qu'il se mit à mastiquer avec vigueur, et plaça son œil sur la lunette.

Il grimaça, mais ce qu'il voyait n'était que la confirmation de ce qu'il avait déjà pu observer depuis l'arrivée des renforts de police. Cinq véhicules sur le parking, deux camions, des flics en arme partout autour du bâtiment, trois sur le toit. Au moins avait-il une vue imprenable sur le site.

Une voix grésilla dans son oreillette.

« Vous êtes en place ?

— Ouais.

— Vous avez un visuel ?

— Ouais. Ils sont au foyer comme prévu.

— Bon, c'est compris ? Si le contact est évincé… Zéro risque ! Mais uniquement en dernier recours ! C'est clair ? »

Le tueur continua de mastiquer.

« Très clair. Mais ils ont bouclé le périmètre, et ils veillent au grain. J'ai dû sérieusement reculer. Heureusement que j'ai ce qu'il faut ! »

David avait commencé, fier d'un presque Scrabble, un *koalas* qui lui permettait de placer son K et de compter le double de points à l'entame. JB, plus embêté, enchaîna avec un *tek* pour récupérer le K. Jeanne joua à son tour, Jeff en dernier. David se mit à placer *cul*, et Jeff haussa les sourcils en ricanant, avant que l'adolescent ne se récrie.

« Mais non, gros naze, je marque *culot* !

— De toute façon, c'est naze aussi, ça ! » commenta Jeff.

Un tour, deux tours… Les patients ignoraient que Jeanne avait détourné avant même le début du jeu quelques lettres à son profit. Au quatrième tour, son visage se fendit d'un nouveau sourire lumineux, et Marie infirmière jeta un cri triomphal :

« *Scrabble !* »

Alors elle inscrivit consciencieusement sur le plateau : *Labiamax*.

David cilla :

« Mais ça veut rien dire, ça ! C'est quoi ? »

Jeff pâlit un instant.

« L… Labiamax ? »

Il se reprit aussitôt et, plantant son regard dans celui de Jeanne, afficha son sourire de crocodile, avant de s'énerver :

« C'est n'importe quoi ! D'toute façon, on n'a pas le droit aux noms propres. On triche pas, d'accord ? T'as mis n'importe quoi, donc tu passes ton tour ! Allez, hop. Tiens, prends plutôt ça… Marie ! »

Et il asséna sur le plateau un mot compte triple, avant de partir d'un rire insolent.

Jeanne lança brièvement un regard à la pendule qui trônait sur le mur d'en face, au-dessus des étagères de matériel destiné aux ateliers.

10 h 02.

Davy entra à ce moment, en blouson brun, comme dans une scène de théâtre bien préparée. On se tourna vers lui, surpris. Et ce d'autant plus que, surgissant de nulle part, il brandit son badge. Le vrai, celui-ci. Son insigne de flic.

« Bonjour. Je suis *Davy policier*. Je vous demande cinq minutes d'attention. Chacun de vous se souvient-il de Marcus Kempf ? »

On se concerta. Sans leur laisser le temps de répondre, Davy commença à faire circuler une photo de Marcus – sur celle-ci, il était bien vivant et souriant sur celle-ci. Un léger brouhaha envahit la pièce. Les patients plongèrent dans leurs téléphones. Irène suivit le ballet, attentive. Jeanne ne quittait pas Jeff des yeux. Il compulsa lui aussi son appareil. Babakar avait lâché son manga pour se saisir de son carnet.

« Oui, je le connais très bien. "*C'est un bon copain. C'est un ancien comptable. Il écrit des poèmes.*" Il n'est pas là ? Il va bien ? Mais… »

Puis il s'aperçut que le nom était barré sur son carnet et qu'il y avait lui-même inscrit la mention fatale : *PENDU*.

« Il est mort », confirma Davy.

Jeff roula de grands yeux stupéfaits. Il ouvrit la bouche, l'air éploré :

« Marcus est MORT ? »

Jeanne hocha la tête. *Bravo, l'artiste.*

« Je vais devoir vous interroger un par un, reprit Davy. Monsieur Babakar, si vous voulez bien me suivre… »

Babakar se mit péniblement debout sans comprendre, s'aidant de ses béquilles. Sa cheville lui faisait encore mal.

« Pourquoi j'ai des béquilles ? »

Il sortit avec Davy. Tous le regardèrent franchir la porte.

Jeanne revint à Jeff.

La tension montait.

« Bon. Je vous tiens, mes agneaux… »

L'œil plissé, le tueur allait à présent de l'un à l'autre des participants au jeu, la cible étoilée glissant tantôt sur Jeff, tantôt sur Jeanne, David ou Jean-Baptiste…

« Mais qu'est-ce qu'ils foutent ? reprit-il. Un Scrabble ? Bon Dieu ! »

Il mastiqua de plus belle.

Les yeux de David sondaient ceux de ses voisins. Il posa un autre mot. 10 h 05. Jeff se sentait gagné par la sueur. Les tours continuaient de se succéder. Sur la pendule, l'aiguille avançait. Le plateau se remplissait. *Tic.* Jeanne leva encore les yeux vers le cadran. *Tac.* 10 h 07.

La cible étoilée poursuivait son ballet de l'un à l'autre des protagonistes de la table de jeu. On n'était pas au casino, pourtant ! Le tueur s'arrêta soudain sur Jeanne. Mais que manigançait-elle ? *Tic.* En cherchant apparemment le mot suivant, elle venait de faire tomber quelques lettres au sol, et faisait des gestes pour s'en excuser. *Tac.* Mais, ma parole… elle trichait !

Jeanne fit mine de piocher ses lettres, mais en fait les choisissait.

« À vous, Marie ! » s'impatienta Jeff.

Était-il dans son rôle, ou pressé d'en finir ? Les deux, sans doute.

Le regard de Jeanne revint à la table. Elle se passa la langue sur les lèvres et, de nouveau, considéra la pendule. *10 h 10.*

Maintenant.

Puis, pour la seconde fois, elle posa : *Labiamax.*

La réaction ne se fit pas attendre. Jeff écarta les bras et explosa ; dans sa colère, il se mit à la tutoyer.

« Mais ça va pas, tu l'as déjà mis – et j't'ai déjà dit qu'on n'a pas le droit aux noms propres ! C'est triché, ça ! »

Le visage de Jeanne s'illumina.

Game over.

Avait-il été emporté par son rôle ?

Elle sourit, et ce fut à son tour de planter son regard dans celui de Jeff.

Celui-ci flaira aussitôt le piège, sans comprendre encore. Et pourtant…

« Je l'ai mis en effet, dit Jeanne. Il y a dix minutes. Mais, Jeff, *vous vous en souvenez* ? »

28

Scrabble

Jeff se figea et blêmit.

Eh oui. C'était évident.

Bon Dieu. Trahi. Trahi à cause d'un mot qui n'existait même pas !

Il y eut comme un frémissement électrique qui parcourut le foyer. Tous se tournèrent vers la table de Scrabble sans comprendre… Un silence parfait tomba comme une chape. Jeanne claqua dans les mains. Ce fut le moment que choisit Nathalie Hauteville pour entrer, suivie de Davy et de Babakar en béquilles. Celui-ci alla s'asseoir sur la chaise la plus proche, égaré.

Jeff s'agitait sur sa chaise :

« M… Mais… »

La voix de Nathalie, d'une amertume cassante, retentit derrière lui :

« Je ne comprends toujours pas comment il a pu… »

Jeanne ne quittait plus Jeff des yeux. Le coupable s'était raidi, agitant les mains avec nervosité, réfléchissant à toute vitesse à une issue impossible.

Dans le bureau de Nathalie plongé dans la pénombre, Hervé Hanekke regarda par-dessus son épaule en cherchant dans un casier. Il attrapa un dossier vide, qu'il ouvrit pour y placer des documents et en substituer d'autres. Il alluma la lampe de bureau puis, courbé sous le halo blafard, écrivit des commentaires sur le PC de la directrice, téléchargeant à l'appui les photos préparées pour la circonstance. Tout était prêt... Mais il devait faire vite.

> Jeff Dugain. Ancien trader à la City. Graves lésions à la tête, bagarre après une rupture sentimentale. Victime d'une NDE : mort clinique pendant 3 min. A développé des TOC. Maniaque de l'ordre. Déteste qu'on « triche ». Trouble de l'humeur type frontal. Pas de visite, mais droit de permission W-E.

« Comment ? commenta Marie infirmière. Avec une sacrée audace, on peut lui accorder ça, pas vrai, Jeff ? Un infirmier que vous connaissiez tous ici, Hervé Hanekke, a été acheté pour truquer son dossier. Il l'a "briefé" pour qu'il s'approprie bien la pathologie en question, et qu'il se prépare à sa grande comédie. Il l'a répétée comme un rôle ! »

Des volutes de fumée montaient en arabesques vers le plafond, dans le bar d'Annecy où Hanekke avait retrouvé

Jeff. Des dossiers ouverts, des photos éparpillées devant eux, ils échangeaient. Visiblement mal à l'aise, Hanekke songeait surtout à ce qu'on lui avait promis. La moitié de la somme venait d'être déposée pour lui sur différents comptes. Déjà, sa vie avait changé. Mais il avait aussi mis le doigt dans l'engrenage, et il savait qu'il n'y aurait pas de retour en arrière. L'infirmier serra les lèvres et s'épongea le front. Il devait garder son calme. Il était également sous leur protection. Et ils étaient assez puissants pour lui promettre une forme d'impunité. Dans quelque temps, il dirait adieu à cet institut qui rendait fou et irait refaire sa vie au soleil. La vie, la vraie enfin, et adieu ! Anne l'avait quitté, mais il trouverait une autre femme. Il savait au moins une chose : avec de la fortune, ce minimum qu'on lui avait toujours refusé, tout serait possible.

Jeff, mal rasé, mais très assuré, donnait quant à lui l'impression de s'amuser. Il répétait, fumant un cigare. Tous deux avaient commandé une pinte de bière.

Au comptoir, à quelques encablures de là, le tueur d'Energy4 les surveillait du coin de l'œil.

« De son côté, continuait Jeanne, Marcus commençait à préparer son dossier avec ses pense-bêtes cryptés, pour en finir… »

Le coursier lui avait rapporté la grosse enveloppe de papier kraft laissée dans la consigne de la gare d'Annecy le jour même de son accident de moto. Marcus l'avait récupérée dans le hall d'Harmonia. Longtemps, il était resté groggy, dans le coma, puis perclus de fractures, le bras dans le plâtre, à lutter pour sa rééducation, contre lui-même et sa mémoire défaillante. À présent qu'il avait ses preuves entre les mains, tout redevenait possible. Tangible. Bientôt, la vérité éclaterait. Hors de question de se laisser avaler par l'oubli. Sinon, tout serait fini, et il terminerait ses jours à croupir ici. Enfin, si ses ennemis ne le tuaient pas avant, d'une façon ou d'une autre ! Mais le plus important était de les empêcher de retrouver les documents. Et lui... Lui devait absolument se souvenir de leur contenu, de l'endroit où il les cacherait. Alors, comment faire ? Peut-être comme autrefois, quand il était enfant, qu'il s'inventait des codes avec ses copains, ou comme dans le conte du Petit Poucet *? Un remonte-fil... Des petits cailloux connus de lui seul ? Personne ne pourrait comprendre, en dehors de lui... Mais lutter, mon Dieu, lutter à chaque instant, chaque seconde, contre cette tempête sous son crâne, ce blanc, ce néant qui prenait possession de lui, toutes les quatre minutes quarante-deux secondes, invariablement ! 4'42, 4'42, 4'42 – ce combat infini et perdu d'avance contre l'oubli !*

Heureusement, Marcus avait un plan.

Et il devait le mettre à exécution très vite.

Le compte-à-rebours était lancé, il se savait menacé.

Il continuait de pianoter sur l'ordinateur qu'il avait réussi à se procurer, commençant à remettre en ordre ses notes, à intégrer les scans et photos de preuves ; il fallait tout expliquer sans perdre le fil, sans... L'effort lui paraissait surhumain, mais lorsque ce serait fini – bientôt maintenant – quelques coups de fil à la presse et quelques clics suffiraient. Il livrerait son témoignage, qui ferait l'effet d'une bombe à fragmentation. Mieux : d'un putain de champignon nucléaire.

De nouveau, l'image de sa femme, de cet enfant qui aurait dû naître, passèrent dans son esprit. Une douleur atroce lui enflamma le cœur. Il gémit, grimaça, refrénant ses larmes... et serra le poing.

Il y laisserait peut-être la vie, mais cette horreur ne resterait pas impunie.

Il sentit soudain une présence. Comme une ombre derrière lui.

Il se retourna, le cœur battant.

Ce n'était qu'Irène infirmière. Elle le regardait en souriant. Il lui sembla qu'elle essayait de voir ce qu'il écrivait. Furieux, il ferma d'un coup sec le capot de son ordinateur.

Merde, merde, merde !

Et maintenant il lui faudrait encore... et encore... retrouver le fil !

« Il a compris que Jeff le menaçait. Mais il faisait semblant d'avoir tout oublié, même ce qui s'était passé *avant* l'accident, rendant Jeff d'autant plus fou ! Au point qu'il lui a écrit ce mot aux lettres découpées : *SOUVIENS-TOI OU MEURS !* »

Ce soir, il avait disputé une partie d'échecs avec cet homme qui venait d'être accueilli à Harmonia. Marcus avait noté le nom sur son petit carnet, et le nouveau venu avait posé de bonne grâce pour une photo sur son iPhone, avant de faire de même pour le sien. Il s'appelait Jeff Dugain. Tous deux s'étaient assis à l'une des petites tables dans la salle de la machine à café. Mais à mesure que leur jeu se déroulait – les règles des échecs faisaient partie de cette mémoire qui n'avait jamais disparu –, Marcus avait compris. Il avait d'abord cillé en devinant comment, par allusions successives et questions apparemment anodines, le talentueux « Jeff Dugain » – saurait-on jamais son vrai nom ? – s'était rapproché du centre réel de ses préoccupations. Marcus avait flairé le piège. Ce Jeff était peut-être dangereux.

Il était peut-être l'un d'Eux.

Marcus disposait cependant d'un autre atout. Il pouvait s'abriter derrière son propre handicap. Sa défaillance de mémoire.

Il avait pris la reine de Jeff en souriant.

Le jeu du chat et de la souris avait commencé.

« Pourtant, cela ne pouvait durer éternellement… Jeff devait obtenir des résultats, et Marcus rendre son dossier étayé et public. L'un et l'autre étaient pris à la gorge. La tension n'a cessé de monter… Marcus jouant partiellement les imbéciles, Jeff sur le fil jouant les gentils tout en rongeant son frein et en risquant à chaque moment de se trahir. Et, le soir du drame… »

La fête démarrait. Au-dehors, la nuit était tombée. On avait allumé les lumières. La boule à facettes s'animait. Un buffet était dressé non loin, une porte donnant sur la pièce attenante où étaient entreposés d'autres provisions et divers matériels. Des stroboscopes fonctionnaient par intermittence. Un lecteur de CD était installé, un peu en équilibre, sur le radiateur ; mais, pour le moment, Myriam jouait de son violon. On avait déroulé une banderole JOYEUX ANNIVERSAIRE, *et certains commençaient à grappiller quelques bretzels, petits-fours et autres cacahuètes, en attendant les tartes salées et les pâtisseries. On avait droit à du champagne. À une petite table, Honecker faisait un Scrabble tout seul, indifférent au reste du monde. Les mains moites dans sa blouse, Hervé infirmier surveillait l'assemblée d'un œil nerveux. Et tout près de Marcus... Jeff devenait menaçant. Il lui chuchota quelque chose. Marcus fit mine de ne pas comprendre, mais cela ne prenait plus. Jeff tentait maintenant de l'intimider, de le pousser dans ses retranchements, pour en avoir le cœur net.*

« Ce soir-là, Marcus est au bord de tout révéler. Il faut absolument récupérer les preuves, les détruire et se débarrasser du gêneur ; après, il sera trop tard ! Jeff, à bout, craint sans doute de devoir en venir au pire. Prêt à toute éventualité, il a caché une arme. Et en effet, le ton monte. Plus le choix. À mesure que la fête se déroule, il est évident que Marcus ne peut plus la quitter vivant – mais sa mort doit passer pour un "accident" ! »

Jeff, mâchoires serrées, le regard dur, s'approcha l'air de rien d'Hanekke, qui pâlit. L'infirmier s'efforça de masquer son trouble. L'enjeu : il ne fallait pas perdre de vue l'enjeu ! Et puis n'avait-il pas été payé ? Le temps de l'action était venu. Après une brève conversation, Hanekke, au moins satisfait de se forger un alibi à la demande même de Jeff, mima un appel sur son portable. Il appellerait son père une fois franchies les portes coupe-feu. Il glissa discrètement son pass dans la main de Jeff et crut, un moment, que Michel Honecker, levant l'œil de son Scrabble solitaire, l'avait remarqué. Peu importe – il aurait oublié en quelques minutes. Se passant la langue sur les lèvres, Jeff inspira profondément. Le professionnel qu'il était reprenait le dessus. L'air d'un fauve aux aguets, guépard tapi dans les hautes herbes, il attendit quelques secondes, le temps d'être sûr que les portes étaient bien condamnées.

La vessie d'Honecker le chahutait un peu.

Oh là, j'ai envie de pisser, moi.

L'ancien député européen se leva, vaguement empesé, et se traîna vers les toilettes en haussant le sourcil, considérant le buffet d'un air amorphe, dans le dos de Jeff qui ne le vit pas. Celui-ci commença à dérouler son grand jeu. Il fallait maintenant être rapide. Précis. Efficace. Sous le prétexte faussement enjoué d'une tournée et d'un divertissement, Jeff fit entrer les patients dans la salle attenante où attendaient les autres gâteaux et le champagne ; mais il en refusa l'accès à Marcus. Il bloqua la porte avec une chaise, et avant même que Marcus ait pu proférer le moindre son, le menaça de son revolver en attrapant l'une des guirlandes électriques.

« Mais... Mais... »

Il la fit passer par-dessus la poutre du foyer devant Marcus hébété puis glissa un tabouret sous la guirlande, forçant l'ex-comptable incrédule à y monter. Celui-ci voulut crier.

« Mais... AU S...

— Tu l'ouvres, et c'est fini. Tu comprends ça, n'est-ce pas ? »

La vue du canon de l'arme dissuada Marcus de faire le moindre geste. Il sentit la panique le gagner. Jeff lui saisit la nuque et le contraignit à passer la tête dans le nœud.

« Qu... Qu'est-ce que tu fais ? »

Jeff resta de marbre et se contenta de serrer la corde sur la gorge de Marcus.

« Fini de jouer, Marcus. Où sont les preuves ? »

Les pieds de Marcus vacillaient sur le tabouret.

Ses yeux s'agrandirent.

Sous l'effet du stress et de sa pathologie, tout s'embrouillait à présent dans la tête de Marcus. Ses notes lui semblaient bien loin, tout à coup ! Était-il bien sûr lui-même, tout à coup, de comprendre ce qu'il se passait ? Il commença à haleter, la gorge en feu, cherchant sa respiration. Lorsqu'il voulut porter les mains à son cou, Jeff les lui rabattit violemment derrière le dos.

Marcus vit sa mâchoire serrée et l'éclat métallique dans ses yeux.

« Tu... Tu ne vas pas... Au... Au sec... »

Depuis la pièce attenante, la poignée joua sur la chaise en grinçant. Les autres essayaient de sortir !

« Mais en cours de route, quelque chose a grippé la machine. Pour une raison ou une autre, Jeff a dû être interrompu ! »

Bruit de chasse d'eau. Soudain, Honecker sortit des toilettes en rajustant sa tenue. Jeff se tourna aussitôt dans sa direction, comme monté sur ressort. Tous deux se figèrent. Honecker fronça les sourcils, voyant Marcus la guirlande au cou, et Jeff qui le menaçait d'un revolver.

« Mais... Qu'est-ce que tu fais ? » demanda Honecker à son tour, interloqué.

Jeff réalisa : il en avait oublié un !

Pris en flagrant délit, il lâcha la guirlande. Honecker poussa un cri étouffé en soufflant comme un bœuf, se jetant sans réfléchir sur Jeff. Celui-ci hésita – mais s'il tirait, tout serait fichu pour de bon ! Alors, ce fut l'empoignade ; Marcus voulut en profiter pour retirer le nœud coulant. Mais – acte intentionnel, impulsif, coup de pied donné au hasard ? – Jeff faucha le tabouret sous le corps de son adversaire, qui s'affaissa au bout de la guirlande électrique. Celle-ci se mit brutalement en marche, les petites ampoules chantantes éclairant la scène de leurs lueurs bleues, rouges, vertes, oranges, jaunes.

Reprenant son souffle, Honecker eut le temps, cette fois, de crier…

« AU SECOURS ! »

Dans la pièce voisine, on se figea. Myriam tourna la poignée de plus belle, en vain.

« C'est fermé ! »

Babakar lui fit signe de s'écarter et essaya à son tour.

La porte était bel et bien coincée !

Il donna du pied à répétition : la chaise bloquant la porte trembla.

Jeff, lui, repoussait brutalement Honecker qui, soudain projeté en arrière, bascula, entraînant dans sa chute le plateau de Scrabble de la petite table. Les lettres s'éparpillèrent sur le sol. Honecker se frappa violemment la tête contre le mur. Sonné, il se sentit aspiré par un trou noir.

Jeff, en nage, se retourna au moment même où se renversa ladite chaise. Babakar, musculeux, le regard vif et inquiet, fut le premier à faire irruption dans la pièce. Il découvrit Jeff, Honecker à terre, le menton baissé, les yeux fermés, les bras de chaque côté du corps, à moitié assis contre le mur, les jambes allongées. Et surtout Marcus qui gigotait, agitant ses propres jambes dans le vide, sous sa guirlande scintillante. La bouche ouverte, le pendu suffoquait et roulait des yeux de poisson mort. Ses mains tentaient désespérément d'arracher la guirlande, ne parvenant qu'à la resserrer, ses pieds tremblants et tendus cherchant un appui qui n'existait plus. Il eut un râle interminable, et les autres sortirent à leur tour.

Merde merde merde merde.

Jeff braqua son revolver vers les témoins – c'était la cohue ! Babakar se jeta en avant pour intervenir mais, découvrant le canon de l'arme pointé dans leur direction, se retint et étendit instinctivement le bras pour empêcher les autres de faire de même.

Derrière Jeff, Marcus rendit l'âme dans un hoquet, ses pieds s'agitant pour la dernière fois.

Tous se mirent à hurler. Certains, ne comprenant rien, attrapèrent leur smartphone. David prit des photos du pendu à la volée. Jeff réagit au quart de tour :

« Mettez-vous tous face au mur, mains sur la tête ! »

Ils se regardèrent, déboussolés, papillonnant des yeux.

« Allez, bande de tarés ! FACE AU MUR ! »

Terrorisés, ils hésitèrent encore un instant puis, à la suite de Myriam et de JB, tous obtempérèrent sous la menace.

« Toi, connard, hurla-t-il à l'adresse de David soudain tremblant, tu ranges ça ! Rengaine ton portable,

et mains sur la tête ! Vous tous, regardez le mur et ne bougez plus ! C'est pigé ? REGARDEZ LE MUR ET NE BOUGEZ PLUS *! »*

Jeff, dégoulinant de sueur à présent, braquait son arme sur David, qui rangea son portable et leva les mains. Babakar avisa la fenêtre, tout près de lui. La nuit au-delà pourtant, cette nuit d'encre semée de flocons blancs, résonnait en son âme comme un néant angoissant. Mais il n'avait pas le choix. D'autant moins que le temps – le Temps – avançait. Coup d'œil à Jeff : il alignait les autres face au mur. Mais que se passait-il ? Plus le loisir de réfléchir. Babakar choisit de tenter sa chance. Mû par sa soudaine inspiration, il ouvrit la fenêtre. Jeff se tourna vers lui quand il enjambait le montant, d'un bond rapide et leste.

« Non. NON *! »*

L'instant d'hésitation de Jeff suffit à Babakar, qui sauta tandis que le vent s'engouffrait dans la pièce. Jeff se maudit et lâcha une flopée d'injures en se précipitant vers la fenêtre. Deux étages plus bas, Babakar atterrissait dans la poudreuse en poussant un cri. Une entorse, probablement. Mais déjà, le colosse se relevait, s'avançant péniblement dans la nuit, creusant dans la neige des empreintes profondes. Il boita, trébucha, porta une main à son front. Le canon de l'arme hésita encore ; Jeff, en panique, oscilla entre Babakar, qui s'enfuyait, et ces témoins impossibles devant leur mur. Il jura encore, puis se ravisa, laissant Babakar trébucher de nouveau dans la poudreuse, la tête rentrée dans les épaules. Passé le halo pâle d'une lumière extérieure, il serait avalé par la nuit. Jeff leva les yeux au ciel

– c'est pas vrai, mais nom de Dieu, c'est pas vrai ! – *et se retourna vers les patients.*

La situation était insensée.

Ils étaient alignés face au mur, leur regard plongé dans le blanc, les mains sur la tête. On aurait dit une rangée de dangereux suspects.

David fermait les yeux ; ses lèvres tremblèrent.

Lentement, il se mit à répéter, pour se rappeler...

« Jeff a tué Marcus... Jeff a tué Marcus... Jeff a tué Marcus... Jeff a...

— REGARDEZ LE MUR ! » hurla Jeff.

Jeff chassa les perles de sueur au-dessus de sa bouche. Le pistolet toujours pointé vers les patients, il jeta un œil à la pendule : 20 h 38.

« On... On va jouer, dit-il d'une voix éraillée. On joue, c'est un jeu ! »

Jeff pouvait remercier le sort, d'une certaine manière : le désarroi coutumier des malades dû à leur handicap les avait accoutumés à la docilité lorsqu'il s'agissait d'injonctions fermes, ou de se plier aux activités et autres ateliers organisés pour eux – eux qui, d'une certaine façon, étaient comme perpétuellement assiégés. Jeff tapa dans les mains et alluma le lecteur CD, puis lança les stroboscopes. Les touches de lumière multicolores éclaboussèrent la pièce, se répercutant sur la boule à facettes, inondant le mur, dessinant au regard des témoins un kaléidoscope hypnotique. Rouge, jaune, vert, bleu ! Le lecteur se mit à tonitruer : « JOYEUX ANNIVERSAIRE, JOYEUX A-NNI-VER-SAIRE, JOYEUX ANNIVERSAIIIRE. » Et Marcus pendait au bout de sa guirlande électrique qui clignotait toujours, se balançant de manière presque imperceptible, les yeux vitreux, sa langue violacée sortant de ses lèvres. On aurait dit qu'il dansait.

« Bougez plus ! Lààà... C'est un jeu ! »

Pendant ce temps, Honecker, hébété, sortit de sa léthargie. Le regard chavirant, il découvrit cette scène surréaliste, faite de fanfare guillerette et de lumières hallucinatoires qui couraient sur le dos des témoins. Jeff jouant de son revolver. Ce drôle de pendu oscillant à une poutre. Faible, choqué, la bouche pâteuse, Honecker tenta en vain de se relever. Mais il se sentait plonger de nouveau. Non, non... Il devait... Il s'aperçut que ses jambes étaient allongées non loin des lettres de Scrabble, éparpillées près de la table qu'il avait emportée en tombant. Une idée fulgura au milieu de sa confusion. Ses doigts tâtonnèrent à la recherche de quelques lettres, tandis que la douleur tonnait de plus belle dans sa tête. Il essaya de nouveau de se redresser, mais son pied glissa et il se cogna derechef. Il sentit le siphon l'aspirer pour de bon.

Jeff regarda la pendule une fois encore : 20 h 41.

Allez, il fallait tenir, tenir !

Les témoins.

Le mur.

Les stroboscopes.

« JOYEUX A-NNI-VER-SAIIIIRE ! »

Les témoins se tournèrent les uns vers les autres, hébétés.

Pendant ce temps, Babakar errait dans le parc, sous la neige, dans la nuit. Il avait encore ralenti sa marche, se souvenant qu'il fallait à tout prix dire... Dire quoi ?

Et que faisait-il ici, dehors ? Pourquoi avait-il si mal à la cheville ? Et à son front... C'était du sang ! Une goutte tomba dans la neige. Il regarda autour de lui, désorienté, ne sachant plus où aller. Ces sapins menaçants. Ce rideau de flocons doux et glacés qui l'enveloppait. Il emprisonna ses épaules de ses bras pour ne pas grelotter. Et ce bâtiment familier, aux lumières allumées... Le contourner encore. Se mettre au chaud, à l'abri ! C'était là qu'il devait aller, n'est-ce pas ? Cette lueur orange à l'entrée, là-bas, c'était forcément l'entrée ! Il avança de nouveau péniblement, parvint à l'orée du parking, retrouva le sol ferme et boueux, et accéléra sa marche malgré la douleur. Il parvint aux portes d'entrée d'Harmonia... Elles étaient fermées ! Était-ce parce que la nuit était tombée ? Mais quelle heure pouvait-il bien être ? Quel jour ? Quelle année ? Il tambourina, ses mains de boxeur frappant la vitre épaisse dans des bruits sourds. IRÈNE INFIRMIÈRE *arriva, stupéfaite et affolée, rajustant son chignon en trottant dans sa blouse ; d'un geste, elle usa de son pass pour lever la sécurité des portes. Elle reçut le boxeur presque dans ses bras, haletant, au bord de s'affaler, comme jadis, jadis lors de son dernier round. Elle faillit elle-même basculer en arrière.*

« Babakar ? Mais... Qu'est-ce que tu fais là ? Tu... Tu t'es blessé ? »

Il la regarda, abruti, mal en point. Il chercha à se souvenir.

« Ben je... Je... Je sais pas ! » dit-il d'une voix désespérée.

Il se sentait la bouche anormalement pâteuse. Hanekke déboucha à son tour dans le hall, et n'avait guère à se forcer pour mimer la panique ; son front luisant était maculé de sueur. Enfin, Nathalie Hauteville les rejoignit, jaillissant en trombe des couloirs.

Jeanne continuait :

« Et pendant qu'Hervé ne lançait l'alerte qu'au dernier moment, pour gagner du temps… »

Au foyer, Jeff, lentement, baissa son pistolet. Enfin !

Aucune réaction.

Lui aussi avait mis ces instants à profit pour réguler sa respiration et reprendre le contrôle de lui-même. Professionnel. Pas le moment de flancher. Concentré, il saisit un mouchoir dans sa poche et se mit à nettoyer l'arme avec vigueur, de la crosse au canon – toujours sans quitter les patients des yeux. Puis, marchant de biais, il s'approcha de la fenêtre, hésita une dernière fois et jeta l'arme au-dehors, le plus loin qu'il put !

Le pass, bordel, le pass aussi, j'ai failli l'oublier !

Ses mouvements s'accélérèrent. Il nettoya également le pass d'un coup de mouchoir, et le glissa dans la poche du pendu.

Enfin, redevenu calme, il prit place au bout à gauche, à côté des témoins, dociles face au mur.

Lentement, discrètement, il posa ses mains sur sa tête lui aussi.

Myriam lui jeta un coup d'œil, à la dérobée.

Jeff lui sourit, puis regarda le mur toujours inondé des flashes des stroboscopes, le désignant d'un coup de menton et engageant sa voisine à faire de même.

Myriam obtempéra. Et pendant ce temps, David murmurait :

« Jeff a… Non… Marcus… Marcus a… Quoi déjà ? »

Jeff avait baissé la tête. Il chercha à le court-circuiter, marmonnant à son tour :

« Marcus a joué avec Albert. Marcus a joué avec Albert. »

Ledit Albert, paumes sur le crâne, osa, d'une voix presque chevrotante :

« On… On fait quoi au juste, là ? »

Jeff, ruisselant, les considéra du coin de l'œil. Alors, très doucement, Albert descendit ses mains. Puis ce fut au tour de JB. Myriam, elle aussi, finit par quitter sa posture hiératique, et se retourna. Elle étouffa alors un hurlement, portant les mains à sa bouche. Un à un, les autres firent de même, sans pouvoir retenir leurs exclamations de stupeur et d'effroi.

Ils « redécouvraient » la scène !

Marcus pendait au bout de sa guirlande, les bras ballants. Le tabouret fauché tout près de lui.

Honecker reposait contre le mur du fond, tel le Dormeur du Val. Les lettres du Scrabble éparpillées autour de lui et de la petite table renversée.

Jeff hurla, forçant à peine le ton, et tendit l'index vers son « suicidé » :

« Oh mon Dieu, il s'est pendu ! Marcus s'est pendu ! »

Myriam hocha la tête dans une grimace, blême.

« Marcus s'est pendu ! MARCUS S'EST PENDU *! répétait Jeff à la cantonade.*

— Mais c'est HORRIBLE *! » s'écria JB.*

Jeff s'épongea le front ; il coupa musique et stroboscopes, et tandis que l'on prenait de nouvelles photos de

Marcus, il s'empressa de ranger la chaise restée devant la salle attenante au foyer. Puis il tonitrua :

« Vite ! Il faut prévenir les secours ! »

Comme en réponse à cette injonction, des coups sourds retentirent contre la double porte coupe-feu de l'entrée ; on y tambourinait avec force.

Soudain, Hanekke, talonné par Irène et Nathalie, ouvrit les battants, tel un diable jaillissant de sa boîte. La blouse défaite, il manqua de se casser la figure en entrant ; l'effet aurait pu être comique, si la situation n'avait été si grave. Il était blanc comme un linge, d'une lividité cadavérique, comme celle qui ne tarderait pas à gagner le pendu ; ainsi dégingandé dans sa blouse flottante, il évoqua à Jeff une sorte de vampire échappé des Carpathes. Hanekke faillit défaillir en voyant Marcus. Puis il coula un regard oblique et interrogatif à Jeff.

Celui-ci le rassura d'un simple clignement d'yeux et se concentra de nouveau sur son numéro, mimant l'effarement, priant encore pour ne pas être dénoncé. Ces mémoires défaillantes ! C'était imparable. Quels ânes !

Marcus était mort, mais au moins l'essentiel était sauf : les preuves, si preuves il y avait, ne quitteraient jamais l'enceinte d'Harmonia. Personne ne pourrait jamais reconstituer un tel puzzle ! Jeff dissimula un sourire soulagé et vainqueur.

Rasséréné, Hanekke se précipita :

« MARCUS ! Mais que s'est-il passé ?

— Ne... Ne touchez à rien ! » eut le réflexe de lancer Nathalie.

À présent, Jeff ne savait plus que dire. Jeanne lui glissa sous les yeux, presque avec nonchalance, l'un des agrandissements de la scène du crime. On y voyait la même table, renversée, avec le Scrabble et ses lettres éparpillées à terre – et le mot *JEF* inscrit à la va-vite sur le sol !

« Bien joué, commenta-t-elle. Mais l'un d'entre eux s'est débrouillé pour garder une trace de votre identité, avant que tout ne soit effacé de sa mémoire. Nous avions la solution sous les yeux dès le départ ! Ces lettres à terre, ce ne pouvait être un hasard ! »

Au-dehors, dans son sapin, le tueur se passa la langue sur les lèvres. Il jura entre ses dents, le doigt sur la gâchette.

« Putain de merde, mais c'est quoi ça ? Ils prennent le thé ou quoi ? »

Au foyer, Jeanne conclut :

« Bravo, Jeff. Quelle prestation. Ça aurait pu marcher. Mais voilà, vous n'avez réussi qu'à tuer votre principale source et à exécuter votre complice ! »

Davy s'approcha d'un air définitif.

« Vous êtes en état d'arrestation. »

Jeff, aux abois, embrassa du regard l'assemblée incrédule. Au pied du mur. Il bafouilla, d'une voix de stentor :

« T… Tout ça, c'est n'importe quoi ! »

Autour de lui, on le regardait sans comprendre. Albert résuma le sentiment et la perplexité généraux en demandant soudain :

« Euh… Vous pouvez répéter ? »

Ce bref moment de distraction suffit à Jeff.

Maintenant, il fallait survivre.

Prenant appui sur ses deux jambes, il glissa les mains sous la table où il était encore assis et, se tendant, la souleva d'une poussée ! David et JB reculèrent et manquèrent de tomber, surpris. Les lettres volèrent en pluie au milieu de cris de stupeur. Jeanne chercha son revolver mais Jeff fit voler son arme d'un coup sec, qu'il tenta de récupérer au passage. Albert ouvrit de grands yeux.

« *Hep hep hep !* »

Et il se jeta sur lui pour l'entraver !

Au-dehors, l'œil du tueur s'ouvrit également.

Le doute n'était plus permis, et il se souvint de la consigne.

Il tira.

29

Otage

Davy n'était pas resté sans réaction. Au moment où il allait se jeter à son tour sur Jeff, une balle filant à neuf cents mètres à la seconde traversa la fenêtre dans un *pfuiiit*, dessinant une étoile sur la vitre et se logeant tout près de lui : elle effleura le visage de JB, qui étouffa un cri, avant de terminer sa course dans un carton de matériel. Nathalie sursauta. Profitant de la confusion, Jeff, qui donnait de violentes ruades, parvint à se libérer et saisit sur une étagère voisine une paire de ciseaux utilisée d'ordinaire pour les activités. En un éclair, il attrapa la taille de Myriam à ses côtés, qui eut un hoquet et un étrange déhanché de pantin désarticulé alors qu'il la plaquait contre son corps. Il plaça aussitôt les ciseaux sous sa gorge.

« Salope ! éructa Jeff. Reculez ou je la crève ! »

Dans le même moment, Jeanne avait récupéré son arme tombée sur le sol. Découvrant la situation, elle se figea, les bras tendus. Une autre balle siffla et, traversant de nouveau la vitre, manqua cette fois d'atteindre

Jeff lui-même, qui s'était à l'instant positionné de biais. Jeanne comprit. C'était un miracle que personne ne fût touché. Il y eut comme une microseconde suspendue, puis elle s'écria :

« À l'abri ! Tous ! »

On hurla. Certains, en panique, se jetèrent à terre. Jeff, prenant soudain conscience qu'il était visé, se tourna vers l'extérieur, sidéré, jetant en direction de la fenêtre un regard de travers.

« Oh l'enculé ! »

Jeanne marcha en tirant au hasard et à répétition à travers la vitre. De nouvelles gerbes d'étoiles s'y dessinèrent ; elle se zébra de part en part et, tout à coup, céda d'un trait avec fracas en répandant sur le sol des myriades de petits bouts tranchants.

Les cris ajoutèrent au bruit des détonations.

Hauteville et Davy, réagissant enfin, se précipitèrent pour pousser les patients au-dehors, tandis qu'Irène restait tétanisée :

« Venez. Venez vite ! »

À l'extérieur, ce fut le branle-bas. Les policiers en position s'animèrent, et le chef des opérations attrapa ses binoculaires. D'autres avec lui tentèrent de repérer la provenance des tirs depuis la forêt. L'un d'eux décela finalement un mouvement.

« Là ! »

Un autre renchérit :

« *Là !* Il est là !!! »

Le commandant saisit son micro et souffla à l'oreillette des snipers disposés sur le toit :

« À 11 heures, deux cents mètres. Le sapin ! »

Derrière sa lunette, l'œil du tueur s'agrandit.

Putain mais c'est pas vrai ! Repéré !

En un instant, il releva le canon de son arme et reflua à l'abri des branches touffues du conifère. D'un geste, il fit coulisser le mousqueton de sa nacelle et descendit en rappel derrière le tronc. L'ensemble n'avait pas pris cinq secondes. Il lui en fallut dix de plus pour remballer en vrac son équipement. Puis il se précipita dans la neige, filant vers son jet-ski à l'abri de la forêt, tandis que, sur le parking d'Harmonia, le commandant hurlait, à l'adresse du central, cette fois :

« On va avoir besoin de l'hélico ! »

À l'intérieur, Jeff, en très mauvaise posture, profita de ce moment de latence pour entraîner Myriam vers la sortie, marchant à reculons dans les couloirs.

« Cherchez pas à nous suivre, pigé ? »

Hauteville passa sa tête depuis l'ouverture de la pièce où ils venaient de mettre les patients à l'abri. Davy avait dégainé son arme. Il voulut tenter quelque chose, mais Jeff, appuyant de plus belle la pointe des ciseaux contre la gorge de son otage, fit pousser un bref cri à la violoniste qui le dissuada de bouger.

« Allez, doc, les clés de la caisse de service ! rugit Jeff. ALLEZ ! »

Hauteville le suivit, s'engouffra dans son bureau, saisit les clés dans son tiroir et les jeta. Jeff les attrapa au vol.

Jeanne bouillait, l'arme tendue.

Trop dangereux, on risque de la descendre !

Une poignée de secondes plus tard, Jeff sortait du hall d'Harmonia par les portes coulissantes, traînant Myriam sur le parking vers la voiture de service. Aussitôt, on entendit des cliquetis de toutes parts. Les canons se pointèrent dans sa direction, la voix du commandant grésilla à l'oreille des snipers.

Les flics surarmés prirent Jeff en joue.

Il y eut un bref moment surréaliste lorsque, dans le même instant, on vit soudain débouler le lieutenant Ricœur en blouse blanche, les pans volant au vent, son badge MARIE INFIRMIÈRE sur la poitrine et sa chevelure en bataille, pointant à son tour le revolver vers le parking.

« Allez, amène-toi ! » hurla Jeff à Myriam, égarée et tremblante.

Il se couvrait du corps de la violoniste, titubant, tournant la tête en tous sens.

« Et vous, reculez ! s'écria-t-il à l'adresse des policiers. Jetez vos armes, et reculez !

— Il a un otage ! Faites ce qu'il dit ! » hurla Jeanne.

Le commandant relaya. Un sniper murmura :

« Je le tiens ! Je le tiens…

— *Négatif, négatif !* répliqua le commandant en penchant sa tête casquée vers le micro à son revers. L'otage avant tout ! Baissez votre arme ! »

Le sniper jura.

Tous baissèrent leur arme à regret, un à un.

Jeff s'engouffra à l'abri de la voiture le premier, usant toujours du corps de Myriam pour se protéger, et l'attira brutalement à l'intérieur. Elle fit une grimace.

Il glissa côté passager tandis que Myriam jetait autour d'elle des regards affolés.

« Mais… Qu'est-ce que je fais ici ? »

Jeff sentit sa panique monter : elle cherchait le loquet de la portière et s'apprêtait à tambouriner contre la porte. Ses ciseaux devenus encombrants dans la main, Jeff serra les dents : soudain, il lui décocha un coup violent sur le crâne. Le visage de Myriam valsa sous le choc et alla frapper contre la vitre. Ses membres se firent lourds, son menton s'affala sur sa poitrine, et sa tête chut légèrement de biais.

« Que fait-il ? Que fait-il ? hurla le commandant.

— On ne voit pas ! On ne voit pas bien ! répondit un sniper. Je répète : *pas de visuel !* »

Aussitôt, le véhicule rugit et démarra en trombe.

Jeanne se précipita à son tour vers sa propre voiture.

« Laissez-le passer ! Je le prends en chasse ! »

30

Course-poursuite

La poursuite était engagée dans les lacets de la forêt sur la route glissante, de poudreuse et de boue mêlées. Même avec des pneus neige, à chaque virage, le dérapage pouvait être fatal. Les véhicules de Jeff et de Jeanne se suivaient à quelque distance sur le ruban de la chaussée, entre les hauts conifères. Jeff n'avait eu qu'à franchir le barrage, abandonné par les flics partis à la recherche du tueur ; Jeanne avait été la première à se jeter dans sa voiture, immédiatement suivie par d'autres et par deux camions. Elle avait plusieurs centaines de mètres d'avance et continuait de conduire en véritable Fangio, donnant des coups secs sur le volant, maxillaires serrés, cherchant avec difficulté à contrôler sa course.

Dans la voiture de Jeff, Myriam se réveilla. Complètement désorientée, elle grimaça sous l'effet de la douleur et toucha son crâne sans comprendre.

Puis elle regarda la route et Jeff, qui lui aussi conduisait frénétiquement.

« Où est-on ? Pourquoi tu vas si vite ? trembla-t-elle.

— T'es blessée… Je t'emmène… À l'hôpital ! »

Il donna un coup de volant, et elle manqua de se cogner encore. La paire de ciseaux laissée près de la boîte de vitesses glissa sur le plancher de la voiture dans un éclat métallique. Myriam la découvrit, interdite.

Jeff jeta un regard dans le rétroviseur. Le véhicule de Jeanne bondit.

L'avantage était au chasseur. Elle se rapprochait. Appuyant de nouveau sur l'accélérateur, Jeanne prit un virage à la corde, comme dans les rallyes qu'elle avait vus de temps en temps à la télévision ; la voiture dérapa et sa portière siffla contre les congères bordant la route, faisant gicler des particules glacées. Elle braqua et se remit en place, accélérant encore, au point de taquiner bientôt l'arrière gauche du véhicule de Jeff, qui tenta d'accélérer à son tour. Un accrochage, et la voiture de Jeff tangua. Jeanne profita de son avantage pour passer la quatrième. Elle donna un violent coup de volant à gauche, tamponnant cette fois le véhicule de Jeff pour de bon, dans un bruit sourd de tôle froissée. Elle aperçut un instant le visage éberlué de Myriam qui la regardait par la fenêtre. Jeff tenta de se rétablir en patinant, la voiture oscilla de droite et de gauche, faillit faire un tête-à-queue, puis repartit. Le faux trader riposta et, dans un chaos sonore, obligea Jeanne à s'écarter, avant d'accélérer encore. Dans l'habitacle, « Marie infirmière » se mordit les lèvres, les mains tremblantes sur le volant ; la longue blouse sur ses jambes gainées de cuir la gênait.

Au dernier choc entre les deux véhicules, la tête de Myriam avait de nouveau heurté le plafond.

« Mais… Où va-t-on ? »

Jeff n'en pouvait plus – et cette mine enfarinée qui ne comprenait rien à rien !

« À L'AÉROPORT ! » jappa-t-il.

Ce fut à cet instant qu'au sens propre comme au figuré, il perdit les pédales ; alors qu'il venait de reprendre quelques mètres d'avance, il négocia mal le lacet suivant. La voiture dérapa d'un coup ; il essaya en vain de redresser et alla se fracasser contre un arbre. Ils sursautèrent sous le choc, le déploiement du double airbag les surprit tous deux, leur visage y plongeant à s'étouffer ; à l'avant, la carrosserie se froissa dans un vacarme épouvantable.

Jeanne dut piler de toutes ses forces, donnant du volant à droite dans un hurlement de freins que redoubla le sifflement de sa glisse sur la boue et la neige. Elle dérapa à son tour dans le fossé voisin. La voiture sembla se balancer un instant, avant de piquer du nez sur une soixantaine de centimètres.

Puis ce fut le silence.

Mais déjà, Jeff, le front sanglant, s'extirpait de son propre véhicule, d'où s'échappaient quelques volutes de fumée. Exhalant des bouffées de givre, il se précipita dans la forêt.

Jeanne, un peu sonnée et titubante elle aussi, sortit à son tour.

Elle entendit le bruit des pales d'un hélicoptère, de sirènes de police. Elle s'élança aussitôt vers Myriam, complètement déboussolée, pour l'extraire de son airbag.

« Rien de cassé ? Venez… »

Elle nota au passage que les ciseaux traînaient à terre ; Jeff, sans doute sonné lui aussi, ne les avait donc pas emportés. En hâte, elle retraversa la route et fit rentrer Myriam dans sa propre voiture ; l'asseyant d'autorité, elle la boucla avec la ceinture de sécurité, le nez en avant.

« Restez là et ne bougez plus ! Vous entendez ? On va s'occuper de vous. Ils seront là avant, euh… Avant cinq minutes ! »

En effet, les autres véhicules de police arrivaient ; elle tendit le bras et parvint à attraper sa radio CB.

« Ricœur à toutes les voitures ! Il s'est enfui dans la forêt ! L'otage est sauf ! Je répète : l'otage est sauf dans ma voiture ! Je me lance à la poursuite du suspect ! »

Elle claqua sa portière au nez de Myriam et la regarda :

« Je te jure qu'il va payer. »

Elle dégaina de nouveau son arme.

31

Dans la forêt

Une curieuse partie de cache-cache avait commencé.

Un silence lourd, fantastique, s'était abattu sur la forêt.

Jeanne avançait dans la neige. Elle était perdue, tel le Petit Chaperon rouge, minuscule au milieu de ces conifères immenses, serrés comme une armée en bataille, leurs cimes allant se perdre dans le ciel uniforme et poudreux. Ce qui la frappa, inconsciemment, fut sans doute l'absence totale de bruits naturels, nul souffle dans les arbres malgré le vent, nul bruit d'oiseaux… Même l'arrivée des renforts lui semblait appartenir à un autre monde. C'était comme si elle avait basculé dans une autre dimension. Dans un cauchemar, peut-être, dans un délire hypnagogique. Il faisait sombre au cœur de ce paysage glacé.

Jeanne marchait les bras tendus, revolver au poing. Elle entendait distinctement sa respiration. Le sang cognait à ses tempes. Ses mains moites gelaient sur la crosse. Si elle avait encore un pantalon de cuir et des chaussures fourrées à peu près convenables, elle était sortie en furie sur le parking avec pour seul vêtement un petit haut, sous sa blouse de Marie infirmière. Quiconque se fût trouvé en face d'elle en cet instant l'eût sans doute prise pour une folle échappée de l'asile, et ses grands yeux mouillés, ces prunelles vibrantes de tension ne l'eussent pas démenti.

Elle grelottait.

Ne pas briser sa concentration.

Elle était aux aguets. Dans cette poursuite qu'elle venait d'engager, au cœur de cette forêt sauvage, où quelques secondes suffisaient à vous faire oublier toute civilisation, il lui sembla qu'allait se jouer quelque chose d'immémorial, de l'ordre du conte, de ce mythe où elle avait, depuis le début, le sentiment d'évoluer comme en funambule. Elle, naviguant au milieu de mémoires brisées et de patients perdus, cherchant sa voie comme eux, avec eux, dans ce monde indéchiffrable. À présent, elle devait se couler dans la peau du chasseur. Car il y avait un chasseur et un chassé – même si elle n'était pas très sûre de savoir exactement qui était le prédateur et qui était la victime.

Dans ce songe éveillé, elle peinait non seulement à se départir d'un sentiment d'irréalité, mais ses mouvements lui paraissaient plus que jamais empesés. Elle se tournait de droite et de gauche, les nerfs à vif, l'esprit à l'affût. Seul le froid la rappelait à des émotions, des sensations primaires, ou primales. L'une d'elles, à cet instant, dominait toutes les autres : dans cette grande forêt enneigée, il s'agissait maintenant, pour Jeff comme pour elle, de survivre.

Les pales tournoyantes de l'hélicoptère trouèrent le ciel dans un rugissement, et le pilote amorça un virage en direction de cet océan de sapins qu'il survolait maintenant. En contrebas, sur la route qui dessinait son étrange ruban sinueux au cœur du paysage, camions et voitures de police pilaient auprès des deux véhicules accidentés ; déjà, des agents claquant les portières de leurs voitures en pagaille se précipitaient vers Myriam : celle-ci venait de sortir au milieu de la route en regardant autour d'elle, éperdue. Elle faillit se faire renverser par le véhicule de Davy, qui freina devant elle dans un jet de neige.

L'Antillais en surgit.

Jeanne se faufilait toujours entre les arbres. On était seulement en fin de matinée, et pourtant elle avait le sentiment que la nuit tombait. Était-ce du fait de la densité de la forêt, de ces parasols d'épines ?

Là. Elle avait cru voir une ombre bouger.

Oui, la forêt était dense mais, au vu de son relief accidenté, Jeff avait dû progresser avec autant de difficulté qu'elle et n'avait pas pu prendre beaucoup d'avance. Il n'avait pu disparaître si vite !

« Jeff, rendez-vous ! » s'entendit-elle crier soudain…

Davantage sans doute pour exorciser sa frayeur et se rappeler qu'elle était encore bel et bien de ce monde que dans l'espoir d'avoir gain de cause. Elle se dit que son réflexe était stupide, puisqu'elle venait de trahir sa position. En même temps, elle était armée, contrairement à lui. L'écho de sa propre voix, se répercutant dans le silence, l'emplit de terreur. Écho qui parut s'éteindre dans ce faux crépuscule de midi, cette atmosphère étrange qui lui fit songer, absurdement, à une sorte d'éclipse. Le paysage dansait devant ses yeux. D'infimes particules le noyaient peu à peu dans la pénombre, la neige virant au gris, la lumière comme avalée par la respiration des arbres. La forêt semblait un organisme exsudant sa propre angoisse face à l'avancée de ces ténèbres improbables. L'ogre se penchait sur Jeanne, qui écoutait mourir sa propre voix, clignant des yeux, hallucinée dans les bois, pointant son revolver en tous sens, la vue brouillée par la fatigue et la peur. Rencontrerait-elle soudain une grotte semée d'ossements de petits enfants, une vieille chaumière de pain d'épices ? Elle suffoqua tout à coup, prise d'une crise de panique.

Cette fois, quelque chose avait bougé.

Et ce n'était pas que le fruit de son intuition ou de son imagination.

Montre-toi, salaud.

Jeanne braqua son arme en direction du mouvement. Une silhouette se découpait, accompagnée d'un bruit de pas ou de trottinement dans la neige.

Jeanne soupira.

Non loin, une biche – *la* biche ? – apparut. Jeanne, interloquée, la regarda… La biche solitaire était devant elle, trottant entre les arbres, baissant le museau de temps à autre vers l'étendue blanche, attendant d'être avalée par l'ombre à son tour. Elle rendit à Jeanne son regard. L'oreille dressée, elle fixait la policière. Elle et Jeanne semblèrent soudain dialoguer en silence, et dialoguer avec le mystère de ce paysage tout entier, dans l'écrin de cette clairière perdue, au pied de ces sapins gigantesques et muets, de ces montagnes immenses et inquiétantes, pétrifiées en leur nature sauvage depuis que le monde était monde, l'homme et l'animal, mortels, éphémères, bercés par ce vent qui soufflait dans les cimes, au milieu de cette atmosphère irréelle.

La mémoire ? Pour moi, c'est une grande forêt sans issue. Vous cherchez une sortie, un sens, une fin ? Comment trouver la clé ? Vous voulez mon avis ? Laissez tomber. La clé, ils l'ont tous perdue !

La biche détala sans bruit entre les conifères fantomatiques, allant une fois encore se fondre dans la morne blancheur de ce paysage auquel elle appartiendrait pour toujours.

Jeanne baissa son arme, haletante.

Elle vit l'ombre trop tard.

Oh non.

Jeff avait surgi de derrière un arbre en rugissant, tel un homme de Cro-Magnon échappé de sa caverne. Il était armé d'un rondin de bois, qu'il dressa en bûcheron au-dessus de lui avant de l'abattre sur elle, surprise. Jeanne n'eut que le temps de lever un bras pour protéger son visage et, sous l'effet du choc, une douleur inouïe fulgura dans son épaule et son avant-bras. C'était la main qui tenait le revolver, naturellement – revolver qu'elle n'avait pas eu le temps de pointer sur son adversaire. Un coup de feu claqua et partit dans la nature, se répercuta en écho dans la forêt et la montagne, puis l'arme s'échoua dans la neige. Jeanne était tombée à la renverse. Jeff, emporté par son mouvement, avait laissé échapper la bûche. Grimaçant, le visage déformé par la haine, il se jeta sur elle.

Elle hurla en se débattant. Pugilat. Combat à mains nues. Jeanne, furieuse, hors d'elle, donna des jambes, chercha à lui décocher des coups de pied tandis qu'il la saisissait par les épaules ; elle voulut lui flanquer son genou dans l'entrejambe, mais n'atteignit que sa cuisse. Jeff était costaud et pesait sur elle tel un grizzly, de tout son poids, l'écume aux lèvres. Elle lui envoya cependant un coup de poing au menton. Elle avait été formée au close-combat et ne dédaignait pas la boxe française, mais avec sa blouse d'infirmière cintrée, dans la poudreuse glacée, à se battre au sol comme une chiffonnière, cela ne lui était d'aucun secours. Le crochet qu'elle avait porté au visage de Jeff ne fit que redoubler sa fureur. Il poussa un nouveau cri de rage.

Ils roulaient ensemble dans la neige, dans un étrange ballet.

Un coup violent, envoyé cette fois dans le visage de Jeanne, la laissa sonnée : du sang jaillit de son nez et de sa bouche. Tout se confondit : ces pigments tantôt sombres, tantôt lumineux, la blancheur, la grisaille, l'ombre de Jeff…

Se redressant, haletant, celui-ci saisit de nouveau la bûche.

Il jeta une rauque exclamation de triomphe en se remettant debout avec difficulté, jusqu'à dominer Jeanne de toute sa stature. Alors, haletant, les yeux fous, l'ogre dressa la grosse bûche loin au-dessus de sa tête, s'apprêtant à l'achever. Il allait lui écrabouiller la tête !

Il y eut un bref moment suspendu.

Et une détonation claqua.

L'écho se répercuta dans la forêt.

La bûche dressée au-dessus de lui, Jeff roula de gros yeux sidérés.

Soudain, il se mit à cracher du sang à son tour. Une auréole carmin grandit sur sa chemise à carreaux.

D'un coup, il s'effondra.

Davy avançait du plus vite qu'il le pouvait en s'enfonçant dans la poudreuse. Ses collègues le suivaient avec peine dans le manteau neigeux, derrière lui. Il avait tiré sans sommation. Jeff était maintenant hors d'état de nuire.

« Hé, les gars, par ici, vite ! Et un toubib ! » hurla-t-il.

Quelques instants plus tard, il se laissait tomber lourdement auprès de Jeanne. Hébétée, elle se lova aussitôt dans ses bras, essayant de reprendre ses esprits malgré le sang sur sa tempe, son nez, sa bouche. Elle s'effondra, en pleurs, s'accrochant à son partenaire comme une naufragée, haletante.

« Qu… Qu'est-ce que je ferais sans toi, Spinoza… » parvint-elle à bafouiller.

Davy étouffa un rire et la serra de plus belle.

« Quand je te disais que la philo, ça sauve des vies… ! »

32

Quatre minutes d'émotion pure

Les portes s'ouvrirent en grand. Jeanne apparut, entrant dans un vaste open-space circulaire. Des employés surpris levèrent la tête. Soudain, de part et d'autre du lieutenant Ricœur, une escouade de policiers en uniforme se répandit avec elle dans les bureaux. Ils ne tardèrent pas à se saisir tous de les ordinateurs tandis que d'autres flics se dirigeaient vers les laboratoires situés en sous-sol, par les ascenseur. Là, au-delà de grandes baies vitrées, des laborantins levèrent le nez de leurs travaux et de leurs instruments.

Jeanne, mains dans les poches de son cuir, marcha seule en direction de nouvelles portes vitrées, tout au fond de la grande pièce. L'air déterminé, elle les franchit, lorgnant au passage le logo de la société, une sorte de suppositoire faisant du surf – du moins fut-ce ce qu'elle en retint – et surmonté du sigle « Energy4 ».

Ce matin, elle frappait directement au siège, à Bruxelles, accompagnée de ses homologues belges et de deux flics d'Interpol.

Une secrétaire revêche se dressa derrière son bureau, dans une piteuse tentative de faire barrage. Jeanne exhiba sa plaque et son mandat pour la calmer.

« Mais enfin ! s'exclama l'employée en montant dans les aigus. Vous ne pouvez pas…

— Police. »

Jeanne entra d'un coup et sans frapper dans le bureau du P-DG. Celui-ci, sexagénaire à la mine grave, le front marqué de rides, leva vers elle ses yeux d'un bleu perçant, son téléphone suspendu dans sa main…

Le tueur avalait son cognac. Il regarda sa montre, s'efforçant de dissimuler sa nervosité et le tremblement de sa jambe. L'annonce, enfin. *Les passagers pour le vol de 9 h 57 à destination de Melbourne sont priés de se présenter en porte d'embarquement numéro 26…* Il allait attraper son sac pour gagner la porte de l'aéroport Paris-Charles-de-Gaulle indiquée pour son vol lorsqu'il sentit le canon froid et lisse d'un revolver lui caresser discrètement le flanc. Il se figea.

Davy se pencha vers lui, lui décochant son plus beau sourire.

Trois agents en uniforme et deux flics des douanes l'accompagnaient.

« Passeport, s'il vous plaît ! » demanda Davy.

La Commission européenne terminait sa séance. Députés et fonctionnaires se levaient sous les néons, dossiers sous le bras, prêts à quitter les gradins clairs et leurs pupitres pour glisser sur la moquette bleue frappée des étoiles de l'Union, lorsque les portes s'ouvrirent tout le long de la salle. Jeanne entra avec une nouvelle volée de policiers. Les élus assistèrent à cette entrée théâtrale, interloqués, tandis que les forces de l'ordre prenaient position. Le président de séance se racla la gorge en se penchant vers son micro.

« Il semblerait que nous ayons un petit problème… »

Jeanne jeta un coup d'œil aux photos qu'elle avait emportées et cibla sans mal les trois personnes qu'elle venait appréhender. Elle fit un signe du menton à ses agents et se contenta de les regarder. Les prévenus comprirent sans mal.

C'était fini.

Frank Ruffier ferma les stores et retourna à son bureau en lissant sa cravate au-dessus de sa chemise rose. Il déposa sa veste sur son fauteuil pivotant en prenant un air ministériel, attrapa une pastille pour la gorge, et s'assit en saisissant le journal. Il avait demandé, exceptionnellement, *Le Soir.* En une, il lut :

JEANNE RICŒUR,
LA FLIC PAR QUI LE SCANDALE ARRIVE

Il sourit et poussa un soupir satisfait en s'enfonçant dans le cuir souple. Il avait bien envie de reprendre un café.

L'enseigne du *Oustiti à roulettes* clignotait dans le couchant.

Au milieu du brouhaha coutumier, accoudée au bar, une pinte de bière dans la main, Jeanne riait en compagnie de Davy. Elle s'immobilisa en apercevant, à l'autre bout du comptoir, Superman. Le beau brun qu'elle avait si sèchement rabroué… Quand, déjà ? Après la mort de Guy, et avant Memory. Il lui sembla que depuis, une éternité s'était écoulée. Pas rancunier, Superman leva sa chope, l'air un peu penaud, sans espoir, gentil. Elle eut un petit sourire, dodelinant légèrement de la tête, puis leva la sienne.

Enfin, elle prit sa bière, abandonnant Davy.

Il sourit.

Elle alla le retrouver.

« … la chute brutale des actions d'Energy4, qui s'est doublée de l'ouverture d'un procès retentissant. C'est l'un des plus grands scandales de santé que l'Europe ait connu, éclaboussant jusqu'à certains députés de l'Union… Rappelons que tout est parti de l'histoire insensée d'un petit employé, Marcus Kempf… »

Une jeune et accorte journaliste campait devant le siège de l'Union européenne à Bruxelles et, micro en main, égrenait les dernières informations pour le journal de 13 heures. Son reportage dévoilait à présent la photo de Marcus, puis celle du tueur, un certain Arthur Rasmussen, et revenait sur les images emblématiques du P-DG d'Energy4 cerné de policiers, qui quittait le siège de son laboratoire pour être embarqué dans un véhicule de police.

Un mois s'était écoulé. On avait équipé le foyer d'une nouvelle télévision. Caroline attendit la fin du reportage, le jaugeant d'un œil professionnel… puis le commentaire se noya dans le bruit, et elle éteignit le poste en soupirant. Michel Honecker, à ses côtés, haussa un sourcil.

Ils se regardèrent, désabusés.

« *Pfff*… Y racontent vraiment n'importe quoi à la télé. »

Et ils passèrent à autre chose.

Jeanne, souriante, se tenait dans le foyer de Memory, un appareil Polaroid *vintage* en main – celui-là même que JB avait reçu en cadeau de ses enfants, quelque temps plus tôt, lors d'une soirée de tempête. Les joues rosies, légèrement maquillée, Jeanne avait repris des couleurs et rattrapé un peu de sommeil. Ses cernes s'étaient atténués, ses traits semblaient plus reposés et la pâleur de son teint avait disparu.

On avait installé quelques guirlandes, comme pour refouler ou effacer pour de bon la soirée maudite – soirée dont pourtant les patients ne se souvenaient pas, et à laquelle les autres, Jeanne, Nathalie, le psychologue, présent également, ou Irène, n'avaient même pas assisté directement. Mais l'affaire était d'importance ; la vie continuait, et il régnait au foyer une atmosphère de fête. Le lecteur CD avait regagné son radiateur, Myriam jouait du violon ; en revanche, plus de stroboscopes ni de boule à facettes – et surtout pas de guirlandes électriques. Un nouveau buffet était dressé, agrémenté de quelques fleurs. Chacun sirotait un verre de boisson sans alcool en picorant des bretzels et autres douceurs sucrées-salées.

Encore deux mois, et le printemps reviendrait, avec la fonte des neiges.

L'humeur était à la gaieté, et cette gaieté circulait entre les convives comme une énergie inattendue, même si les patients devaient en oublier le sens, la source et la substance toutes les cinq minutes. Cependant, cette petite fête et les retrouvailles avec Jeanne n'étaient pas complètement dénuées d'arrière-pensées. Nathalie Hauteville avait donné son feu vert à Eric Winckel, le psychologue, pour tenter une petite expérience. Qui devait être beaucoup plus calme et émouvante que leurs autres « expériences » récentes.

Le psy avait installé une caméra dont l'œil miroitait sous une petite lumière rouge et pointait en direction d'une table étroite, autour de laquelle étaient disposées deux chaises, face à face. Winckel ajusta ses lunettes et vérifia ses réglages, puis se pencha sur l'œilleton et fit en souriant un signe du menton à Nathalie. Tout était prêt.

Nathalie s'éclaircit la gorge et, telle une maîtresse d'école, frappa dans ses mains pour battre le rappel.

Tous les patients étaient là, sauf Jeff, bien sûr, et le défunt Marcus.

Du passé, déjà, songea Jeanne, mesurant le poids de ces mots.

« Voilà mes amis, venez par là ! dit Nathalie. Nous allons faire une expérience. »

La communauté se rassembla autour d'elle. Elle laissa la parole au psy. Jeanne, qui venait de terminer son verre en discutant avec Caroline, croisa les bras en l'écoutant.

« Il y a vingt ans, commença Winckel, le psychologue américain Arthur Aron montrait qu'un rapprochement presque intime s'opérait entre deux inconnus s'ils se regardaient dans les yeux quatre minutes. Bien sûr, vous, vous n'êtes pas des inconnus pour nous, ni les uns pour les autres, et pourtant, nous avons eu l'idée, avec le Dr Hauteville, d'étendre l'expérience... à la mémoire. Comme une façon de... de nous, de vous reconnecter. Tenez : prenez vos mains. »

Ils défilèrent ainsi à tour de rôle, deux par deux. Assis à la petite table, ils se faisaient face. Ils s'observaient en silence, devant la caméra, jusqu'à ce que s'opère la boucle de mémoire. Albert et Babakar. Myriam et JB. David et Irène. Michel et Nathalie. Au bout d'un moment, quelque chose d'infime vacillait. Puis ils s'accordaient. Ils souriaient, se tenaient la main plus fort... et pleuraient. Leurs émotions se peignaient les unes après les autres, sans tricher, sur leurs visages.

Jeanne, curieuse, se prêta à l'expérience avec Caroline. Elles s'installèrent en silence et se regardèrent dans les yeux, muettes.

Au début, il ne se passa rien. Puis, lentement, et de plus en plus, Jeanne se sentit assaillie de questions, qui affleuraient à sa conscience en autant de vagues, et que pourtant elle peinait à formuler clairement. Cela disait quelque chose comme : *Et toi, quelle est ta vie ? Quelles sont tes angoisses ? D'où viens-tu ? Qu'as-tu vécu ? Que penses-tu ? À quoi rêves-tu ?* Ensuite, dans le prolongement de ce mouvement intime de l'âme, le « tu » se muait en « nous » : *Avons-nous raison d'espérer ? Sommes-nous dans le même bateau, toi et moi, pourtant si dissemblables ? Que pouvons-nous espérer ? Est-il vrai que l'amour nous sauvera tous ? Faut-il y croire ? Quel secret caches-tu, cachons-nous chacun au fond de nos âmes blessées, ballottées par cette vie si énigmatique, si compliquée, si illisible, malgré toutes les philosophies et les religions du monde ? Quelles sont tes souffrances, pourquoi nos souffrances ? Est-ce cela, se reconnaître comme être humain ? Cette reconnaissance mutuelle de destins séparés mais unis par une commune condition ? Mais bon Dieu, que faisons-nous là, poussière dans l'immensité du cosmos ? Pourquoi sommes-nous si seuls ? Tout cela a-t-il un sens ? Et s'il ne restait que l'amour ? Et si... Et si...*

Jeanne tenait les mains de Caroline, qui sourit. Toutes deux finirent par pleurer, elles aussi.

Erbarme dich.

Quatre minutes d'émotion pure.

Eric Winckel releva Jeanne.

« L'ancrage, dit-il. C'est un travail sur l'ancrage… émotionnel. »

Jeanne se sentit soudain gênée. Elle essuya une larme discrète et sourit.

« Eh bien, doc, ça marche. »

Jeanne peinait à retrouver le contrôle de ses sentiments.

Hauteville lui sourit, puis lui tendit la main pour prendre le Polaroid.

« Allez, lieutenant… Jeanne, mettez-vous avec eux. Vous faites partie de la famille maintenant. Venez, venez pour la photo ! »

Jeanne rassembla ses esprits et alla poser avec eux – hilares, heureux.

« Michel, rapproche-toi d'elle, dit Nathalie en faisant un geste de la main. Souriiiire ! David… Souriiiire ! »

Jeanne rayonnait. Il y eut un flash. Ils s'étaient réunis en un groupe compact, bras dessus bras dessous. En Harmonia.

Bientôt, Nathalie tira le Polaroid et le montra à Jeanne, qui le prit entre ses doigts. Inexplicablement, elle se sentit de nouveau submergée par l'émotion.

Continuant de faire sécher le Polaroid en agitant la main, elle se tourna vers le psy :

« Vous aviez raison, doc, au fait. On a tous un fantôme dans la machine. On apprend juste à vivre avec. »

Elle sourit encore, les larmes aux yeux :

« Et certaines choses ne s'effacent pas. »

ÉPILOGUE

Erbarme dich

La mémoire est dans le cœur.
Mme de Sévigné,
lettre à sa fille Mme de Grignan,
9 septembre 1671.

L'Éternel est mon berger. Je ne manquerai de rien.
Grâce à Lui, je me repose
dans des prairies verdoyantes,
et c'est Lui qui me conduit au bord des eaux calmes.

Il faisait frais mais le ciel se teintait d'azur au-dessus du petit cimetière d'Épagny, non loin d'Annecy. Jeanne se tenait debout devant une tombe discrète, non loin du columbarium. Elle regardait la photo où figuraient Guy et Alice, et son dessin froissé – ce vieux dessin où elle s'était représentée, arrachée à ses parents. Puis, devant elle, la stèle de son père biologique.

Un bouquet de fleurs fanées reposait dans un vase sale à l'eau croupie.

Si je devais traverser la vallée
où règnent les ténèbres de la mort,
je ne craindrais aucun mal, car Tu es auprès de moi.
Ta houlette me conduit et ton bâton me protège...

Jeanne ferma les yeux. De nouveau, des souvenirs lui revenaient. Cet appartement d'autrefois, baigné d'une étrange lumière jaune orangé. Ces rideaux crasseux, voletant dans une brise lumineuse. La flamme qui dansait, sous les contours d'une cuillère. Le sucre fondant. La seringue. Le claquement de l'élastique sur la peau blême. Le petit salon aux odeurs de moisi et le *dégage, toi !* de sa maman, dont la main la repoussait avant de claquer la porte sur elle – cette porte haute comme une muraille.

De manière inattendue, la porte se rouvrit. Une grande lumière inonda le visage de la petite. Son « vrai » père, son père biologique, beau jeune homme aux boucles brunes, l'invita à sortir, et à le rejoindre. Yannick se tenait là, devant elle, l'air gentil, apaisé, comme enfin libéré, doux et convalescent. Yannick. Il avait retrouvé son prénom. Il sourit à la fillette, et murmura :

« Jeanne... On est tellement désolés de t'avoir fait du mal. Tellement. On s'est laissés prendre. Pardon, mon amour ! »

Jeanne revint à elle et releva la tête, les lèvres tremblantes, comme si elle cherchait, répandue dans l'air ainsi que de subtiles volutes d'encens, l'invisible présence de son père – de ce père pour toujours connu et inconnu.

Puis, lentement, elle déposa sur la tombe… son petit sablier.

Celui qu'elle utilisait jadis avec Guy, son autre père tant aimé.

Le petit sablier vert et or où coulait le temps.

Trois minutes.

Enfin, elle prit une inspiration profonde et tourna les talons. Elle glissa les mains dans ses poches, hésita, et finit par en sortir son portable.

Elle attendit encore quelques secondes, puis se lança.

Mais alors même qu'elle composait le numéro, elle leva les yeux… et se figea.

Anaïs se tenait devant elle.

Elle avait les cheveux raides, l'air épuisé. Un bouquet de fleurs pendait au bout de son bras. Jeanne devina sa vieille guimbarde, stationnée au-delà des grilles. Anaïs Sauveur, immobile elle aussi, observait Jeanne, depuis l'entrée du cimetière silencieux. La sonnerie du portable de sa mère retentit, trouant le silence. Jeanne regarda son propre téléphone et l'identité du correspondant – de *la* correspondante – qu'elle venait d'appeler.

MAMAN.

Elle était là. Apparue soudainement, comme par magie. Et le téléphone continuait de sonner. Jeanne eut un petit sourire, à travers ses larmes. Elle éteignit son mobile et l'enfouit dans sa poche. Alors, lentement, le gravier crissant sous ses pas, elle se dirigea vers Anaïs. Les deux femmes se dévisagèrent un long moment. Jeanne prit les mains de sa mère. Elle crut entendre, porté par le vent, *Erbarme dich.* Quelques mesures d'un morceau familier.

Sur la tombe, le petit sablier, fragile, vaillant, se dressait.

Et le sable coulait, coulait.

Remerciements

Merci de tout cœur à Marjorie Stachetti pour sa lecture, ses conseils et ses renseignements précieux au sujet du suivi médical des personnes victimes d'amnésie antérograde. Merci également à Pierre Reyssat et Gaëlle Ruffier qui ont cru en ce projet lorsqu'il n'était encore qu'une idée, à Patrick Ridremont, Noëlle Meimaroglou, Claire Poulin, Delphine Roché et l'ensemble de l'équipe du cherche midi pour leur enthousiasme, leur professionnalisme et l'accompagnement éditorial de ce livre.

Composition et mise en pages
Nord Compo à Villeneuve-d'Ascq

Imprimé en Espagne par:
CPI Black Print
en janvier 2022

Pocket - 92 avenue de France, 75013 Paris

S32079/01